Anja Saskia Beyer
Die geheimnisvollen Gärten der Toskana

AF178680

TINTE
&
FEDER

Das Buch

Jessy braucht dringend einen Neuanfang: Ihr Freund hat sie verlassen und dann verliert sie auch noch ihren geliebten Job als Floristin. Kurz entschlossen nimmt sie eine Stelle als Gärtnerin in der Toskana an. Der verwilderte Garten mit seinen Zitronenbäumen und dem Duft der Rosen verzaubert die junge Frau sofort.

Doch der Neubeginn gestaltet sich schwieriger als gedacht: Jessy verliebt sich in ihren attraktiven Arbeitgeber Gregorio. Seine herrische Mutter ist der aufkeimenden Romanze alles andere als wohlgesonnen. Und dann entdeckt Jessy auch noch ein jahrhundertealtes Geheimnis. Ihr wird klar, dass in dieser Familie mit harten Bandagen gekämpft wird – besonders in der Liebe ...

Die Autorin

Anja Saskia Beyer studierte Theaterwissenschaft, Kommunikationswissenschaft und Werbepsychologie in München. Sie arbeitet erfolgreich als Drehbuchautorin und Dramaturgin für das Fernsehen, unter anderem für die Serien »Lindenstraße« und »Dahoam is Dahoam«. Seit 2013 schreibt sie Romane. Die Autorin nimmt ihre Leser in ihrem Top-1-Kindle-Bestseller »Mandelblütenliebe« mit nach Mallorca, in »Erdbeeren im Sommer« nach Italien, in »Nelkenliebe« ins wunderschöne Portugal, in »Träume der Provence« ins malerische Frankreich und in ihrem Top-1-Kindle- und BILD-Bestseller »Das kleine Café am Meer« wieder auf ihre Lieblingsinsel Mallorca. In »Die Sterne über Venedig« erzählt sie eine berührende Geschichte vor der wunderschönen Kulisse der Lagunenstadt und in ihrem neuen Roman entführt sie ihre Leser in die besonderen Gärten der Toskana.

www.facebook.com/AnjaSaskiaBeyer
www.Anja-Saskia-Beyer.com
www.instagram.com/AnjaSaskiaBeyer

ANJA SASKIA BEYER

Die geheimnisvollen Gärten der Toskana

ROMAN

Deutsche Erstveröffentlichung bei
Tinte & Feder, Amazon Media EU S.à r.l.
38, avenue John F. Kennedy, L-1855 Luxembourg
Mai 2020

Umschlaggestaltung: semper smile, München, www.sempersmile.de
Umschlagmotiv: © tommk © ANCH © Kastaprav © Lucky_elephant
© Madlen © Bowonpat Sakaew © Andrei Rybachuk © komkrit
Preechachanwate /Shutterstock
1. Lektorat: Claudia Wuttke
2. Lektorat und Korrektorat: VLG Verlag & Agentur, Haar bei München,
www.vlg.de
Gedruckt durch:
Amazon Distribution GmbH, Amazonstraße 1, 04347 Leipzig /
Canon Deutschland Business Services GmbH, Ferdinand-Jühlke-Straße 7,
99095 Erfurt /
CPI books GmbH, Birkstraße 10, 25917 Leck

ISBN 978-2496-70385-6

www.tinte-feder.de

»Die pralle Sonne auf dem
Rücken, während man sich über Schaufel oder
Hacke beugt oder beschaulich den warmen,
duftenden Lehmboden riecht, ist heilender als
manch eine Medizin.«
Charles Dudley Warner

1. Kapitel

»Ich will wieder zufriedener sein«, hatte ihr Vater am Telefon gesagt, nachdem er sich von ihrer Mutter getrennt hatte. »Und das solltest du auch versuchen. Egal in welchem Alter, es ist nie zu spät.«

Ein Eimer voller roter Rosen stand in ihrer Einraumwohnung. Dazu ein Strauß weißer Lilien im Weißbierglas, außerdem roséfarbene Ranunkeln und Pfingstrosen in gläsernen Vasen. Ein Blütenmeer, wunderschön. Und erst dieser Duft. Die Erinnerung kam zurück. Jessy lag auf der Schlafcouch, die Decke bis zum Kinn, die Augen fest geschlossen. Die Morgensonne schien durch die Vorhänge in ihr Gesicht. Ihr Kopf pochte, fühlte sich seit Wochen wie voller Watte an. Was war nur alles geschehen?

Sie fühlte sich zerschlagen und müde. Der intensive Duft der Blumen drang erneut in ihr Bewusstsein. Jessy blinzelte, öffnete die Augen und schloss sie wieder. Sie spürte diese innere Unruhe in sich, die sie nicht loswurde. Ein wohlbekannter Fellgeruch mischte sich unter den Blumenduft. Kurz darauf eine feuchte Schnauze, die sanft gegen ihre Wange stupste. Jessy schlang die Arme um ihre cremefarbene Golden-Retriever-Hündin Bella, blickte ihr in die dunklen, lieben Augen. »Du bist die treueste Seele auf der Welt«, flüsterte sie, dachte an ihren Vater, er hatte ihre Mutter betrogen – und Christian sie. Mit der befreundeten Nachbarin Zoe, die bei geöffneter Balkontür jeden Morgen Zumba tanzte, zu lauter Musik. Die so ein tolles Rhythmusgefühl hatte und gelenkig war, wie er immer sagte. Jessy hatte mit Zoe ab und zu Tee getrunken, wenn Christian länger im Büro geblieben war, hatte sie bereits als Freundin gesehen, ihr viel erzählt über Christian und sich. Seit zwei Jahren waren sie zusammen gewesen. Er war in den kleinen Blumenladen gekommen, in dem sie arbeitete, und hatte so gar nicht gewusst, welche Blumen er für seine Kollegin kaufen sollte. Weil er sich mit Pflanzen nicht auskannte. Jessy hatte ihn beraten, über seine Scherze gelacht, sie mochte seinen trockenen Humor. Christian war nicht auf den Mund gefallen und so hielt sie es anfangs auch für einen Scherz, als er sie schon nach ein paar Monaten fragte, ob sie bei ihm einziehen wolle. In seine Altbauwohnung, in der er mit seiner Ex gewohnt hatte. In der keine einzige Grünpflanze stand.

Als Jessy eines Tages auf dem Balkon die Blumen goss, die sie gepflanzt hatte, sah sie zufällig in die Wohnung nebenan. Dort war Christian, nackt, in inniger Verrenkung mit ihrer Nachbarin Zoe, zur Zumba-Musik in rhythmischen Bewegungen auf dem Teppich. Jessy packte Bella und eine Kiste und zog vorübergehend zu ihrer Mutter. In deren kleine Wohnung, in der ihre Mam auch erst seit ein paar Wochen lebte.

Zum Glück fand Jessy relativ schnell diese Einraumwohnung für sich und hoffte, es werde wieder aufwärtsgehen in ihrem Leben. Aber um ehrlich zu sein, ging es weiter bergab. Sie musste feststellen, dass die *gemeinsamen* Freunde, mit denen sie so viel unternommen hatten, nur Christians Freunde waren. Seine Studienfreunde, die zu ihm hielten, nicht zu ihr. Es fühlte sich einsam an, denn auch ihre besten Freundinnen, Katrin und Susa, hatten kaum noch Zeit. Mit Anfang dreißig, Familie, Job und kleinen Kindern blieb keine Kraft mehr. »Ich muss im

Job funktionieren, als Mutter, Ehefrau und am besten noch als Sexbombe im Bett. Und dann will ich auch noch abnehmen und komm an keinem Bäcker vorbei, ohne reinzugehen. Ich würde ja gern, aber ich kann einfach nicht mehr«, hatte Susa erst vorgestern am Telefon ausgelaugt gesagt. Jessy verstand sie.

Plötzlich ertönte eine eingängige Melodie, ihr Handy klingelte. Jessy hob den Kopf, ihr Blick wanderte durch den Raum, blieb erneut an den Blumen hängen. Sie verliehen ihrer Wohnung einen ungeahnten Glanz. Jessy angelte nach dem Handy, das auf dem Boden lag, sah aufs Display. Prinz Harry, stand da. Jessy lächelte unwillkürlich, drückte auf Annehmen.

»Jessy, Liebes, wusste ich doch, dass du daliegst und dich grämst.«

Jessy setzte sich jetzt auf. »Ich liege nicht, außerdem habe ich so viele Blumen um mich herum, da kann man sich gar nicht grämen.«

»Schön, aber magst du nachher nicht zum zweiten Frühstück zu mir kommen? Dann bin ich nicht so alleine.«

Jessy wusste, dass es ihrer Mutter mehr darum ging, dass sich ihre Tochter heute nicht alleine fühlen sollte. »Okay, aber erst nach Bellas Runde.«

»Natürlich. Ich freue mich. Dann kann ich noch meine Zeitschrift lesen.« Jessys Mutter liebte die Geschichten aus den Königshäusern und am liebsten hätte sie für Jessy einen Prinzen gehabt. Aber seitdem Harry, der einzig coole Prinz, an Meghan vergeben war, war auch dieser Zug abgefahren. In einer albernen Stunde mit ihrer Mutter hatte sie deren Nummer unter »Prinz Harry« eingespeichert. »Wir dürfen niemals aufhören, von einem Prinzen zu träumen«, hatte sie gesagt. Ihre tapfere Mama.

»Ich freue mich auch, Mam. Bis später.«

Jessy räkelte sich, stand auf, trat in ihrem Pyjama zu den Ranunkeln und Pfingstrosen und ordnete sie in der Vase, die aussah, als würde sie jeden Moment umfallen. »Schön stehen bleiben.« Jessy sprach oft mit Blumen, gern auch mit Tieren. Wie sie hin und wieder sogar mit sich selbst sprach und so manchen damit irritierte.

»Immer wieder aufstehen, das hat Mama immer gesagt. Zumindest bis vor Kurzem.« Die roten Rosen sahen heute Morgen schon recht aufgeblüht aus. »Wenn sie doch nur von einem spannenden Verehrer wären, so wie im Film«, sagte Jessy zu ihrer Hündin.

So lange hatte sie keine Blume mehr geschenkt bekommen. Christian hatte es albern gefunden, da sie ja im Blumenladen arbeitete, und so verkaufte sie Blumen an andere Männer. Seit ihrer Trennung hatte es keinen Verehrer gegeben. In München, der Großstadt der Singles, einen netten Mann zu finden, der nicht nur das Eine wollte, der nicht an irgendeiner Ex hing wie Jens, ein Mamasöhnchen war wie Torsten, oder eben fremdging wie Christian, schien ein Ding der Unmöglichkeit zu sein. Sie hatte keine Lust mehr, zu suchen. Und das mit Anfang dreißig. Ihre Mama hatte sie verstanden. »Ich will nach deinem Vater auch keinen Mann mehr.« Ihre liebe Mama, das hatte sie nicht verdient. So hintergangen zu werden, wochenlang betrogen, von dem Mann, mit dem sie seit vielen Jahren verheiratet war. Dabei hatte Jessy immer das Gefühl gehabt, dass ihre Eltern sehr liebevoll miteinander umgingen. Vielleicht tat es deshalb auch so weh. Weil sie niemals damit gerechnet hätte, weil es sich so falsch anfühlte. Auch wenn Jessy längst auf eigenen Füßen stand, die Trennung ihrer Eltern hatte ihr wehgetan und tat es immer noch. Sie blinzelte eine Träne weg. Sofort schmiegte sich Bella an sie. »Ja, du spürst, wie es mir geht, aber alles gut. Ich mein, nix ist gut. Aber ich pack das schon.«

Monate war es jetzt her, dass ihr Vater aufgeflogen war. Dass nicht nur die Welt ihrer Mutter, sondern auch ihre eigene aus den Fugen geraten war. Ihre heile Welt, in der es all die Jahre weder Lug noch Betrug gegeben hatte. Ihre Mutter hatte seit der Trennung stark abgebaut. Jessy versuchte, so gut es ging, für sie da zu sein, doch auch im Job glitt ihr zurzeit alles aus den Händen. Das kleine Blumengeschäft am Isartor, in dem Jessy als Floristin arbeitete, kämpfte seit Monaten um seine Existenz. Vielleicht lag es an der Trennung ihrer Eltern, an ihrer eigenen, die für Jessy beide aus dem Nichts gekommen waren, wie ein Blitz aus friedlichem Himmel, dass sie es nicht geschafft hatte, für den Erhalt des Blumengeschäftes genug mitzukämpfen. Denn normalerweise waren die Frauen ihrer Familie stark und für andere da. Es hatte diesmal nichts geholfen.

Der kleine Blumenladen mitten in der Stadt, in dem Jessy seit Jahren angestellt gewesen war, hatte gestern endgültig schließen müssen. Deshalb standen die vielen Blumen jetzt in ihrer Wohnung, denn ihre Chefin Wilma, die bald in Rente ging, hätte sie weggeworfen. Auf Jessys Wunsch schenkte sie ihr die ganzen Blumen. »Danke für alles, Jessy. Danke, dass du mit mir gekämpft hast.«

»Ich weiß nicht, Wilma, vielleicht hätte ich mehr tun können ... mehr tun sollen ...«

»Das ist jetzt egal. Man kann nicht jeden Kampf gewinnen«, hatte Wilma sie seufzend unterbrochen. »Manchmal geht es einfach nicht.«

»Vielleicht, aber es lohnt sich immer, es zu versuchen«, erwiderte Jessy tapfer und dachte an ihre Eltern. Hätte sie ihre Mutter überzeugen müssen, um ihren Vater zu kämpfen? Obwohl der eine Geliebte hatte? Oder hätte sie um Christian kämpfen müssen? Ihm klarmachen, dass Zumba-Zoe nicht zu ihm passte? Nein, hätte sie nicht. Denn irgendwie passten die beiden sogar zusammen, wie sie sich insgeheim eingestehen musste. Dennoch, das Gefühl, es nicht geschafft zu haben, wieder einmal nicht, blieb, als sie Wilma in die Augen sah, in denen sich Tränen gesammelt hatten. Der kleine Blumenladen war Wilmas Leben gewesen.

»Und was ist meines jetzt?«, fragte sich Jessy.

Seit nunmehr zwei Monaten, seit sie wusste, dass dieser letzte Tag in dem kleinen Blumengeschäft kommen würde, hatte sie nach Feierabend nach einer neuen Stelle als Floristin gesucht. In einem Laden in München, in den sie ihren Hund mitnehmen konnte. Aber das entpuppte sich als so schwer, als handelte es sich bei Bella nicht um einen wohlerzogenen, kinderlieben Golden Retriever, sondern um einen wütenden Elefanten.

Wieder blickte sie die vielen Blumen an. Einige schienen ihr aufmunternd zuzulächeln, ein paar von ihnen sahen heute, wie die Rosen, schon etwas verwelkt aus. Kein Wunder, Wilma hatte sich am Schluss geweigert, frische Ware einzukaufen. »Entweder gehen die gut Erhaltenen noch über den Ladentisch oder nicht.« Der Konkurrenz durch die Supermarkt-Sträuße hatte sie lange getrotzt. Vor allem Jessys Gestecke und kreative Blumenarrangements hatten den Laden lange am Leben gehalten. Vielleicht hatte Wilma innerlich zu schnell aufgegeben, weil sie sich auch auf ihren Vorruhestand freute. Auf eine Zeit, in der sie den lieben langen Tag in ihrem kleinen Schrebergarten werkeln konnte. Jessy beneidete sie darum. Ab und zu hatte sie Wilma geholfen, das viele Obst dort zu ernten, hatte dann selbst in ihrer Wohnung Erdbeermarmelade oder Himbeersirup eingekocht und danach sah ihre kleine Küchenzeile jedes Mal aus wie mit Farbe betupft.

»Einen Garten haben, in der Natur sein, das tut jedem gut«, hatte ihre Oma immer gesagt. Dass ihre Enkelin mitten in der Stadt aufgewachsen war, hatte ihr nie gefallen.

Jessy ging die wenigen Schritte zu ihrer Kaffeemaschine und bereitete sich einen Cappuccino, dazu ein wenig Obst. Ohne etwas im Magen und einen Kaffee war sie nicht imstande, das Haus zu verlassen. Sie wusch die Erdbeeren, schnitt eine Banane auf – wie das duftete. Sofort stand Bella, die Bananen liebte, schwanzwedelnd neben ihr. Jessy lächelte. »Also gut.« Sie hob den Finger. »Siiitz.« Bella setzte sich. »Platz.« Bella machte sofort Platz. Dann bückte sich Jessy, legte auf jede der Vorderpfoten ein Scheibchen Banane, sagte streng »Stopp« und Bella wartete brav, bis sie endlich das »Okay« bekam. Sofort fraß sie die Bananenscheibchen mit Genuss. Jessy wuschelte ihr über den Kopf, setzte sich mit Obst und Cappuccino an ihr Notebook, das auf dem Esstisch stand.

In der kleinen Wohnung, die sie nach der Trennung zu einem einigermaßen bezahlbaren Preis ergattert hatte, gab es nicht viel Platz, aber sie hatte sich nach mehreren Ausflügen in ein schwedisches Möbelhaus gemütlich eingerichtet. Aus der gemeinsamen Wohnung hatte sie nur wenig mitgenommen. Aber Lichterketten und Kerzen halfen, um die neuen vier Wände zu einem Zuhause zu machen. Doch jetzt, so ohne Job, wurde selbst der für Münchner Verhältnisse recht humane Preis, den die Lage im fünften Stock ohne Aufzug erklärte, fast unbezahlbar. »Hoffentlich gibt es heute neue Stellenanzeigen«, sagte sie zu ihrer Hündin. »Hoffentlich wenigstens eine bei einem hundefreundlichen Arbeitgeber. Ich kann dich auf keinen Fall so lange alleine lassen, das will ich auch nicht.« Bella lag neben ihr, sah sie immer wieder aus ihren lieben Augen an. Dieser Blick. Wieso bloß erlaubten nur so wenige Chefs, Hunde im Büro oder Laden zu haben? Vor allem nicht einmal ruhige Hunde. Dabei war es doch erwiesen, dass sie das Betriebsklima deutlich verbesserten. Seufzend scrollte Jessy die Anzeigen durch. Es gab tatsächlich eine neue Anzeige. Das Geschäft war mit der Tram gut erreichbar. Perfekt. Jessy schrieb die Besitzerin sofort per Mail an, um vorab ihr Anliegen zu klären. Dann lehnte sie sich zurück, aß die Früchte mit der Kuchengabel, trank den Cappuccino und betrachtete die vielen Blumen, die sie vor der Mülltonne gerettet hatte. »Ein paar von euch verschenke ich heute«, verkündete sie in die Stille der Wohnung hinein. Einigen Nachbarn, aber auch auf der Straße ein paar Leuten einfach so ein Blümchen zu überreichen, nahm sie sich vor. Ein Pling zeigte an, dass eine E-Mail eingegangen war. Die Antwort von diesem Blumenladen. Aufgeregt öffnete Jessy die Mail: Tiere sind in unserem Blumengeschäft leider nicht erlaubt, stand da. So ein Mist. Anfangs hatte sie mit potentiellen Chefs noch diskutiert, aber es hatte erfahrungsgemäß keinen Sinn. Wer Hunde nicht mochte, mochte keine Hunde.

Jessy ging ins Bad, wusch sich das blasse Gesicht, tuschte sich die Wimpern und zog sich an. Dann nahm sie den Bund roséfarbener Ranunkeln und die Pfingstrosen in die Hand, ebenso die weißen Lilien, wickelte ein Taschentuch um die tropfenden Stiele und ging mit den Blumen unterm Arm und gefolgt von Bella hinaus. »Jeden Tag eine gute Tat und jeden Tag jemanden zum Lächeln bringen, das nehmen wir uns jetzt vor.«

Auf der Straße kam ihr eine ältere Dame entgegen. Jessy bot ihr eine Pfingstrose an. Ein skeptischer Blick à la »Ich spende nichts« folgte, aber als Jessy klarmachte, dass sie nichts dafür wolle, ging ein Strahlen über das Gesicht der Frau.

»Das ist mir ja noch nie passiert«, sagte sie verblüfft.

»Na, dann wird es aber Zeit«, sagte Jessy lachend und ging mit den restlichen Blumen im Arm weiter.

»Was ist das denn?«, fragte eine junge Frau, die ihnen entgegenkam, verdattert, als sie von ihrem Smartphone aufsah.

»Eine Ranunkel.« Jessy streckte sie ihr hin. »Im Real Life.«

»Für mich?«

»Ja, wenn du möchtest.«

»Klar. Wow, mega.«

Jessy freute sich mindestens genauso wie die Menschen, denen sie mit den Blumen ein Lächeln ins Gesicht zauberte.

Mit den Lilien im Arm ging sie die wenigen Straßen in Richtung der Wohnung ihrer Mutter weiter. Jessy war so froh gewesen, dass ihre eigene neue Wohnung nur ein paar Straßen entfernt lag. Die kleine Wohnung, die sie sich bald nicht mehr leisten konnte, dachte sie sofort. Aber sie wollte den trüben Gedanken keinen Raum geben. Nicht an so einem sonnigen Tag wie diesem.

Ihre Mutter liebte Lilien. Und da sie sich so um Oma gekümmert hatte, wollte Jessy ihr erst recht eine Freude machen. Am liebsten ganz oft.

Nach einer ausführlichen Morgenrunde im angrenzenden kleinen Park stand Jessy vor der Wohnungstür ihrer Mutter.

Sie drückte auf die Klingel. Kurz darauf ging der Summer, und sie stiegen nach oben. Erfreut begrüßte ihre Mam, eine kleine, rundliche Person mit einem modischen Kurzhaarschnitt, sie mit einer Umarmung. Sie streichelte Bella, wie sie es immer tat, und freute sich über die Blumen.

»Guten Morgen, kommt rein, ach, sind die schön.«

»Wilma hätte die Lilien weggeworfen.«

Ihre Mutter schüttelte ungläubig den Kopf. »Wie kann man so schöne Blumen wegwerfen. Aber die Arme hat jetzt anderes im Kopf, wie geht es ihr?«

»Ich denke, es ist okay, weil sie sich so auf ihren Garten freut.«

»Ja, das kann ich mir vorstellen.« Ihre Mutter hatte aus ihrem Balkon eine kleine grüne Oase gezaubert, vermutlich hatte Jessy die Liebe zu Blumen von ihr geerbt. Mam hatte den Balkontisch hübsch gedeckt, es gab frische Brötchen, Käse, Trauben und Erdbeeren.

»Für Anfang Mai ist es erstaunlich warm um die Uhrzeit, schön, dass wir draußen essen können.« Jessy zwängte sich auf dem engen Balkon zu ihrem Stuhl und setzte sich.

»Wow, sieht das lecker aus!«

»Ich hol den Kaffee. Er ist schon in der Thermoskanne.«

»Soll ich?«

»Nein, nein.« Ihre Mutter ging in die Küche. Kurz darauf kam sie mit einer roten Kanne zurück und goss ihnen beiden ein.

Jessy genoss das zweite Frühstück mit ihrer Mutter, die den Tisch so liebevoll gedeckt hatte, aber sie fühlte auch wieder diese Unruhe in sich, die sie immer öfter überkam. »Das Kind ist hibbelig«, hatte ihr Vater oft gesagt und er hatte recht. Jessy fühlte sich als Frau Anfang dreißig zwar längst nicht mehr wie ein Kind, aber sie hatte das Gefühl, durch ihr Leben zu hetzen, auf einer immerwährenden Suche zu sein. Lag es an der hektischen Stadt, der bis vor Kurzem ständigen Suche nach einem zu ihr passenden Mann – sie wusste es nicht.

Schon immer neigte Jessy zum Grübeln, aber in letzter Zeit tat sie es noch mehr. Sie lag nachts wach und dachte über ihr Leben nach. Obwohl sie schon über dreißig war, fühlte sie sich nirgends angekommen. Mit zwanzig hatte sie gedacht, an ihrem dreißigsten Geburtstag schon längst eine eigene kleine Familie zu haben, wie die meisten ihrer Freundinnen, aber im Moment sah es so gar nicht danach aus. Jessys Beziehungen hielten nie lange, nur die mit Christian immerhin zwei Jahre. Und sie fragte sich mittlerweile insgeheim, ob es an ihr lag. Zwei ihrer Ex-Freunde hatten an ihr kritisiert, dass bei ihr immer etwas sei, sie nie mit sich zufrieden sein konnte, wie wenn sie sich selbst nicht liebte. Und wirklich: Nur Bella schaffte es, sie zur Ruhe zu bringen, sich geliebt zu fühlen. Und ihre Mutter.

Sie nippte an ihrem Orangensaft.

»Jessy, hörst du mir überhaupt zu?«, hakte ihre Mam nach und riss sie aus ihren Gedanken.

»Was? Ehrlich gesagt hab ich gerade nicht aufgepasst.«

»Willst du einen Käsekuchen?«

»Zum Frühstück? Mama! Meine Linie.«

Ihre Mutter lachte und stand auf. »Hauptsache, es geht uns gut. Und es ist ja schon das zweite Frühstück.« Sie ging in die Küche, lief dabei etwas schief, denn ihre Hüfte schmerzte seit geraumer Zeit.

Jessy sah ihr nach. Ihre Mutter machte sich bereits Sorgen um sie. Und das am ersten Tag ihrer Arbeitslosigkeit. Aber sie kannte ihre Tochter und wusste ja, dass sie schon zwei Monate vergeblich eine neue Stelle suchte. Nur herumsitzen und nichts tun war so gar nichts für Jessy, das konnte sie nicht genießen. Zu schnell fiel ihr die Decke auf den Kopf. Zu schnell hatte sie das Gefühl, nutzlos zu sein, wenn sie nicht etwas tun konnte.

Hinzu kam der finanzielle Druck: Ihre Eltern hatten beide nicht genug Geld, um sie irgendwann zu unterstützen, so gern sie es sicher getan hätten. Jetzt nach der Trennung und durch die zwei Wohnungen, die ihre Mutter und ihr Vater unterhalten mussten, war die finanzielle Situation ihrer Mutter noch schwieriger. Der wenige Unterhalt reichte noch nicht mal für die Miete. Jessy erinnerte sich, dass ihr Vater mit Ende fünfzig zwei Jahre lang arbeitslos gewesen war und die ganze Familie sich große Sorgen gemacht hatte, dass er nichts mehr finden würde. Schließlich hatte er etwas gefunden, einen Job und dort eine neue Frau.

Jessy zog ihr Handy heraus und googelte weiter nach Stellenanzeigen. Sie entdeckte ein Job-Forum, das sie nicht kannte. Ihre Mama kam mit zwei Stück Käsekuchen wieder und setzte sich. Bella schnupperte sofort und ließ sich schwanzwedelnd neben ihr nieder. Aber Jessy lächelte nur und schüttelte den Kopf, widmete sich dann wieder ihrer Suche.

»Das ist ja eine seltsame Seite.« Jessy scrollte durch.

»Was denn für eine seltsame Seite?«

»Ah, eine Jobseite für Garten- und Landschaftsbau, europaweit. Tja, aber ich bin Floristin.« Sie nahm ihre Gabel und steckte sich ein Stück Käsekuchen in den Mund. »Mmmhm, Mama, ich liebe deinen Käsekuchen.«

»Papperlapapp, Gartenbau ist doch ähnlich. Und wenn es als Floristin nichts Passendes gibt ...« Sie zögerte, atmete durch. »Schatz, seit der Trennung ist es nicht so einfach für mich. Ich werde ein bisschen bei Conny im Kiosk arbeiten, dann komm ich auch raus und verdien was und kann ... aufstocken.« Ihre Mama sah auf ihren Teller. Ihre Hand, die die Gabel hielt, zitterte.

Jessy schluckte. Der Käsekuchen fühlte sich plötzlich an, als bestände es aus purem Mehl. »Ich unterstütz dich, Mama«, presste sie heraus.

»Och, bist du lieb, aber von was denn?«

»Ich nehm da ne Stelle an.« Sie deutete auf ihr Handy.

»Welche?«

»Keine Ahnung, auf dieser Gartenbauseite wird schon was sein.«

Jessy scrollte zittrig am Smartphone, blieb an einem Jobangebot hängen, denn da stand: »*Pets welcome.*« Sie las es vor.

»Was heißt denn das?«, wollte ihre Mutter wissen. »Bisschen Englisch kann ich zwar, aber *Pets*?«

»Haustiere. Haustiere willkommen«, übersetzte Jessy und ein warmes Gefühl durchströmte ihre Bauchgegend. Das musste etwas bedeuten.

»Lies vor«, bat ihre Mutter.

»Es ist alles in Englisch.« Sie übersetzte gleich: »Gärtnerin oder Gartenhilfe gesucht, Haustiere willkommen, zwei Monate, Toskana, nahe Siena. Ab sofort.«

Jessy sah auf und wiederholte: »In der Toskana.« Dann musste sie grinsen. »Gibt schlimmere Schicksale.«

Die beiden sahen sich an und mussten plötzlich loslachen. »Das stimmt, gibt schlimmere Schicksale, mein Mädchen.«

Jessy nahm ihre Mama in den Arm, roch den ihr so vertrauten Duft. Dann löste sie sich wieder und versprach: »Ich helfe dir finanziell. Wir kriegen das schon hin.«

»Ja, das tun wir.« Es klang nicht sicher. Jessy wusste, wie die Trennung ihrer Mutter den Boden unter den Füßen weggezogen hatte. Ihr selbst ja auch. Jessy hatte ihren Vater zur Rede gestellt, ihm alles auf den Kopf zugesagt, was sie bewegte, aber es half nichts. Er hatte sich in diese andere Frau verliebt, wie er meinte, mehr wollte er nicht sagen. Und je mehr Jessy redete, umso mehr zog er sich von ihr zurück. Warum nur, dachte Jessy seitdem so oft. Die Ehe ihrer Eltern hatte so harmonisch gewirkt.

Mama aß weiter ihren Käsekuchen, schüttelte dann den Kopf und sagte: »Italien, was hätte ich dafür gegeben, in deinem Alter zwei Monate in der Toskana arbeiten zu können. Du bist ungebunden, kannst deinen Hund mitnehmen, deine Wohnung untervermieten.«

Jessy lächelte. »Willst du mich loswerden?«

»Um Himmels willen, nein. Aber was sind denn zwei Monate? Außerdem ist die Toskana von München ja nicht weit. Ich hab als Kind immer von Italien geträumt. Weil Oma mir von der schönen Natur dort erzählt hat. Ich glaube, das hatte sie aus einem Gartenbuch.«

Die Augen ihrer Mutter glitzerten. »Mit Papa sind wir nicht viel herumgekommen. Reisen ist ja teuer. Und jetzt als Alleinstehende … Hätte ich mal meinen Job wieder aufgenommen. Als Nur-Hausfrau ist man ganz schön abhängig. Aber jetzt genug. Du vermietest unter.«

»Ja, und ich schreib da hin.«

»Am besten sofort. Sonst tut es ein anderer. Außerdem, einen Garten, Schatz, erinnerst du dich, was Oma immer gesagt hat?«

»Sie hat viele schlaue Dinge gesagt. Was genau meinst du?«

»Dass ein Garten gut für die Seele ist. Ein Garten macht glücklich und heilt.«

»Dabei hatte sie nie einen, oder?«

»Als Kind schon. Später konnten sie und Opa es sich nicht leisten. Und als sie mal das Angebot für einen Schrebergarten bekam, ging es körperlich nicht mehr. Es hat ihr gefehlt. Mir ehrlich gesagt auch. Aber dein Vater wollte nie einen. Er mag ja keine Insekten.«

Jessy nickte, verdrehte amüsiert die Augen.

»Deshalb hab ich dich so darin bestärkt, Floristin zu werden. Du hattest als Kind schon so eine Freude an Blumen, das war so herzallerliebst.«

Jessy lächelte traurig bei dem Gedanken daran, dass ihre Mutter niemals einen Garten gehabt hatte, sah sich auf dem kleinen Balkon um. Wie schön grün sie ihn sich in der kurzen Zeit, in der sie hier wohnte, gemacht hatte. »Man muss heutzutage keinen eigenen haben, dein Balkon ist doch ne Wucht.«

»Ich mag meine kleine grüne Oase auch sehr.«

Jessy lächelte. »Weißt du, was ich an dir immer bewundert hab?«

»Was denn?«

»Dass du zufrieden bist mit deinem Leben, auch wenn du nie viel hattest. Oder hab ich mich da getäuscht?«

»Nein, na ja. Man kann immer mehr wollen und immer unzufrieden sein, das wollte ich nie. Das hab ich auch von Oma. Sie war zufrieden, weil sie uns hatte, aber ich bin mir sicher, es würde sie freuen, wenn du ihren Traum leben würdest.«

»Ich versuche es.«

»Und es würde dich zur Ruhe bringen.«

Jessy sah auf, nickte nachdenklich. Das Gartenprojekt würde ihrem Leben einen neuen Sinn geben.

»Nu schreib da doch gleich hin.«

»Jetzt, hier? Ich hab doch keinen Lebenslauf dabei und nichts, um mich zu bewerben.«

»Ach, das brauchen die nicht. Die Italiener sind da lockerer.«

Jessy erkannte ihre Mama kaum wieder. Italien schien wirklich ein Sehnsuchtsort für sie zu sein. So wie für sie, musste Jessy insgeheim zugeben. Sie wollte schon immer mal wieder nach Italien. Hatte Italienisch in der Schule gelernt und bei einem Schüleraustausch in Südtirol viel von der Sprache aufgesogen. Mit Christian war sie immer nur an der Nordsee gewesen. Dort hatte sie zwei Wochen lang gefroren. »Frostbeule«, hatte er sie genannt.

»Also gut.« Sie tippte am Handy an die E-Mail-Adresse, die dort angegeben war, eine Nachricht auf Englisch, dass sie großes Interesse habe, weil sie Blumen und Pflanzen liebe, selbst bereits auch Erfahrungen mitbringe und ob ein Lebenslauf gefordert sei. Sie unterschrieb mit J. und ihrem Nachnamen, Hauptmann, wie sie es immer tat, seit sie einmal einen Stalker gehabt hatte, der ihr ständig unangenehme E-Mails sandte und ihren Vornamen so wunderschön fand. Ein Typ von einer Internetbörse, der anhand ihrer E-Mail-Adresse, in der damals der ganze Name stand, herausfand, wo sie wohnte. Jeden Morgen befanden sich kleine Geschenke in ihrem Briefkasten, irgendwann dann vor der Wohnungstür. Schokoladenherzen, Briefe, Fotos von ihr, heimlich geschossen. Jessy machte ihm anfangs nett, aber irgendwann eindeutig klar, dass sie nichts von ihm wolle, aber er gab lange nicht auf. Das war ein Grund gewesen, über ihren Herzenswunsch, einen Hund zu haben, ernsthaft nachzudenken. Dass es dann ein Golden Retriever wurde, der jeden Einbrecher vermutlich schwanzwedelnd und powackelnd begrüßen würde, stand auf einem anderen Blatt. Aber diese Rasse hatte es ihr schon als Kind angetan, damals erträumte sie sich einen felligen Kumpel und so wurde es ein Goldie, als sie über Bekannte von einer Familie hörte, dass sich

21

diese mit einem Welpen überfordert fühlten und ihn abgeben wollten. Bella legte gerade ihren Kopf auf Jessys Oberschenkel, wie sie es immer tat, wenn sie gestreichelt werden wollte. Jessy fuhr ihr mit der Hand sanft über den Kopf. »Dir würde es bestimmt auch gefallen in Italien.«

»Wieso würde, wird«, sagte ihre Mutter hoffnungsfroh.

Sie lächelten sich an. »Dort scheint öfter die Sonne, es ist wärmer, das Essen ist ein Traum, vor allem in der Toskana. Ich hab schon öfter ein toskanisches Rezept nachgekocht, da gabs mal welche in meiner Zeitschrift.«

»Vielleicht solltest du dich um die Stelle bewerben«, scherzte Jessy.

»Pass bloß auf, sonst tue ich das noch.«

Verträumt blickte ihre Mama über die Brüstung ihres Balkons auf die Häuser gegenüber. »Das Land, wo die Zitronen duften.«

»Blühen«, verbesserte Jessy lächelnd. »Mensch, Mama, so kenn ich dich ja gar nicht.«

»Ich weiß.« Ihre Mutter seufzte. »Pass auf, dass das Leben nicht an dir vorbeizieht, Liebes. In deinem Alter kannst du das Ruder noch rumreißen.«

Jessy sah ihre Mutter an und wusste, dass sie recht hatte. »Jeder ist seines Glückes Schmied«, das hatte ihre Oma immer gesagt. Ihre Mutter hatte das Leben gelebt, das so viele Frauen zu ihrer Zeit lebten. Hatte mangels Geld und vielleicht auch Mut nie einmal einen anderen Weg als den geraden genommen. Nie über die Stränge geschlagen. Jessy wusste, dass sie ihren Vater und ihr Leben dennoch geliebt hatte. »Du kannst auch noch mal alles umkrempeln, Mama, du bist jetzt ungebunden.«

»Ach, in meinem Alter.«

»Ich bitte dich, du bist Anfang sechzig.«

»Meine Hüfte zwackt, und mein Konto auch. Nein, nein, ich muss nicht mehr die Welt retten.«

Seit der Amazonas gebrannt hatte und die Pole schmolzen, seit die Menschen ihre Umwelt nicht mehr achteten, dachte Jessy immer öfter, endlich etwas tun zu müssen.

Ihre Mutter fügte hinzu. »Lass mich nur ab und zu ein bisschen träumen und herumgrübeln, ob das Leben, das ich jetzt lebe, so richtig ist. Das steckt wohl in uns drin.«

Hatte Jessy das von ihr? Dieses ständige Grübeln, Zweifeln, nicht zu hundert Prozent zufrieden mit ihrem Leben zu sein?

Dieses Gedankenkarussell muss endlich anhalten, sagte sie zu sich und stand abrupt auf. »Mama, weißt du was, ich kann hier nicht so faul rumsitzen, danke für das Frühstück, aber ich muss noch was tun.«

»Was denn?«

»Keine Ahnung. Meinen Papierkram«, fiel ihr ein. »Der stapelt sich mal wieder.«

Ihre Mutter erhob sich mühevoll. »Und du hast mal wieder Hummeln im Hintern.«

Jessy lachte. »Ich fürchte, ja.«

Sie half ihrer Mutter flink den Tisch abzuräumen, drückte sie an der Tür fest an sich und verließ gefolgt von Bella die Wohnung.

Die Sonne schien ihr ins Gesicht, als sie auf die Straße trat, und Jessy schloss für einen kurzen Moment die Augen. »Italien, Sonne, Pasta, Gelato«, es klang verführerisch. Hoffentlich hatten die Leute dort nicht bereits eine Gartenhelferin. Irgendetwas in ihr sagte ihr, dass diese Stelle im Moment genau die richtige für sie war: Ganz raus, ein anderes Land, völlig neue Eindrücke, fremde Gerüche ... Sie spürte, dass sie allein der Gedanke daran beschwingte. Es wirkte zu schön, um wahr zu sein. Zwar verschob es ihr Problem nur, in München einen festen Job zu finden, aber manchmal musste man unvernünftige Dinge tun.

Während sie mit Bella die Straße zu ihrer Wohnung entlangging, zog sie ihr Handy aus der Tasche und checkte ihren Mailaccount. Keine neue Nachricht, nur eine Werbemail, die ihr die Vorzüge eines Treppenlifts anpries.

»Na wunderbar. Wäre ja auch zu einfach gewesen.«

Lange lag Jessy in dieser Nacht wach. »Nicht aufgeben«, dachte sie immer wieder.

Am nächsten Morgen erschien eine Nachricht. Die Antwort war schlicht gehalten. Thanks, I have some questions. »Danke, ich habe ein paar Fragen«, las sie laut und übersetzte gleich: »Haben Sie Gartenerfahrung? Können Sie zupacken? Beste Grüße, Gregorio.«

Jessy schrieb diesem Gregorio, dass sie wahnsinnig gern und gut zupacken konnte.

Gefühlt Tage später kam endlich eine Antwort: You are pleased to come. Next Monday? Best, Gregorio. Danke, kommen Sie gern. Nächsten Montag? Gruß, Gregorio. Dazu der Link zu einer Homepage. Jessys Puls ging schneller. Sie klickte rasch auf den Link, und die Webseite öffnete sich auf ihrem Smartphone. Eine wunderschöne Villa erschien, umgeben von einem großen Garten mit Buchsbäumen, in dem Terrakottatöpfe mit Zitronenbäumchen darin standen. Wie edel das alles aussah! Jessy blieb für einen Moment die Luft weg. Wollte sie dieser Gregorio reinlegen? Er konnte unmöglich in diesem Palast leben. Sie scrollte etwas weiter nach unten, dort sah sie ein Foto von ihm, vor einer Rosenhecke, mit Schaufel in der Hand. Ah, er war der Gärtner. Er stand dort, lächelte in die Kamera, seine blauen Augen schienen sie direkt anzublicken. Was natürlich

Unsinn war, aber dennoch fühlte es sich so an und ihr Magen zog sich zusammen. Sie mochte seine etwas längeren, lockigen Haare, die ihm in die Stirn fielen. Dann war er also ihr neuer Chef. Sah sympathisch aus. Ein Glück. »Bella, wir fahren nach Italien. Gregorio erwartet uns.« Jessy musste lächeln, streichelte Bella vorfreudig über den Kopf. »Einen italienischen Namen hast du ja schon, du Schöne.«

2. KAPITEL

Das Gelb der Zitrone in seiner Hand leuchtete in der Sonne. Er sog ihren Duft ein, mit geschlossenen Augen. Die Schaufel in der anderen Hand stand Gregorio im alten Renaissancegarten vor einem Zitronenbaum, der sich in einem alten Terrakottatopf befand. Wie sehr hatte er diesen Geruch vermisst. Natürlich gab es in London auch frische Zitrusfrüchte, aber diese alte Sorte hier roch ganz besonders. Nach Kindheit, nach Heimat, nach Familie. Er öffnete die Augen und beim Ausatmen pustete er sich eine Locke aus der Stirn, ließ seinen Blick bitter über die schon lange nicht mehr in Form geschnittenen Buchsbäume und die anderen verdorrt wirkenden Zitronenbäume in den großen, teils angeschlagenen Terrakottatöpfen schweifen. Der Garten sah nicht einmal mehr halb so gepflegt aus wie auf der Homepage und wie er ihn in Erinnerung gehabt hatte. Und seine Mamma hatte ihm nichts davon gesagt. Wieder spürte er diesen Stich im Magen. Diesen Stich, den ihm sein Vater sogar über den Tod hinaus zugefügt hatte. Wieso hatten sie es ihm nicht geschrieben? Dass sie sich keinen Gärtner mehr hatten leisten können, dass sein Vater sich zu schwach gefühlt hatte, das Anwesen zu bewirtschaften. Seit Jahren. Selbst das Weingeschäft hatten sie in fremde Hände gegeben. Seine Mamma war eine kleine, zierliche Person, die zeit ihres Lebens

26

keine körperliche Arbeit hatte verrichten müssen. Viel zu lange war er nicht mehr zu Hause gewesen. Aus Gründen. Er spürte Wut in sich aufsteigen. Diese verdammte Art seiner Eltern, die Fassade zu wahren. Alles totzuschweigen, den einzigen Sohn in seiner Art nicht zu akzeptieren. Zumindest sein Vater nicht. Aber auch seine Mamma hatte er mehrfach enttäuscht, das hatte er ihr jedes Mal angesehen.

Als Mann Ende dreißig hatte er gemeint, sich abgenabelt zu haben, über dem Ganzen zu stehen. Doch der für ihn plötzliche Tod seines Vaters vor ein paar Wochen hatte ihm den Boden unter den Füßen weggezogen. Heimat blieb Heimat, die *famiglia* die *famiglia*. Das war ihm wieder schmerzlich bewusst geworden und er war nach Hause zurückgekehrt.

Gregorio nahm die Schaufel, rammte sie mit aller Kraft in die trockene Erde. So lange hatte es schon nicht mehr geregnet, offenbar schon viel zu lange war die Bewässerungsanlage kaputt und keiner hatte sich darum gekümmert. Wieso nur hatten seine Eltern das ganze Anwesen so verkommen lassen? Wo ihnen der äußere Schein doch so wichtig war. Wie sehr mussten sie unter dieser Schmach gelitten haben. Aber sie schien geringer gewesen zu sein, als ihren abtrünnigen Sohn um Hilfe zu bitten. Stattdessen hatten sie einfach beschlossen, niemanden mehr auf ihr Grundstück zu lassen und es zu verkaufen. Dieses Anwesen, das sich seit dem 19. Jahrhundert in ihrem Familienbesitz befand. Ohne ihn zu fragen. Wieder rammte er die Schaufel in die Erde, aber wieder stob nur etwas Erde auf.

»Gregorio, was machst du da?«, hörte er die Stimme seiner Mamma, die näher kam. Unter ihren feinen Schuhen knirschte der Kies. Jetzt stand sie vor ihm, ganz in Schwarz, klein und zart, als könnte sie ein Windhauch mitnehmen. Ihre grau-schwarzen Haare und der Pagenschnitt verliehen ihr etwas Edles, ihr Gesicht ließ erkennen, dass sie eine sehr schöne Frau gewesen war.

»Ich versuche zu retten, was nicht zu retten ist«, brummte er vor sich hin.

Dann sagte er lauter: »Das weißt du doch.«

Sie hatte am Tag der Beerdigung nichts davon hören wollen in ihrem Schmerz, dass Gregorio um das Anwesen kämpfen wollte. »Es ist entschieden, basta«, hatte sie gesagt und sich die Augen getupft. »Wir haben Schulden, wir müssen verkaufen.«

»Nein!«, hatte Gregorio geschrien. Kniend am Sarg seines Vaters, der in einem der Zimmer aufgebahrt lag. »Es ist mein Zuhause. Gib mir Zeit.«

»Wir haben keine Zeit, mein Kind. Ich habe keine Zeit mehr. Nur noch zwei Monate, dann will die Bank endgültig das Geld sehen. Ich werde nach Rom gehen und dort meinen Lebensabend verbringen.«

»Mamma!« Gregorio hatte sie angefleht, neben dem Sarg seines Vaters, hatte seine Hände gefaltet. »Gib mir ein halbes Jahr Zeit, mir fällt schon etwas ein.«

Seine Mutter schüttelte bedauernd den Kopf. »Gregorio. Zwei Monate, mehr Zeit gibt uns die Bank nicht mehr. Mein Junge, du hast immer gesagt, du willst hier nicht leben. Dir ist es zu eng. Hast du das nicht gesagt?«

»Ja, habe ich«, gab er betreten zu und stand wieder auf.

»Ich habe das nie verstanden«, erwiderte sie leise. »Bei dieser Weite, diesem wunderschönen Land. Allein unser Renaissancegarten, der Nutzgarten, die Weinreben und Zitronenbäume, was willst du denn mehr, habe ich mich immer gefragt. Aber ich habe es akzeptiert, habe mich damit abgefunden, auch wenn es schwerfiel, seinen einzigen Sohn an die Fremde zu verlieren.«

»Du hast mich nicht verloren, Mamma. Ich bin und bleibe dein Sohn.«

»Ich weiß.« Sie zitterte, als sie ihn in ihre Arme schloss. Er spürte ihren knochigen Rücken, roch ihren vertrauten Duft nach Lavendel. Sie fühlte sich an wie ein zerbrechliches Vogeljunges.

Dann löste sie sich und sah ihn ernst an. »Von London nach Rom kannst du besser fliegen und mich besuchen. Selbst wenn ich wollte, ich kann es nicht ändern. Sieh es so, auf die Weise kann ich dir auch dein Erbe auszahlen, sonst könnte ich es nicht.«

»Darum geht es mir nicht. Zwei Monate, sagst du? Also gut, zwei Monate. Ich lasse mir etwas einfallen.«

Die Zitrone in seinen Händen fühlte sich kühl, rau und vertraut an. Wie sehr hatte er unter seinem alten Herrn gelitten, vor allem seine Teenagerzeit hindurch. Wie sauer war er oft auf ihn gewesen. Gregorios Blick blieb am Gesicht seiner Mutter hängen. Hatte sie diese Augenschatten schon länger oder erst durch die Trauer um ihren verstorbenen Mann? Dabei hatte auch sie unter ihm gelitten, unter dem Patriarchen der Familie, der hier regierte, als wäre er König und die Villa sein Palast.

»Du vergeudest deine Zeit, Junge. Manchmal glaube ich wirklich, dass auf diesem Anwesen ein Fluch liegt«, sagte sie, drehte sich um und ging zurück in Richtung Villa, die schon im 14. Jahrhundert erbaut worden war. Gregorio sah ihr verblüfft nach. »Ein Fluch?«, rief er ihr nach. »So ein Unsinn. Wie kommst du darauf?«

Sie drehte sich noch einmal um, zögerte und sagte dann leiser: »Dein Vater meinte auf dem Sterbebett, dass dieses Anwesen seinen Bewohnern nie Glück gebracht hat.«

»Wie kam er darauf?«

»Das hat er nicht weiter erklärt. Ich hatte das Gefühl, er wollte …« Sie dachte nach. »Aber es stimmt doch: Es gab hier nie Frieden. All die Jahre die Feindschaft mit den Bandinis, dein

Vater, der sich darüber so aufgeregt hat. Die Villa birgt nicht nur gute Erinnerungen für mich, verstehst du? Und jetzt haben wir keine Wahl mehr, wir müssen verkaufen. Lass uns dankbar sein, dass die Bank einen Käufer gefunden hat.«

»So schnell gebe ich nicht auf, Mamma. Es ist unser Zuhause. Schon so lange. Wir müssen es bewahren.«

Sie nickte nur müde, er sah, wie ihr Tränen in die Augen stiegen, bevor sie weiterging. Der Kies raschelte leise unter ihrem Gewicht.

»Ich habe endlich einen Gartenhelfer gefunden«, rief er ihr nach. »Du wirst sehen, wir bringen alles wieder auf Vordermann.«

Erneut drehte sie sich zu ihm. »Hoffentlich ist er stark, es ist harte Arbeit, weißt du?«

»Oh ja, ich weiß. Es wird kein Mann so verrückt sein, sich auf diese Stelle zu melden, wenn er keine Bärenkräfte besitzt«, versuchte er zu scherzen. Aber er konnte sie in ihrer Trauer nicht aufheitern. Seine Mutter so traurig zu sehen, schmerzte.

Sie entschwand ins Parterre der Villa, sah so zart aus, als könnte sie ein Lufthauch umwerfen.

Was diese Gemäuer und der Garten schon alles erlebt hatten, durchfuhr es ihn. Ihre Vorfahren waren Engländer, sie kamen 1892 in die Toskana, hatten wie andere betuchte Engländer und Amerikaner damals die wunderschönen alten Villen und Renaissancegärten gekauft und sich hier niedergelassen. Hier, in diesem ganz besonderen Licht, in dieser pittoresken Landschaft, die aussah wie einem Gemälde entsprungen. Im Paradies. Oder in der Hölle, so sah es Gregorio in seiner Jugend dank seines Vaters hin und wieder. Die mediterrane Gegend, in der das Klima milder war als in London, in der die Sonne öfter schien als im verregneten England, war aus der Sicht eines fast vierzigjährigen Mannes inzwischen weit davon entfernt, so genannt zu werden. Im Gegenteil. Verwunschen sah

diese Anlage in Gregorios Augen heute aus. Ein so traditions-
reicher Familienbesitz konnte Fluch und Segen zugleich sein.
Hatte Vater das gemeint? Aber auf was genau mochte er es be-
zogen haben? Gregorio ließ seinen Blick über die Gartenanlage
schweifen.

Wie sehr sich die Sichtweisen im Laufe der Jahre ändern
konnten, dachte er. Gregorios kommunistischer Großvater
Ricardo hatte in seiner Großmut und seiner Scham vor seinen
gleich gesinnten Freunden in den Siebzigern ein paar Ländereien
verschenkt. Einfach so. Außerdem ihren ursprünglich englischen Namen Russel in den italienischen »Russo« abändern
lassen. Wenn es nach seinem Vater gegangen wäre, hätte er
dennoch George geheißen, aber seine italienische Mutter,
eine Principessa aus Rom, hatte sich mit Gregorio durchge-
setzt. Eines der wenigen Dinge, die sie gegen ihren Gatten
durchgekämpft hatte, viel zu oft hatte sie sich ihm gefügt.
Gregorio war früh klargeworden, dass seine zukünftige Frau
Durchsetzungsfähigkeit besitzen sollte. Kampfgeist, aber dennoch den gleichen edlen Charme haben wie seine Mamma. Er
wusste inzwischen, dass es diese Frauen kaum gab. Nur eine hatte
er bisher kennengelernt. Eine Biene flog auf eine Mohnblüte,
die wild neben dem Zitronenbaum wuchs. Überall hatte sich
Unkraut breitgemacht, Wildblumen hatten das Terrain erobert
und gaben dem Ganzen etwas Liebliches, Wildromantisches.
Im Nutzgarten wollte er die Wildblumen für die Bienen gewähren lassen, aber hier im Renaissancegarten hatte er anderes vor.
Wenn der Gartenhelfer tüchtig mit anpackte, könnten sie es
in den nächsten zwei Monaten schaffen, das Anwesen vor dem
Verkauf zu retten.

3. Kapitel

Jessy saß am Steuer ihres himmelblauen Cinquecento, summte ein Lied vor sich hin und fuhr eine kleine Straße von Siena in Richtung Chianti entlang. Wieder klebte ein italienischer Wagen zwei Zentimeter hinter ihr an ihrer Stoßstange, aber sie kannte die sich schlängelnde Strecke nicht und fuhr deshalb deutlich langsamer als erlaubt. Ihrem Hintermann gefiel das offenbar gar nicht. »Hey, schieb mich doch gleich an.« Sie blickte kurz in den Rückspiegel. Da erhaschte sie einen Blick von Bella, die auf dem Rücksitz saß und hechelte, was das Zeug hielt. Jessy wischte sich über die Stirn. Die Fahrt von München nach Siena kam ihr durch die vielen Pausen wegen Bella fast endlos vor. Dabei waren es nur siebenhundert Kilometer. Na ja, nur. Immerhin. Ihre Mutter hätte diese lange Fahrt sicher nicht allein im Auto auf sich genommen, dachte Jessy bedauernd. Und sie konnte die nächsten zwei Monate, die sie hier arbeitete, nicht einfach so mal eine Woche wegfahren, zumal sie das Bella nicht gleich wieder antun konnte. Insofern würden Mama und sie sich die ganze Zeit nicht sehen. Und das jetzt. Ob das alles so eine gute Idee gewesen war? »Wir sind gleich da, Bella.«

Der Italiener hinter ihr überholte sie plötzlich waghalsig, kurz vor einer Kurve. »Spinnst du?!«, entfuhr es ihr und sie riss das Lenkrad etwas nach rechts, sodass der Italiener zwischen sie und den entgegenkommenden Wagen passte. Sie fuhr an den Rand, hielt dort an, um sich zu beruhigen. Oh Gott, wie das hätte ausgehen können! Wie sich ein Leben innerhalb von Sekunden ändern konnte. Der Tod ihrer Großmutter hatte ihr vor Augen geführt, was es bedeutete, aus dem Leben zu entschwinden. Vor allem für seine Liebsten. Sie blickte in den Himmel. Denn dass sich ihre Oma dort befand, daran hegte sie keinen Zweifel. Ihre Oma, die so ein herzensguter Mensch gewesen war. So lieb hatte sie sich um Jessy gekümmert, als Jessy einen Fahrradunfall hatte und ihre Eltern beide nicht erreichbar gewesen waren. Oma hatte ihr Pfannkuchen gebacken, mit Apfelringen, ihr zugehört, wann immer sie etwas auf dem Herzen hatte. Wie gut es Mama getan hätte, wenn Oma jetzt noch leben würde. Ihre Mutter schien sich seit der Trennung in einer anderen Welt zu befinden. Die letzte Zeit hatte das Verhältnis von Jessy zu ihrer Mutter gestärkt, aber sie machte sich Sorgen um sie. Auch ihre Mutter hatte offenbar nicht mit so einem Vertrauensbruch ihres Mannes gerechnet, sich bis dahin bei ihm geborgen gefühlt, wie sie sagte. Auch wenn er vielleicht mehr hätte reden sollen, sich mehr einbringen. Jessy verstand ihren Schmerz. Und sie spürte, dass ihr eigenes Urvertrauen in Männer nachhaltig erschüttert worden war. Seitdem traute Jessy in ihrem tiefsten Inneren keinem Mann mehr, seitdem fühlte sie sich bestätigt, wenn einer fremdging. Keine Basis für eine Beziehung, aber was konnte man schon gegen seine inneren Dämonen ausrichten?

Bella sah aus, als würde sie gern aussteigen. Jessy hielt an, um sie hinauszulassen. »Auf die paar Minuten kommt es jetzt auch nicht mehr an. Bisschen Beine vertreten nach dem Schreck. Okay«, gab sie den Befehl für Bella, aus dem Wagen zu springen. In dem Moment kam auf der Landstraße erneut ein Wagen angeschossen und erschreckte Bella so sehr, dass sie über die Straße rannte. »Bella, niiicht«, schrie Jessy panisch, sah gleichzeitig, dass sich auf der Gegenfahrbahn ein Fahrzeug näherte, das nicht mehr rechtzeitig würde bremsen können. Sie spurtete los, um ihre Hündin zu retten, fühlte sich wie in einem Traum, in dem ihre Beine sich nicht so schnell bewegten, wie sie es ihnen befahl. Panik, ein riesiger Kloß in ihrem Hals, das alles innerhalb weniger Sekunden. Der entgegenkommende Fahrer stieg offenbar mit aller Kraft in die Bremse, schlingerte, sein Wagen drohte zu kippen, er kam fast von der Fahrbahn ab und dann ein paar Meter weiter zum Stehen. Bella stand am Straßenrand auf der anderen Seite und sah Jessy mit ihren treuen Augen an. »Oh Gott, Süße, ich bin ja so froh. Was, wenn der Typ nicht so gebremst hätte?«

Der Typ stieg aus. Dunkle Locken, helle Augen, die sie wütend ansahen. »Sind Sie verrückt?«, rief er auf Italienisch. Jessy erklärte auf Englisch, nicht von hier zu sein, und so wechselte er ebenso ins Englische: »Wieso haben so viele ihren Hund nicht im Griff? Mein Wagen hätte sich fast überschlagen. Das war haarscharf für mich!«

»Ich weiß, Sie haben Ihr Leben für sie riskiert, es tut mir so leid«, erwiderte sie. Kaum einer hätte das gemacht, das wusste Jessy. Für die meisten waren Tiere weniger wert als Menschen. Nicht für sie.

»Sind Sie in Ordnung?«

»Ja.«

Er sagte nichts mehr, stieg wieder in seinen Wagen und fuhr weiter.

Jessys Knie zitterten. Sie beugte sich zu Bella, drückte sie an sich, vergrub ihren Kopf in ihrem Fell, während andere Autos an ihr vorbeirauschten.

Das Navi sprach zu Jessy mit seiner monotonen Männerstimme: »Halten Sie sich rechts, fahren Sie dann geradeaus.«

Nur noch wenige Minuten, dann musste sie da sein. Besonders viel hatte dieser Chefgärtner nicht geschrieben, nur dass sich die Anfahrtsskizze auf der Homepage befand. Na hoffentlich handelte es sich bei ihrem zukünftigen Boss nicht um so ein maulfaules Exemplar.

Endlich zeigte sich auf dem Navi die schwarz-weiße Flagge. »Sie haben Ihr Ziel erreicht.«

»Na wunderbar. Bella, wir haben es geschafft.«

Ein großes, altes Tor versperrte ihnen den Weg. Jessy hielt unschlüssig an, überlegte, ob sie hier parken sollte oder klingeln und mit dem Wagen hineinfahren. Sie stieg aus, bedeutete Bella, zu warten, ging auf das Tor zu, entdeckte ein Schild *»Attenzione al cane«*, »Warnung vor dem Hund«. Es gab also einen Hofhund, sehr gut, dann hatte Bella Spaß, sie liebte es, mit anderen Hunden herumzutollen. Jessy freute sich, endlich wieder Italienisch zu sprechen. Sie liebte diese Sprache und hatte sich schnell heimisch darin gefühlt. Oder lag das an dem italienischen Eisverkäufer in Südtirol, in den sie sich bei ihrem Schüleraustausch verliebt hatte. Irgendwie hatte sie schon immer das Talent gehabt, sich in die Falschen zu verlieben. Südtirol–München, ihre Beziehung war zum Scheitern verurteilt gewesen, denn sie waren erst zarte vierzehn und außerdem kam heraus, dass Beppo auch noch seine Ex im Kopf hatte und sich nicht entscheiden konnte. Männer, dazu italienische Männer und sie, das gab nichts Gutes.

Jessy entdeckte die Klingel, drückte darauf. Es tat sich nichts. Sie schwitzte, drückte erneut. Wieder nichts. Die Villa konnte man von hier aus nicht sehen, da sich eine große Auffahrt mit einer Allee von riesigen Bäumen davor befand. »Mist, was machen wir denn jetzt?« Geduld gehörte definitiv nicht zu ihren Stärken. Sie trat von einem Bein auf das andere, musste dringend mal. Seufzend drückte sie erneut auf die Klingel, aber nichts tat sich. »Oh Mann, ich mach mir gleich in die Hose«, sagte sie zu sich. Sie wandte sich zu Bella und ihre Stimme wurde etwas lauter: »Hoffentlich ist dieser Gregorio nicht so ein Macho-Italiener.«

Plötzlich hörte sie eine männliche, tiefe Stimme aus dem Gebüsch. »Sie schon wieder«, sagte der Typ auf Deutsch mit italienischem Akzent.

Jetzt erkannte sie ihn. Bellas Retter, der gerade sein Leben für ihren Hund riskiert hatte. Er war dieser Gregorio, natürlich. Erde tu dich auf, dachte sie peinlich berührt. »Oh, hallo. Ja, ich.«

»Woher kennen Sie meinen Namen?«, hakte er nach.

»Ich … wusste nicht, dass Sie gern hinter irgendwelchen Büschen stehen … und Deutsch verstehen«, erwiderte sie auflachend.

Dieser Gregorio hielt eine Heckenschere in der Hand, deren Schneiden er nun schloss und mit einer Vorrichtung am Handgriff verriegelte.

Seine dunklen Locken fielen ihm ins Gesicht, er pustete sie weg, sah sie aus seinen himmelblauen Augen, die in seinem gebräunten Gesicht leuchteten, an. »Wie kann ich Ihnen *erneut* helfen? Im Ort ist ein Ristorante, falls Sie das suchen.«

»Ich suche aber Sie.«

Er zuckte verständnislos mit den Achseln. Offenbar ein männliches Exemplar, das besonders schwer von Begriff war.

»Ich will Ihnen helfen. Also ich bin da, um Ihnen zu helfen.«

»Mir?« Er runzelte die Stirn und scherzte: »Mir ist nicht mehr zu helfen.«

Jessy sah ihn nur an.

»Also gut, wie wollen Sie mir helfen, ich bin gespannt.«

»Wenn Sie vielleicht endlich mal das Tor aufmachen würden, könnte ich es Ihnen erklären. Das ist doch albern, so durch die Gitterstäbe.«

Er stellte sich breitbeinig und argwöhnisch auf. »Um was geht es denn?«

Sie schnaubte durch. Jetzt kam auch noch ein Hund angerannt, der sie scharf anbellte. Ein Dobermann, der die Zähne fletschte und vor allem Bella anbellte.

Die saß stoisch im Auto.

»Können Sie bitte Ihren Hund zurückrufen?«

»Keine Sorge, er macht nichts. Er mag nur keine Hündinnen.«

Na wunderbar.

Jessys Blase drückte, sie überkreuzte ein wenig ihre Beine, in der Hoffnung, dass es nicht albern aussah. Er befahl seinem Hund auf Italienisch, ruhig zu sein. Der gehorchte sofort.

Dann nahm er den Dobermann am Halsband und öffnete mit der anderen Hand das Tor. Es war noch nicht einmal abgeschlossen gewesen.

»Kommen Sie, Sie können unser Bad benutzen.« Er klang netter.

»Vielen Dank«, erwiderte sie, ging an ihm vorbei, doch er hielt sie auf. »Warten Sie, es ist ein Stück zur Villa. Fahren Sie besser mit dem Auto. Und am besten, ich fahre gleich mit, dann geht es schneller.«

»Natürlich.« Sie konnte schon nicht mehr klar denken. Bella hätte sie ja auch nicht einfach so sitzen lassen können. Sie stieg rasch in ihren Cinquecento und fuhr hinein, wartete, bis Gregorio das Tor wieder geschlossen und den Hund zur Räson gerufen hatte. Dann stieg er ein. Ein Hauch von Zitrone und Aftershave wehte zu ihr. Er schien seinen Hund wirklich gut im Griff zu haben. Seine plötzliche Nähe irritierte sie. Rasch gab sie Gas und fuhr den von großen Bäumen gesäumten Kiesweg entlang. Gregorio drehte sich zu Bella und streichelte sie sanft. »Du bist ja eine Liebe.«

»Das ist Bella«, erklärte Jessy. »Woher können Sie Deutsch? Sie sehen so italienisch aus?«

Was für eine Frage. Vermutlich hatte er mal als Kellner in einer Pizzeria in Deutschland gearbeitet, bevor er als Gärtner hier angefangen hatte.

»Ich habe ein paar Jahre in London und in Berlin gelebt.« Mehr sagte er nicht. Ein schweigsames Exemplar, wie ihr Vater, alles klar.

Nach mehreren hundert Metern führte sie der Kiesweg um eine Kurve und der Blick auf die wunderschöne, herrschaftliche Villa tat sich auf. »Wow«, entfuhr es Jessy. Sie sah, wie er lächelte, und sofort gab sie sich Mühe, sich ihre Begeisterung nicht weiter anmerken zu lassen. Das Anwesen sah noch viel schöner aus als im Internet, Zitronenbäumchen in großen Terrakottatöpfen standen Spalier. »Wo soll ich parken?«

»Hier.« Er wies ihr eine Parkbucht. »Den Hund lassen wir kurz im Auto, sonst wird es kompliziert, wenn er wieder nicht gehorcht, in Ordnung? Wir haben nämlich auch einen Kater. Und bei geöffnetem Fenster hat er die paar Minuten ja genug Luft. Vincent würde Ihre Hündin außerdem sonst verspeisen«, fügte er schmunzelnd hinzu.

Sie warf ihm einen Blick zu. »Das wagt er nicht. Und Katzen mag sie. Wie ich. Na gut.« Verdammt, diese Blase, sie hatte sie schon in einige absurde Situationen geführt, aber diese hier toppte alles. Was sollte er nur von ihr denken. Ganz gewiss, dass sie als Gartenhilfe nichts taugte, weil sie ständig aufs Örtchen rennen musste. Aber sie hatte nun mal eine Reizblase, sie konnte ja auch nichts dafür.

Beide stiegen schnell aus. »Bella, bin gleich wieder da, eine Sekunde«, rief sie ihrer Hündin zu. Vincent, wie der Dobermann hieß, war ihnen gefolgt und stand nun neben dem Wagen. Auge in Auge mit Bella, die dieses männliche Potenzgebaren vollkommen kalt ließ.

Gregorio führte Jessy eilig durch eine Seitentür und einen antik aussehenden Gang entlang, deutete auf eine kleine Tür, die offenbar zum Bad führte.

Jessy hatte keine Augen für die Umgebung, drückte die Türklinke hinunter und konnte sich kurz darauf endlich erleichtern.

Immerhin hatte dieser Gregorio ihren Hund gerettet, so etwas wie Mitleid mit ihr gezeigt und sie hier hereingeführt, ohne zu kapieren, wer sie war. Sollte sie ihn noch ein wenig an der Nase herumführen? Lust dazu hatte sie ja. Sie wusch sich die Hände, warf einen Blick in den Spiegel. Die lange Fahrt hatte ihre Haare ziemlich verwuschelt, wie sie jetzt sah. Rasch versuchte Jessy, sie in Form zu zupfen, was aber schon immer schwierig gewesen war, denn ihre langen Locken taten, was sie wollten.

Sie schloss die Tür auf und trat mit Schwung hinaus.

»Fertig.«

Er deutete in Richtung draußen, ging voraus. Er war groß, bestimmt einen Kopf größer als sie, hatte muskulöse Arme und einen breiten Rücken. Kein Wunder, als Gärtner brauchte man kein Fitnessstudio. Als sie vor die Villa traten, kam sofort der Dobermann auf sie zu, schnüffelte aber nur an ihr.

Sie hielt ihm ihre Hand hin, ohne ihn zu berühren.

»Oh, das macht er nur bei ganz wenigen Menschen.«

»Hunde mögen mich in der Regel. Männer nicht alle«, fügte sie lächelnd hinzu.

Er lächelte auch kurz, sah sie mit seinen blauen Augen neugierig an.

»Also, bei was wollen Sie mir helfen?«, griff er den Faden von zuvor wieder auf.

Jessy zögerte einen Moment, beschloss, ihn nicht zu necken. »Na, im Garten.«

»Im Garten?« Verständnislos sah er sie an.

»Ich bin die Gartenhilfe. Für zwei Monate. Aus München, wir haben gemailt.«

Seine Kinnlade fiel ihm buchstäblich hinunter, dann riss er sich etwas zusammen. »Sie?«

»Ja, was ist denn daran so komisch?«

»Dass Sie kein Mann sind.«

»Stimmt, bin ich nicht. Aber wieso sollte ich ein Mann sein?«

»Weil …« Er schien fieberhaft zu überlegen. »Ich davon ausgegangen bin, dass keine Frau so verrückt ist, als Gärtnerin oder Gartenhilfe hier arbeiten zu wollen.«

»Wieso denn nicht?«

»Ich meine nur, weil es wirklich harte Arbeit ist – sehen Sie sich doch mal um.« Er machte eine ausladende Bewegung.

»Ach ja? Und wieso sollte ich das nicht können?«

Sein Blick wanderte an ihrem Körper auf und ab. »Weil Sie keine Bärenkräfte besitzen?«

»Ich bin stärker, als ich aussehe. Und überhaupt kann es ja wohl nicht so schwer sein, einen Garten in Schuss zu halten, das habe ich bei … ist ja auch egal, ich habe schon öfter gegärtnert.« Beinahe hätte sie den Schrebergarten von Wilma erwähnt, aber der kam ihr im Vergleich zu diesem schlossähnlichen Garten etwas kümmerlich vor.

Er schien immer noch sauer. »Wieso haben Sie nicht mit Ihrem richtigen Namen unterschrieben, dann hätte ich sofort gesehen, dass Sie eine Frau sind?«

»Habe ich doch. J Punkt für Jessy. Also Jessica, aber alle nennen mich Jessy.« Sie knabberte an ihrer Unterlippe, wie sie es immer tat, wenn sie nervös wurde. Kleinlaut fügte sie hinzu. »Das war keine Absicht, ich hatte mal so eine Art Stalker, ein Typ, der mich wirklich genervt hat, und unterschreibe deshalb immer nur mit J. und Nachnamen – erst

40

mal. Bei Internetbekanntschaften. Das ist jetzt schon so eine Gewohnheit.«

Kopfschüttelnd dachte Gregorio nach, schaute dabei zu Boden.

»Ich bin den ganzen Weg hierhergefahren. Wir haben einen Deal«, sagte sie forscher, als sie sich fühlte. »Und das habe ich schriftlich.«

Er atmete durch.

»Ich fahre jetzt nicht wieder zurück, meine Wohnung ist untervermietet«, fügte sie hinzu. »Zwei Monate helfe ich Ihnen im Garten, ich brauche das Geld.« Das klang jetzt schon etwas leiser.

Er stemmte die Hände in die Hüften, sah sie an. Seine hellblauen Augen standen im Kontrast zu seiner dunklen Hautfarbe und den dunklen Locken. Ein astreiner Italiener schien er nicht zu sein.

»Sie haben überhaupt keine Erfahrung als Gartenhilfe, professionell haben Sie das noch nie gemacht, habe ich recht?«

»Ich … also …in einem Schrebergarten …«

Verzweifelt fasste er sich mit beiden Händen ins Gesicht, zog sie ein Stück nach unten, sodass seine Augen wieder frei wurden.

Jessy lächelte. »Aber ich bin gelernte Floristin, wenn Sie das etwas beruhigt.«

Er brummte. »Wenigstens etwas.«

»Ich habe in München in einem kleinen Blumenladen gearbeitet.«

»In München?«

»Ja, wieso?«

»Dann sind Sie auch noch aus der Stadt?«

»In der Stellenausschreibung stand nicht, dass Sie ein Landei suchen. Eine Mail ist wie ein Vertrag.«

Seufzend ergab er sich: »Kommen Sie, ich zeige Ihnen Ihr Zimmer. Es befindet sich im Gästehaus neben den Stallungen.«

»Moment, ich muss kurz Bella holen.«

»Brauchen Sie Hilfe beim Gepäck?«

»Nein, danke. Ich bin bärenstark, schon vergessen?« Sie drehte sich um und ging zu ihrem Hund. Dabei sah sie seitlich aus dem Augenwinkel, wie er ihr Hinterteil inspizierte. Na wunderbar. Männer!

4. Kapitel

»Eine Frau!«, dachte Gregorio wütend. Aber im Grunde war er mehr wütend auf sich selbst. Er wäre im Traum nicht darauf gekommen, in die Annonce zu schreiben, dass nur Männer erwünscht seien. Zumal es dann furchtbar chauvinistisch geklungen hätte und er das ja nicht war. Aber ein Mann konnte nun mal besser zupacken, hatte von Natur aus mehr Kraft und das war es, was er hier brauchte, um den Garten wieder auf Vordermann zu bringen und das Anwesen vor dem Verkauf zu retten. Was sollte er mit einer Frau, zumal einer eher zierlichen Frau, noch dazu einer Frau, die ständig Widerworte gab und als Floristin bestimmt meinte, alles über Pflanzen besser zu wissen? Aber nicht über mediterrane Pflanzen. Was würde seine Mutter sagen, wo sie das Anwesen ja ohnehin schon halb aufgegeben hatte. Was hatte ihn nur geritten, sie nicht direkt wieder wegzuschicken? Aber es hatte sich niemand sonst auf die Anzeige gemeldet, und die Zeit drängte, insofern gab es keine Alternative.

Gregorio ging von den alten Stallungen, in denen früher Pferde gestanden hatten, auf die Villa zu. Sein Hund Vincent kam zu ihm, lief neben ihm mit. Dazu gesellte sich sein schwarzer Kater Pino, streifte ihm schnurrend um die Beine. Gregorio streichelte ihn kurz, ging weiter, musste mit seiner Mutter reden, bevor sie diese Jessy zu Gesicht bekommen würde. Diese Frau mit ihren kurzen Hosen, die zwar ihre Beine betonten, und er musste zugeben, sie hatte wirklich schöne Beine, aber die Shorts waren viel zu kurz für Mammas Geschmack, da war er sich sicher. Seine Mutter legte schon immer großen Wert auf anständige Kleidung. Auch Jessys weit ausgeschnittenes Top, das ihre Brüste andeutete, und deren Ansatz zeigte, missfiel seiner strengen römischen Mamma bestimmt. Gregorio fuhr sich im Gehen wieder übers Gesicht. Sie hatte ziemlich gut gerochen, das war ihm sofort aufgefallen. Nach Vanille, irgendwie sommerlich. Was dachte er da überhaupt. Hatte er schon so lange keine attraktive Frau mehr gesehen, dass er bei der erstbesten halb nackten Haut gleich sabberte wie ein Hund? Pino streunte weiter.

Gregorio blieb stehen und kraulte Vinc am Kopf. »Guter Junge. Wir zwei, das ist was, nicht? Und diese Golden-Retriever-Hündin lässt du auch mal schön in Ruhe, ja?« Dann setzte er seinen Weg fort, betrat die altehrwürdige Villa, in der man sich immer sofort vorkam wie im 18. oder 19. Jahrhundert. Mamma würde um diese Uhrzeit im grünen Salon bei einem Tee weilen, normalerweise war sie da immer recht guter Laune.

* * *

»Eine Frau?! *Dio mio*, Gregorio, wieso hast du sie nicht weggeschickt? Eine Frau als Gärtnerin für unsere großen Ländereien, wo gibt es denn so was?« Die Stimme seiner Mutter schnappte fast über. Sie saß im grünen Salon in einem goldumrandeten antiken Sessel wie eine Königin, neben ihr eine alte Karaffe mit Tee. Gerade weil er denselben Gedanken gehabt hatte, verteidigte er seine Entscheidung.

»Bei uns gibt es das, Mamma, bei uns.«

Rosella schlug die Hände über dem Kopf zusammen. »Und dann noch eine aus der Großstadt. Das kann ja nicht gut gehen.«

»Mamma!«, Gregorio sah sie an. »Sie ist den weiten Weg von München gekommen, sie braucht das Geld.«

Rosella hatte die Hände wieder sinken lassen, sah ihren Sohn nun ahnungsvoll an. »Sie gefällt dir, *dio mio*, sie hat dir bereits den Kopf verdreht.«

»So ein Unsinn, das hat sie nicht.«

»Ach, ich sehe es dir doch an. Wie sieht sie denn aus? Dick, klein, hässlich?«

Er sagte nichts. Bestätigt nickte sie. »Schlank, schöne Beine und insgesamt hübsch, habe ich es doch gesagt.«

»Darum geht es jetzt doch gar nicht. Ich habe keine Alternative, kein Mann hat sich auf meine Annonce gemeldet, im Ort haben alle genug mit ihren Ländereien und dem Wein- oder Olivenanbau zu tun, es gibt seltsamerweise keine männliche Aushilfe die nächsten Monate, die bei uns arbeiten möchte. Und wir haben keine Zeit, ewig auf einen Mann zu warten. Der dann vielleicht trinkt, ein Faulpelz ist oder ein Schwächling. Wir haben exakt zwei Monate. Jessy sagt, sie sei stark, und wenn sie sich die Arbeit zutraut, wieso nicht?«

»Wieso nicht?« Wieder schnappte die Stimme seiner Mutter fast über. »Weil sie bestimmt wie alle Frauen ist, die gesehen haben, dass dir diese Villa und alles gehört. Sie denken, in dir ihren Prinzen gefunden zu haben …« Sie hielt inne.

So langsam reichte es ihm. »Sag es nur, geradeheraus.«

Seine Mutter sank etwas in sich zusammen und sah ihn entschuldigend an. »Es tut mir leid. Du bist ein Prinz, für eine Frau da draußen, und ich hoffe, du findest sie endlich.«

Gregorio wusste, dass sie sich schon lange Enkelkinder wünschte. Thronfolger, die den langen Familienstammbaum nicht abreißen lassen würden. Doch jetzt, wo sie vielleicht eh verkaufen mussten, spielte das doch auch keine Rolle mehr.

»Gregorio?«, fügte sie an.

»Was?« Ungeduldig hielt er inne.

»Ich habe sie vom Fenster aus gesehen. Sie ist *sehr* hübsch, aber sie ist nichts für dich.«

»Das kann ich ja wohl noch selbst entscheiden. Aber keine Sorge, ich habe im Moment genug von Frauen, wie du weißt.« Damit drehte er sich um und verließ den grünen Salon.

* * *

Am nächsten Morgen lag Jessy im Bett und hörte im Halbschlaf plötzlich ein Klopfen. Sie öffnete die Augen, nahm die fremde Umgebung wahr und setzte sich sofort auf.

»*Buongiorno*«, hörte sie seine tiefe Stimme von draußen.

Sofort schlug sie die Augen auf. So ein Mist, sie hatte vergessen, ihren Handywecker zu stellen.

Sie setzte sich auf. »Ich komme.«

»Möchten Sie erst etwas frühstücken?« Erneut diese dunkle Stimme.

»Wenn das noch geht. Ich fürchte, ich habe verschlafen.«

»Allerdings. Aber das passt schon. Wir sehen uns in einer Viertelstunde in der Küche im Haupthaus.«

Jessy stand schnell auf, ging ins Bad und sprang kurz unter die Dusche. Wie gut das tat. Sie hatte wunderbar geschlafen nach der anstrengenden Fahrt. Am Abend zuvor hatte sie in der kleinen Pizzeria, die Gregorio ihr empfohlen hatte, eine Pizza gegessen und war anschließend sofort eingeschlafen. Rasch trocknete sie sich ab, trat wieder in das Gästezimmer, zog sich an. Dabei sah sie sich das Mobiliar in ihrem Zimmer an. Es sah aus wie original aus dem 19. Jahrhundert. Zwar nicht besonders edel, eher wie ein Zimmer für die Angestellten, aber dennoch irgendwie stilvoll und romantisch. Und zum Glück sauber. Bella schnüffelte den Boden ab. »Wir lassen uns die Zeit hier in

46

Italien nicht verderben, nicht wahr? Ich nicht von meinem Chef und du nicht von seinem Dobermann.«

Jessy mochte alle Hunderassen, aber dieser Dobermann, der ihre Bella so angeknurrt und angebellt hatte, war ihr suspekt. »Wir müssen ja keine Freunde werden. Ich darf mich endlich in einem großen Garten austoben, so wie ich es mir erträumt habe, und du kannst hier den ganzen Tag frei in der Natur herumstreunen. Besser geht's nicht.« Immer schön positiv denken, das hatte ihr ihre Oma eingebläut. Diese kluge Frau. Und eines hatte sie auch noch gesagt: »Lass dich nie mit einem deiner Vorgesetzten oder einem Bessersituierten ein. Es kann nur im Chaos und in Tränen enden.«

Dieser Gregorio, der hier ja offensichtlich der Chefgärtner war, gefiel ihr zwar optisch, aber seine Einstellung Frauen gegenüber war grenzwertig. Jessy hatte lange Handball gespielt, hatte durchaus Kraft in den Armen, auch wenn sie auf den ersten Blick vielleicht zerbrechlich wirkte. Sie war gespannt, wie die Herrschaft dieses Anwesens so tickte. Als Gartenhilfe würde sie diese ja vermutlich schon mal kennenlernen.

Jessy ging zur Tür. »So, Bella, los geht's, frühstücken.« Gefolgt von ihrem Hund verließ sie das Zimmer, ging den Flur entlang hinaus ins Freie.

Die Sonne schien ihr ins Gesicht und Jessy hielt sich die Hand über die Augen, ging dann weiter zur Villa. Auf dem Weg dorthin sah sie eine schwarze Katze. Das musste sein Kater sein. Aber er schien scheu zu sein, rannte weg.

* * *

Er sah es an ihrem Blick, dass Jessy die gemütliche Wohnküche, die wirkte wie der Serie »Das Haus am Eaton Place« entsprungen, sofort mochte. So gern wie er. Seine halbe Kindheit hatte er hier verbracht, wenn er nicht gerade im Garten herumtobte.

Er liebte diesen Look aus vergangenen Tagen. Den alten Herd, die Holzvitrinen, den großen länglichen Holztisch in der Mitte. Eine Vase mit Wildblumen stand darauf, neben dem Herd auf einem Schränkchen eine Schale mit Obst. Töpfe mit Basilikum, Rosmarin und Estragon dufteten, außerdem hing der Geruch von frisch gebackenem Brot in der Luft. Gregorio hatte es heute früh für seine Mamma gebacken, denn sie liebte es sehr. Auch den Wildblumenstrauß und das Obst hatte er für sie hingestellt. Aber gerade hoffte er, dass sie nicht ausgerechnet jetzt in die Küche kommen würde. Normalerweise tat sie das höchst selten, aber seit sie aus finanziellen Gründen auch noch ihre Köchin hatte entlassen müssen, betrat sie die Küche zwangsweise öfter. Dabei konnte seine Mutter nicht kochen, warum auch? Sie hatte es nie gelernt, wurde seit ihrer Kindheit von Bediensteten bekocht, bis zuletzt. Sie war eine italienische Principessa durch und durch. Seine Eltern hatten sich in Rom, wo Mammas Familie lebte, kennen und lieben gelernt, das perfekte Paar, keine Standesunterschiede. Inzwischen war leider auch das Geld seiner römischen Verwandtschaft dahin, da sein Großvater sich einiges geliehen und zu riskant an der Börse spekuliert hatte, wie Mamma ihm kürzlich erst erzählt hatte.

Jessy deutete auf das Brot. »Soll ich es aufschneiden?«

Eine Frau, die mit anpackte, zweifellos.

»Bitte. Kaffee oder Tee?«, fragte er nach.

»Kaffee. Gern Cappuccino, wenn das geht. Ich liebe italienischen Kaffee.«

»*Naturalmente.*« Er betätigte sich an der Espressokanne, beobachtete sie von der Seite, wie sie das Brot in ihre zierlichen Hände nahm, daran roch. Ganz offenbar ein Mensch der Sinne.

»Wie das duftet. Es ist noch warm.«

»Sì. Ich habe es heute Morgen gebacken.«

»Sie?«

Gregorio ging nicht darauf ein, stellte die befüllte Kanne auf den Herd, nahm Erdbeeren, einen Apfel und eine Melone zur Hand, schnitt alles klein. »Die Erdbeeren und der Apfel sind aus dem Garten«, sagte er nur.

Jessy ging, ohne zu fragen, zu einer der Vitrinen, in der sie Geschirr entdeckt hatte, und deckte den Tisch. Sie arbeiteten Hand in Hand. Es schien fast, als würde sich Jessy hier bereits wie zu Hause fühlen.

Der Duft der Kaffeebohnen erfüllte kurz darauf den Raum.

»Die Wildblumen sind wunderschön. Alles hier. Es ist so ... gemütlich.«

Der Kaffee gurgelte und Gregorio schenkte ihn in zwei Cappuccinotassen, gab die aufgeschäumte Milch darauf und reichte Jessy eine.

Sie roch daran. »Mmmhm, danke schön.« Gerade als er seine Hand zurückzog, betrat seine Mutter die Küche. Ihre federleichten Schritte hatte er nicht gehört. *»Buongiorno«*, sagte sie laut, als hätte sie die beiden bei etwas erwischt.

»Mamma, darf ich vorstellen, unsere neue Gartenhilfe, Jessica Hauptmann«, sagte er erst auf Italienisch und dolmetschte dann für Jessy. Diese reichte Mamma ihre Hand. *»Buongiorno.«*

Nach kurzem Zögern nahm Mamma sie kurz in die ihre. »Was machst du hier mit dem Personal? Ich dachte, sie ist da, um zu arbeiten?«, wandte sie sich auf Italienisch an ihn.

»Bin ich auch«, erwiderte Jessy auf Italienisch.

»Signora Hauptmann versteht Italienisch, Mamma. Und frühstücken muss sie schließlich auch, oder nicht? Genau wie du.« *»Sì, sì.«* Mamma ergriff die Wasserkaraffe auf dem Tisch und goss sich ein Glas ein.

Jessy nahm einen Schluck Kaffee. »Aber wir können gleich loslegen. Kaffee und Obst, mehr nehme ich morgens meistens nicht zu mir.«

Seine Mutter warf ihr einen Blick zu. »Sie brauchen viel Energie.«

»Die hoffe ich durch die Gartenarbeit wieder zu bekommen. Deshalb bin ich auch hier. Meine Großmutter hat immer gesagt, die Arbeit in einem Garten heilt und macht stark.« Jessy lächelte seine Mutter zuversichtlich an. Gregorio beobachtete die beiden.

»Das hat sie gesagt?«

»Ja. Arbeiten Sie auch viel im Garten?«

Fassungslos sah seine Mutter Jessy an. Das war eine sehr direkte Ansprache für eine stolze Italienerin.

»Sie sind also da, um sich selbst zu finden?«

»Auch. Aber in erster Linie natürlich, um diesen Garten wieder auf Vordermann zu bringen. Sie sollen mit meiner Arbeit zufrieden sein.«

Irritiert sah seine Mamma sie an. Und auch Gregorio war überrascht. Es war ihm schon in seiner Zeit in Berlin aufgefallen, dass die deutschen Frauen viel mutiger waren, zu sich und ihren Emotionen zu stehen. Zumindest mutiger als die Italienerinnen, die er kannte. Gut, leidenschaftlicher waren meist die Italienerinnen, aber in ihre tiefere Gefühlswelt, die sie selbst betraf, ließen sie keinen Mann blicken. Zumindest ihn bisher nicht. Und genau das hatte ihm auch immer gefehlt.

»Gregorio«, sagte seine Mutter. »Ich kann mir kaum vorstellen, dass dieses zarte Persönchen dir eine echte Hilfe ist. Aber bitte, es ist deine Entscheidung.«

»Richtig, und wir werden ja sehen, Mamma!«

Mamma warf Jessy einen letzten Blick zu und verließ dann mit dem Glas Wasser in der Hand die Küche.

Gregorio sah ihr besorgt nach. »Sie regt sich viel zu schnell auf. Und isst zu wenig, seit ...«

»Seit wann?«, kam es wie aus der Pistole geschossen. Jessy sprach die Dinge immer direkt an. Das gefiel nicht jedem.

Gregorio sagte zunächst nichts, bedeutete ihr, mit dem Frühstück anzufangen. »Wollen Sie das Brot nicht probieren?«

»Vielleicht mache ich mal eine Ausnahme«, sagte sie und biss herzhaft von einer dicken Scheibe Brot mit Butter ab. »Köstlich!«

Gregorio setzte sich zu ihr. Auf den Stuhl gegenüber, sah sie mit seinen blauen Augen an.

»Also?«, fragte Jessy geradeheraus.

»Also was?«

»Wieso isst Ihre Mutter zu wenig? Wenn meine das täte, würde ich mir ernstlich Sorgen machen. Und sie ist ungefähr das Doppelte von Ihrer. Seit wann ist das so?«

Gregorio atmete durch. »Seit dem Tod meines Vaters vor ein paar Wochen. Ich habe sie erst danach wiedergesehen, vorher länger nicht.«

Jessy hielt inne, um sich eine Erdbeere in den Mund zu schieben. »Wieso das?«

»Es gab einen unschönen Streit mit meinem Vater. Mal wieder. Aber lassen wir das. Sie sind hier, um mit mir den Garten auf Vordermann zu bringen.«

Jessy sah ihn mit ihren großen blauen Augen nachdenklich an. »Stimmt. Das bin ich.«

Sie hatte ausdrucksstarke Augen, die ihm bisher nicht aufgefallen waren. Wache, neugierige, fröhliche Augen. Er beobachtete sie, wie sie erneut in das frisch gebackene Brot biss und glückselig für einen Moment die Augen schloss. Eindeutig ein Genussmensch. Wie er. Aber genau das hatte sein Vater nie verstanden. Hatte das Leben zu wenig genossen, zu sehr an seinen Ruf gedacht, den sein Sohn ihm ruinierte, in seinen Augen. Gregorio spürte, wie weh es immer noch tat. Wie gern er sich mit ihm zu Lebzeiten versöhnt hätte. Vermutlich wäre es nicht gegangen, so stur wie sein Vater gewesen war, aber wer weiß, vielleicht ja doch. Er würde es nicht mehr herausfinden.

Jessy schien unruhig zu werden. »So, lassen Sie uns loslegen«, sagte sie und stand auf. »Ich will auch nach Bella schauen. Ihr Dobermann war nicht gerade gastfreundlich gestern.«

»Es ist nicht mein Dobermann. Er hat meinem Vater gehört.«

»Das erklärt einiges.«

»Was?«

»Die Wahl der Rasse.«

Er lachte. »Ja, ich hätte auch eine andere bevorzugt. Aber ich mag Tiere, wie sie mitbekommen haben. Und sie mögen mich.«

Sie lächelte ihn an. »Na, dann besteht ja noch Hoffnung bei Ihnen.«

»Doch noch? Na, dann bin ich jetzt beruhigt.«

Jessy stand auf, deckte den Tisch ab, stellte das benutzte Geschirr in die Spülmaschine, als wäre sie hier zu Hause. Gregorio half ihr, es ging schnell, Hand in Hand. Dabei konnte er nicht umhin, ihren Körper zu mustern. Ihre mittelgroßen, festen Brüste konnte man unter ihrem Top erahnen, ihre Taille war schmal und ihr Hintern wohlgeformt. Als er sich seiner Gedanken bewusst wurde, wunderte er sich über sich selbst. Aber kein Mann dieser Welt hätte diese hübsche Figur nicht registriert. Ihre körperliche Nähe machte ihn nervös und das irritierte ihn.

»Es gibt viel zu tun«, sagte Gregorio neben ihr, als sie im Garten standen. Sie blickte sich um.

»Allerdings.«

Er sah sie nachdenklich an. Seine blauen Augen leuchteten noch blauer bei diesem Licht.

»Ich bin erst seit wenigen Wochen wieder hier«, erklärte er knapp.

»Ach so. Wieso?«, rutschte ihr heraus.

»Ist kompliziert.«

Jessy nickte. »Komplizierte Geschichten kenne ich.« Sie stemmte die Hände in die Hüften. »Also, wo fangen wir an?«

»Wir arbeiten uns von da weiter bis dorthin.« Er deutete in Richtung Zitronenbäumchen. »Wenn wir damit fertig sind, machen wir im hinteren Teil des Gartens weiter. Das Ganze ist ein alter Renaissancegarten und muss auch schnellstmöglich wieder so gepflegt aussehen. Die Wildblumen für die Bienen und Insekten können wir zumindest zum Teil im Nutzgarten stehen lassen.«

»Das klingt gut.« Peinlich berührt merkte sie, dass sie so gut wie nichts über Renaissancegärten wusste.

»Sie fangen bei den Rosensträuchern an, ich bei den Buchsbäumchen.«

»Gut, das ist mir sehr recht. So hat jeder seinen Freiraum.« Er musterte sie. »Obwohl.« Er zögerte.

»Was obwohl?«

»Ich muss Sie ja einweisen. Sie sind eine Stadtpflanze.«

Jessy zog ihre Stirn kraus. »Müssen Sie nicht. Ich kenne mich mit Rosen sehr gut aus.«

»Ja, mit abgeschnittenen Rosen vom Großmarkt. Nein, nein, ich bleibe besser in Ihrer Nähe.«

Jessy atmete durch. »Eine Rosenhecke schneiden ist ja nicht schwer.«

»Wenn Sie das sagen.«

Sie überging das. »Ich arbeite schnell, wenn Sie das beruhigt«, fügte sie an.

»Nein, schnell ist nicht immer gut. Auch wenn wir in den kommenden zwei Monaten viel schaffen müssen, lege ich großen Wert darauf, achtsam mit sich selbst und der Natur umzugehen.«

Verblüfft sah sie ihn an. »Achtsam?«, wiederholte sie, als habe er davon gesprochen, gleich mit einer Rakete auf den Mond fliegen zu wollen.

»Ja, die meisten Menschen haben das leider noch nicht verstanden und wundern sich dann über ein Burn-out oder ihre innere Unruhe. Kommen Sie.« Er ging vor in Richtung der weiß-rosa blühenden Rosenhecke, die verwildert aussah, und sie folgte ihm. Dieser Italiener schien anders zu sein als die Männer, mit denen sie bisher zu tun gehabt hatte.

An der Rosenhecke lagen schon eine Schere und Gartenhandschuhe neben einem Besen und einem Gartenabfallsack bereit. »Ich habe das Arbeitsmaterial bereits geholt.« Er bückte sich, gab ihr die Schere. Dabei streifte sie seine Hand, sie spürte sehr weiche Haut. Ein Gärtner, der keine gegerbten Hände besaß? Erst jetzt sah sie, dass er eher zarte Hände hatte, die ganz sicher noch nicht viel gearbeitet hatten.

»Sind Sie überhaupt Gärtner?«, entfuhr es ihr.

Ihre Blicke begegneten sich. »Spielt das eine Rolle?«

Dieser Mann blieb unnahbar. Aber ihr Stolz verwehrte es ihr, weiter nachzubohren. Wenn er nicht reden wollte, sollte er es sein lassen. Sie war hier, um in der Natur zu arbeiten, was sie liebte, mehr wollte sie hier nicht. Nun reichte er ihr noch die Gartenhandschuhe. Riesige grüne Handschuhe, die ihr viel zu groß waren.

»Sie sind für einen Riesen gemacht.«

»Einem Mann hätten sie gepasst«, entgegnete er herausfordernd. »Und selbst wenn sie etwas zu groß wären, hätte er sich nicht beschwert.«

»Ich beschwere mich nicht. Ich stelle fest.« Sie sah ihn an. Das konnte ja was werden mit ihnen beiden.

»Soll ich mal nachschauen, ob wir kleinere haben?«

»Nein!« Jessy zog sich den zweiten Handschuh an, packte mit der rechten Hand die Schere, die sie in diesen Dingern kaum halten konnte. Aber sie riss sich zusammen. Die Blöße geb ich mir nicht, dachte sie. Sie betrachtete die Rosenhecke, versuchte, dabei fachmännisch dreinzublicken. Die Hecke sah aus, wie sie sich als Mädchen die Dornröschenhecke immer vorgestellt hatte. Bienen summten, Schmetterlinge flogen vorbei. »Sie ist wunderschön, wir sollten sie so lassen«, entfuhr es ihr.

Gregorio warf ihr einen Seitenblick zu. »Sie haben keine Ahnung, wie man eine Rosenhecke schneidet, wusste ich es doch.«

»Ein bisschen schon«, erwiderte Jessy knapp. Sie hatte tatsächlich kaum Gartenerfahrung, wie ihr so langsam bewusst wurde. Über Renaissancegärten musste sie dringend schleunigst googeln, nahm sie sich vor. Sie hatte es sich so einfach vorgestellt.

Gregorio erklärte ihr, dass im Frühjahr durch einen Rückschnitt die Bildung neuer Triebe aus den unteren *schlafenden* Augen gefördert werden sollte.

»Ja, die schlafenden Augen.« Jessy tat so, als wisse sie, um was es ging.

Gregorio schien sie aber leider zu durchschauen. »Die unter den *schwellenden* Augen.«

»Mmmh, genau.«

»Wie viel würden Sie abschneiden?«

Erschrocken sah sie ihn an. »Zehn Zentimeter.«

»Maximal zehn Millimeter.« Er verdrehte die Augen. »Dann wächst der neue Trieb nach außen und hält den Strauch offen und luftig. Beugt Pilzkrankheiten vor.«

»Ja, das ist wichtig.« Jessy machte ein ernstes Gesicht.

»Und wir müssen sie auch schneiden, weil sich unser werter Herr Nachbar über diese Rosenhecke beschwert hat. Sie wachse über die Mauer auf sein Grundstück. Da oben müssen wir sie also kürzen.«

»Wie albern. Soll er sich doch freuen über die wunderschönen Rosen.«

»Antonio Bandini freut sich nicht über Blumen. Er ist ein verbohrter Mann, er versucht alles, um unserer Familie das Leben schwer zu machen.«

»Wieso das denn?«

»Unsere Familien sind verfeindet, seit Jahren.«

»Oh. *Unsere* Familien?«, hakte sie irritiert nach. »Ich dachte, Sie sind …«

»Nein, ich bin nicht der Gärtner, meiner Familie gehört dieses Anwesen.« Er sah sich mit einem traurigen Blick auf seine Ländereien um.

Verblüfft starrte Jessy ihn an. Sofort verlor sie etwas von ihrer Lockerheit. Dann war er so was wie ein Graf, ein Conte oder so? Seiner Familie gehörte diese prachtvolle alte Villa und das alles? Und er hatte es nötig, sich als Gärtner zu betätigen? Oder machte es ihm einfach Spaß, in der Natur zu arbeiten, wie ihr? Sie wurde nicht schlau aus diesem Kerl. Denn es klang ja schon so, wie wenn auch er selbst die nächsten zwei Monate hier Hand anlegen wollte. Sie beobachtete ihn verstohlen von der Seite.

Sein Blick sah immer noch niedergeschlagen aus und er schien in Gedanken verhangen.

»Und wieso sind Ihre Familien verfeindet?«, hakte sie vorsichtig nach. In ihrer Familie gab es so etwas nicht, die Familie ihrer Mutter war sehr herzlich, alle verstanden sich bestens und halfen sich gegenseitig aus. Auch die ihres Vaters war in Ordnung. Selbst durch die Trennung ihrer Eltern gab es unter den Familien keine Streitereien.

Eine Hummel flog vor seinem Gesicht.

Gregorio »erwachte«, sah Jessy an, hatte wohl gerade doch mit halbem Ohr zugehört, zuckte die Schultern. »Keine Ahnung, warum es diese Familienfehde gibt.« Die Hummel flog auf die Rosen zu, ließ sich auf einer Blüte nieder. Beide beobachteten das Tier.

»Sie haben Ihre Eltern nie danach gefragt?«

»Doch. Aber …meine Mutter sagte, sie wisse es nicht. Mein Vater wohl schon, aber er hat nicht darüber geredet.«

»Verrückt. Man streitet sich und keiner weiß, weshalb.«

Er nickte, sah sie an. »Fakt ist, dass die Bandinis unsere Nachbarn sind und immer wieder Stress machen.« Er räusperte sich. »Außer Magdalena, Bandinis Tochter.« Kurz hellte sich sein Blick auf. Jessy sah ihn neugierig an, aber er sprach nicht weiter und ging zu einem Geräteschuppen, der nicht weit weg stand. War er mit dieser Magdalena zusammen?

Jessy trat näher an die Rosenhecke, setzte die Schere an, hielt dann aber inne, weil sie sich nicht mehr erinnerte, wo genau sie schneiden musste. Irgendetwas mit Augen. Sie betrachtete die Rosenblüten, näherte sich ihnen mit der Nase, schnupperte daran, sog ihren unglaublichen Duft ein und flüsterte ihnen zu: »Vorsicht, das tut jetzt kurz weh, aber danach fühlen sich die, die bleiben, freier. Und die, die gehen müssen, für die überlege ich mir etwas.«

Sie hörte ein Räuspern neben sich, wurde sich bewusst, dass er jetzt neben ihr stand und sie vor ihm mit den Rosen geredet hatte. So ein Mist. Ihre Chefin im Blumenladen, Wilma, hatte sich an diese kleine Marotte gewöhnt gehabt, aber dieser Gregorio musste ja denken, sie habe nicht alle Tassen im Schrank. Jessy lächelte ihn schnell an. »Kleine Vorwarnung, das tu ich öfter. Mit Blumen sprechen.«

»Machen Sie nur. Tut den Rosen sicher gut.«

Lächelnd zog er sich seine Handschuhe über, nahm ebenfalls eine Rosenschere zur Hand und zeigte ihr wortlos, wo sie die Schere anzusetzen hatte. Dann drehte er sich um und arbeitete mit dem Rücken zu ihr weiter.

Hatte er sich über sie lustig gemacht? Jessy war sich nicht sicher, betrachtete seinen sportlichen Rücken. Wenn er kein Gärtner war, sondern der Sohn des Hauses, was war er wohl von Beruf? Sie ärgerte sich im nächsten Moment über sich selbst, dass sie darüber nachdachte. Schnell begann sie so zu schneiden, wie er es ihr gezeigt hatte.

Schweigend arbeiteten sie beide weiter, die Sonne brannte ihr auf den Rücken. Die riesigen Handschuhe rutschten immer wieder ab, aber Jessy schob sie einfach zurück. Nach einer Weile sah die Rosenhecke schon gar nicht mehr so wild aus. Jessy trat einen Schritt zurück, um ihr Werk zu betrachten. Dabei rempelte sie aus Versehen gegen Gregorios Rücken. »Ups, Entschuldigung.«

Er hielt sie an der Taille fest, da sie strauchelte, seine Hände an ihrer Hüfte fühlten sich warm an. Aber er ließ sofort wieder los.

Gregorio sah sich an, was sie geschnitten hatte. »Okay, Rosen schneiden können Sie. Nach kurzer Einweisung«, konnte er sich nicht verkneifen.

»Rosenstängel abschneiden macht man als Floristin ja auch täglich«, entgegnete sie. Sie bückte sich, hob eine abgeschnittene Rose auf und reichte sie ihm. Irritiert blickte er auf. »Für Ihre Freundin oder Frau. Ich kann Blumen nicht wegwerfen, sorry. Sie können einen Strauß aus den abgeschnittenen binden.«

Er sah sie an, schüttelte den Kopf. Sie wusste nicht, wie sie es deuten sollte.

»Okay ... dann verschenken wir sie im Dorf.«

Skeptisch sah er sie an. »In der Toskana haben die meisten Leute selbst Rosen.«

»Die meisten Menschen haben verlernt, sich an einer Blume zu erfreuen.«

Sie bückte sich und hob die Zweige, an denen Rosen blühten, vorsichtig auf und sammelte sie auf einem Haufen.

Gregorio sah ihr unschlüssig zu. Doch dann half er ihr dabei. Am Schluss lagen nur noch Zweige ohne Blüten herum, die kehrte sie mit dem Besen, der neben ihr stand, zusammen.

Zufrieden sah Jessy ihn an, schlug vor, die Rosen in Wassereimer zu stellen und später zu verschenken.

»Sie können das gern tun«, brummte er. »Aber vorher sollten wir heute noch mehr im Garten schaffen. Wenn wir hier fertig sind, müssen wir dort hinten umgraben.« Er wies auf einen hinteren Teil des Gartens.

»Doch nicht so schlimm, dass ich nur eine Frau bin?«

»Das ›nur‹ habe ich nicht gesagt.«

»Stimmt, aber sicher gedacht.«

»Sie wissen, was ich denke? Spannend.«

»Leider nein. Was ein Mann denkt, war mir schon immer ein Rätsel.«

»Geht mir bei Frauen genauso.«

Plötzlich sah er wieder verletzlich aus, und Jessy kannte genau diesen Gesichtsausdruck von sich, wenn sie in den Spiegel sah. Vor allem nach ihrer letzten Trennung war es schlimm gewesen. Welche negativen Erfahrungen hatte er gemacht? Mit dieser Bandini-Tochter? Neugierig sah sie ihn an, einen Ring trug er nicht.

Etwas trieb diesen Mann um, nur was?

5. Kapitel

Am nächsten Morgen taten Jessy von der ungewohnten Gartenarbeit alle Glieder weh. Sie fühlte sich wie eine alte Frau. Gregorio hatte ihr gestern noch gezeigt, wie sie die Buchsbäumchen schneiden musste, nachdem sie sich auch da als Unwissende outen musste. Jessy konnte sich kaum bücken, aber sie würde es sich vor Gregorio natürlich nicht anmerken lassen. Er hatte ihr tags zuvor als Alternative zu der Pizzeria, die sie an ihrem ersten Abend besucht hatte, noch ein anderes Ristorante für den Abend genannt und nach dem köstlichen toskanischen Essen dort und nun gestärkt durch ein Frühstück, das sie sich in der hübschen Wohnküche der Villa selbst zubereitet hatte, sah die Welt gleich bunter aus. Trotz der Muskelschmerzen. Überwältigt sah Jessy sich in diesem wunderschönen Garten um. Die Zitronen dufteten, auch wenn die Bäumchen verdorrt und ungepflegt aussahen, aber das bekam man mit Wasser und Liebe hin. Bella lag neben ihr im Schatten. Jessy wandte sich an ihre Hündin: »Wie kann man die Pflanzen nur so behandeln? Wieso haben seine Eltern sie nicht wenigstens gegossen? Was muss geschehen, dass man so ein traumhaftes Anwesen so vernachlässigt?« Jetzt, wo sie darüber nachdachte, kam ihr auch der Dobermann mager vor.

Bella schien zu nicken, zumindest wippte sie mit dem Kopf. »Siehst du auch so, ja?«, fuhr Jessy fort. Plötzlich nahm sie einen angenehmen Geruch wahr, und ehe sie diesen zuordnen konnte, trat Gregorio neben sie und räusperte sich. Sie hatte ihn nicht kommen hören.

»Oh.« Sie lächelte ihn an.

Er lächelte kaum merklich zurück, fuhr mit der Hand über einen Buchsbusch, als streichelte er ihn. »Jetzt bin ich ja wieder da«, sagte er in Richtung Buchs.

»Sie machen sich doch über mich lustig!«, empörte sie sich.

»Würde ich nie tun.«

Sie erhaschte einen Blick von ihm, aber er tat so, als habe er sie nicht angesehen.

»Wirklich nicht. Ich finde das faszinierend. Ich kenne keine Frau, die mit Tieren oder Pflanzen redet.«

»Ich verstehe schon.«

»Nein, bitte glauben Sie mir. Ich schätze es sehr, wenn jemand offen und … geradeheraus ist.«

Er sah sie ernst an. Seine Augen glitzerten in der Sonne und sahen so himmelblau aus, wie Jessy es bei einem Mann nie gesehen hatte. Konnte sie ihm glauben? Zu oft war sie von Männern getäuscht worden.

»In meiner Familie ist das leider nicht üblich. Umso erfrischender finde ich es also. Bei uns wurde immer nur alles totgeschwiegen, bestenfalls etwas geheimnisvoll angedeutet.«

»Wie schrecklich.«

»Ja, kann man so sagen.«

Immer noch sah er sie so merkwürdig an, als hätte er noch nie eine Frau wie sie kennengelernt.

Gregorios Gegenwart machte sie unruhiger, als sie es in letzter Zeit ohnehin schon war. Zum Glück wandte er sich jetzt ab, trat zu einem anderen Buchsbaum, um diesen in Form zu schneiden. Jessy widmete sich ihrem, schnitt ihn zurecht.

Die Unruhe hatte zugenommen, dachte sie. Mit den Jahren, oder mit der Anspannung als Singlefrau Anfang dreißig, deren Zukunft ungewiss schien. Sie spürte seit langem den Druck in ihrem Bekannten- und Freundeskreis, eine feste Beziehung zu führen und am besten auch Kinder zu bekommen. Nicht zuletzt von ihrer Familie, auch wenn diese sie gewiss nicht zu etwas drängen wollte. Vermutlich machte man sich den meisten Druck eh immer selbst, dachte Jessy und hielt einen Moment nachdenklich im Schneiden inne. Sie beobachtete Gregorio dabei, wie er sich an dem anderen Buchsbaum zu schaffen machte. Seiner athletischen Figur nach trieb er entweder sehr viel Sport oder arbeitete körperlich hart. Aber da er bis vor Kurzem lange nicht in diesem Garten zugange gewesen war, wie er gesagt hatte, ging er vermutlich regelmäßig ins Fitnessstudio oder joggen. Sie machte schon lange keinen Sport mehr, außer Gassi gehen, hatte sich die letzten Monate viel zu wenig bewegt. Deshalb spürte sie auch jetzt ihren Körper so stark.

Wieder schnitt sie ein paar Zweige ab. Er roch verdammt gut, durchfuhr es sie. Oder war es diese Mischung aus Zitrone und den Blumen gewesen, die neben den Buchsbäumen wuchsen? Und konnte er nicht endlich woanders arbeiten und sie hier in Ruhe werkeln lassen? Er hatte ihr genug erklärt, wie die Bäumchen zu schneiden waren. Ihr Herz raste, wie so oft in letzter Zeit. »Können wir uns nicht endlich duzen?«, brach es aus ihr heraus und sie wischte sich über die schweißnasse Stirn. Die Sonne stand hoch am Himmel.

Er sah auf, zögerte einen Moment. »Von mir aus.« Seine hellblauen Augen musterten sie.

»Dann ist es gut. Ich weiß ja jetzt auch, was ich zu tun habe. Du kannst mich hier gut alleine arbeiten lassen.«

»Prima. Eine schnelle Auffassungsgabe hast du.«

»Danke.«

»Viel mehr weiß ich nicht von dir.«

»Keine Sorge, du wirst mich schon noch kennenlernen.«
Jessy lächelte ihn an.

»Du bist ein unruhiger Geist, habe ich recht?«

»Stimmt. Als Kind hätte ich vermutlich ADHS diagnostiziert bekommen, aber damals war das noch nicht so ›in‹.«

»Es ist auch heute oft eine Fehldiagnose.« Er sah kurz vor sich hin, betrachtete sie dann wieder. »In England wird jetzt Achtsamkeit als Schulfach angeboten.«

»Wirklich? Ach ja, deine Familie stammt ja aus England.«

»Meine Vorfahren aus dem 19. Jahrhundert, richtig. Inzwischen sind wir britisch-italienisch durchmischt. Das Kochen hab ich nicht von der britischen Seite.«

»Ein Glück. Du kochst gern?« Ein Mann, der kochte. Sie hatte bisher immer nur die Fertigpizza-Fraktion kennengelernt.

»Sehr gern sogar. Die toskanische Küche ist ausgesprochen facettenreich und lecker.«

»Hab ich auch schon gehört. Und gestern im Ristorante testen können. Ich bin auf weitere Gerichte gespannt und melde mich als Testesserin zur Stelle.«

»Möchtest du, dass ich dich bekoche?«

»Wenn du mich so fragst.« Sie lächelte ihn an.

Er musste schmunzeln, erwiderte nichts darauf, ließ sie stehen und ging zu dem Oleanderbusch am anderen Ende des Gartens.

Jessy atmete durch. Mit diesem Gregorio an ihrer Seite konnte sie ganz sicher nicht zur Ruhe kommen. Dabei hatte sie das bitter nötig. Erst der Tod ihrer Oma voriges Jahr, dann die Trennung ihrer Eltern, die von Christian, die Schließung des Blumenladens und der damit verbundene Verlust ihres Jobs. Jessy wischte sich über die Augen. Ob man positiv oder negativ an das Leben ranging, konnte man selbst lenken und für sich entscheiden. Das hatte sie nicht nur durch ihre Oma, sondern auch dank eines Glücksbuches gelernt. Ein kleiner Vogel flatterte vor ihr auf und nieder. »Na, wer bist du denn? Du hast es gut hier in diesem schönen Garten. Dann mach ich ihn mal noch schöner für dich.«

Sie schnitt weiter die Buchsbäume und je länger sie schnitt, desto mehr spürte sie, dass es tatsächlich etwas Beruhigendes hatte, zu gärtnern. Es machte Spaß, den Büschen eine neue Frisur zu verpassen, auch wenn Jessy es normalerweise nicht mochte, wenn Büsche so akkurat geschnitten aussahen. Aber zu einem Renaissancegarten passte es natürlich. »Was bedeutet das, *ein Renaissancegarten*?«, fragte sie den kleinen Vogel. »Ich werde es später recherchieren.« Nachdem sie die Reihe der Buchsbäume zugeschnitten hatte, machte sie sich wie mit Gregorio vorher besprochen daran, den hinteren Teil des Gartens umzugraben. Der Boden war durch die Sonne trocken und hart und Jessy kostete es einige Mühe, den Spaten überhaupt in die Erde zu bekommen. Jetzt nur nicht gestresst aussehen, dachte sie bei sich. Gregorio, der sich mittlerweile an der Bewässerungsanlage zu schaffen machte, um sie zu reparieren, sah immer wieder zu ihr herüber. Jessy versuchte jedes Mal, wenn sie es sah, möglichst relaxed den Spaten in die Erde zu rammen und dabei zu lächeln.

»Alles klar?«, rief er stirnrunzelnd.

»Sì, sì«, rief sie zurück. Bella kam schwanzwedelnd angerannt. Sie stromerte die ganze Zeit freudig durch den riesigen Garten und schien sich schon pudelwohl zu fühlen. Der Dobermann kläffte ihre Hündin zwar manchmal an, wenn sie ihm zu nahe kam, wie Jessy von Weitem beobachtet hatte, aber sonst ließ er sie zum Glück in Ruhe. Ähnlich wie Gregorio mittlerweile sie. Und auch der Kater hielt Abstand zu ihr.

Bella strich an Jessys nacktem Bein vorbei und Jessy knuddelte ihre Hündin. »Na, macht es Spaß? Endlich mal den ganzen Tag ohne Leine, was?« Ein Garten bedeutete Freiheit, für Mensch und Tier.

Bella buddelte in der Erde. »Lass das, Bella.« Jessy trat zu ihr, bedeutete ihr, da wegzugehen. Sie schob Erde mit dem Fuß über das Loch, da sah sie eine Tonscherbe. »Was hast du denn da ausgegraben?«

Jessy bückte sich. »Oh je, da ist wohl ein Tontopf kaputt gegangen. Sieht aus, als hätte der schon lange in der Erde gelegen.« Sie nahm die Scherbe in die Hand, entdeckte, dass in die Tonscherbe etwas eingeritzt worden war. »Was steht denn da drauf.« Es sah nach einer alten, geschwungenen Schrift aus. Jessy versuchte, die Worte zu entziffern. »*At the cypress, please help, E.*«, las sie Bella vor. »Da schreibt jemand auf Englisch. An der Zypresse, bitte hilf mir, E Punkt.« Die Tonscherbe sah aus, als läge sie schon viele Jahre unter der Erde, als wäre sie ein Teil einer zersprungenen Tonvase. Jessy, mit der Scherbe in der Hand, stand auf, sah sich nach Gregorio um. Sie entdeckte ihn von Weitem an der Villa, wo er sich an einer anderen Rosenhecke zu schaffen machte.

Sollte sie ihm ihren Fund zeigen? Unsinn, was hatte eine Tonscherbe mit einer Nachricht schon zu bedeuten? Obwohl, immerhin klang es dringend. Auch wenn es dem Aussehen der Scherbe nach lange her sein musste. Wie auch immer, besser sie arbeitete weiter, nicht dass er sich doch noch darin bestätigt fühlte, wie wenig Frauen als Gärtnerinnen taugten.

Jessy steckte sich die Scherbe in die Hosentasche und versuchte weiter, die feste Erde umzugraben. Dabei kam sie tüchtig ins Schwitzen. Verdammt. Sie spürte ihren Muskelkater von gestern. Sie hatte den Mund eindeutig zu weit aufgerissen, von wegen sie sei die perfekte Gartenhilfe. Aber sie wollte es diesem Mann zeigen, der sie nervös machte wie kein anderer zuvor. »Komm schon.« Wieder stach sie den Spaten in die Erde, trat mit dem rechten Fuß darauf, schließlich mit dem linken auch noch. Für einen Moment stand sie auf dem Spaten, schwankte. »*At the cypress, please help, E.*«, grübelte sie. Was sollte das für eine Nachricht sein? Und wie lange lag sie schon unter der Erde? War der Person etwas zugestoßen? Ihr kriminalistischer Spürsinn meldete sich. Sie las gern Krimis, auch wenn sie in letzter Zeit kaum noch dazu gekommen war.

Jessy ackerte weiter, die Sonne stach. So ein großer Garten bedeutete tatsächlich viel Arbeit. Insgesamt war er sicher so groß wie drei Fußballfelder, dachte sie, wenn man das Areal hinter der Villa mitrechnete. Auf der anderen Seite fühlte es sich gut an, zu sehen, was man mit seiner eigenen Kraft, seinen eigenen Händen schaffen konnte. Wenn man es schaffte. Die Tonscherbe ging Jessy nicht aus dem Kopf. Sie nahm den Spaten, ging zu der Stelle, an der sie die Scherbe gefunden hatte. Vielleicht lagen ja noch mehr Teile der Tonvase hier im Boden? Sie grub mit dem Spaten die Erde um, so gut es ging. Und tatsächlich, nach kurzer Zeit fand sie noch eine Scherbe. Aufgeregt nahm sie diese in die Hand. Wieder war eine Nachricht darauf eingeritzt worden. »*At our roses. Please!! E.*«

»Bei unseren Rosen. Bitte!! Wer ist E.?«, fragte sie sich selbst. Sie hielt die Scherbe an die andere und die beiden passten zusammen wie zwei benachbarte Puzzleteile. Offenbar stammten sie von ein und derselben Vase.

Plötzlich stand Gregorio neben ihr, sah sie amüsiert an. »Sprichst du auch mit Steinen?«

»Das ist kein Stein. Schau mal. Es ist eine Scherbe mit einer geheimnisvollen Nachricht.«

»Geheimnisvolle Nachricht?«

Jessy zeigte ihm ihre beiden Funde. Gregorio runzelte die Stirn. Jessy hielt die beiden Teile aneinander und wies darauf hin, dass sie offenbar zusammengehörten.

»Sie stammen von einer Vase oder Ähnlichem. Sieh her, hier ist eine Einkerbung wie ein Ornament. Die Frage ist jetzt: Wer ist E.? Und wieso musste er oder sie jemanden so dringend und heimlich treffen?«

»Keine Ahnung.«

»Heißt bei euch jemand so in der Familie? Irgendjemand, dessen Vorname mit E beginnt? Da die Nachrichten in Englisch sind, wird es von euren englischen Vorfahren sein.«

Gregorio dachte nach. »Könnte sein. Oder von früheren Bediensteten«, gab er zu bedenken. »Die Namen meiner Eltern und Großeltern fangen nicht mit E an. Aber wie gesagt, unsere Familie besitzt dieses Anwesen schon seit dem 19. Jahrhundert, und das Gebäude steht ja bereits seit 600 Jahren. Allerdings haben die vorherigen Bewohner sicher kein Englisch gesprochen.«

»Vom Aussehen her könnten die Scherben durchaus aus dem 19. Jahrhundert stammen.«

»Irgendwie kommt mir diese Einkerbung auf der Außenseite der Scherbe bekannt vor«, murmelte Gregorio. Ihm fiel etwas ein. »Auf einem Gemälde im Arbeitszimmer meines Vaters habe ich mal eine Vase gesehen, die so ein Ornament hatte.«

»Wirklich?«

»Ja, mein Vater hat damals so eine Andeutung gemacht, als ich das Bild als kleiner Junge bewundert habe, und das, was er sagte, hat mich lange beschäftigt.«

»Was für eine Andeutung?«

»Dass es ein altes Geheimnis gibt.«

»Oh. Was für ein Geheimnis?«

»Keine Ahnung, was er damit meinte. Er wollte es mir partout nicht sagen und das hat mich damals natürlich noch neugieriger gemacht. Ich habe gern Detektiv gespielt und Gruselgeschichten gelesen.«

»Dann verbirgt dieser Garten tatsächlich ein Geheimnis«, stellte Jessy andächtig fest und deutete auf die Scherben in ihrer Hand.

»Jetzt fängst du auch noch damit an.«

»Wieso, wer noch?«

Er zögerte. »Meine Mutter. Sie meinte, mein Vater habe kurz vor seinem Tod auch etwas angedeutet, es aber nicht ausgesprochen.«

Sie ließ ihm Zeit.

Er fuhr mit belegter Stimme fort. »Er meinte wohl, dass dieses Anwesen das Unglück anziehe oder etwas in der Art. Er wollte weiterreden, konnte aber nicht mehr sagen.«

»Vielleicht weiß deine Mutter ja mehr«?

»Kann es sein, dass du extrem neugierig bist?«

»Kann sein. Meine Oma meinte immer, ich sei ein sehr wissbegieriges Kind und das sei gut so.«

Er musste lächeln. Ein nettes Lächeln, wie sie zugeben musste.

»Führst du mich durch die Villa? Vielleicht finden wir eine Spur. Vielleicht einen deiner Ahnen, der mit dem Buchstaben E anfängt.«

Er seufzte. »Wozu soll das gut sein? Was spielt es für eine Rolle für unser Leben heute?«

»Dein Vater wollte euch etwas sagen, die Vergangenheit scheint also schon eine Rolle im Hier und Jetzt zu spielen.«

Wieder atmete er durch. »Was soll das denn werden, Miss Marple?«

Sie sah ihn an, überlegte. »Ich weiß es nicht, aber man sollte seine Familiengeschichte kennen, um sich selbst besser zu verstehen, hat meine Oma auch mal gesagt.«

Sie sah Gregorio an, dass er keine Lust hatte, Nachforschungen zu betreiben.

»Vielleicht finden wir ja einen Schatz«, scherzte sie.

»Das wäre wundervoll, ist aber sehr unwahrscheinlich.« Nachdenklich blickte er sie an. »Ich weiß wirklich sehr wenig über meine Familiengeschichte. Vielleicht wäre es tatsächlich gut, mehr darüber zu erfahren, allein um meinen Vater besser zu verstehen.« Er zögerte kurz. »Wieso willst du mir helfen?«

»Du hast Bellas Leben gerettet. Das bedeutet mir viel.«

»Das hätte jeder getan.«

»Nein, du hast dein Leben für meinen Hund riskiert. Das hätte ganz gewiss nicht jeder getan.«

Er sah auf die alte Villa, sein Blick wurde nachdenklich.

»Darf ich dich noch etwas fragen?«, fuhr Jessy fort. »Wieso muss der Garten innerhalb der zwei Monate, die ich hier bin, wieder wunderschön aussehen?«

Er zögerte. »Es ist teuer, so ein Anwesen instand zu halten. Meine Familie hat Schulden bei der Bank. In zwei Monaten will sie das Geld sehen, oder alles wird verkauft. Ich möchte das nicht. Ich brauche einen Kredit von der Bank. Aber dazu muss ich der Bank ein Konzept vorlegen. Ein Konzept, wie wir die nächsten Jahre dies alles finanzieren und unsere Raten zurückzahlen können. Es gibt schon einen Kaufinteressenten. Der Vorvertrag ist sogar bereits unterzeichnet. Es muss also überzeugend sein. Mehr als das ...«

»Und wie sieht dieses Konzept aus?«

Er blickte sie zögerlich an, sagte nichts weiter.

Sie lächelte. »Oh, ist es ein Geheimkonzept?«

»Nein, aber ... also gut, wenn der Garten fertig ist, werde ich an verschiedenen Stellen im Garten Steine auslegen, werde Sprüche eingravieren, die die Menschen zum Nachdenken anregen. Ich möchte kleine Ruheinseln schaffen, die dazu einladen, innezuhalten und zu sich zu kommen. Der Garten soll eine Oase der Ruhe und Einkehr werden.«

Beeindruckt sah sie ihn an. Was für ein ungewöhnlicher Mann.

»Wow, schön.« Sie lächelte. »Du hast gesagt, wenn der Garten fertig ist, ein Garten ist aber nie fertig ...«

Er lachte auf. »Das stimmt.«

»Und wer soll sich diesen besonderen Garten ansehen und wie willst du damit Geld verdienen?«

»Toskana-Liebhaber, Gartenfreunde, Interessierte, weltoffene Menschen – Touristen. Er soll sie zum Entschleunigen bringen und zum Nachdenken. Über die Natur, unsere Umwelt, das Klima, es ist brandaktuell und dringend nötig.«

»Das ist es.«

»Wir müssen die Gärten dieser Welt beschützen.« Er sah sie entschlossen an. »Und in diesem Garten fangen wir an.«

Jessy nickte, wandte dann ein: »Aber ist das, wenn man die Welt betrachtet, nicht ein Tropfen auf den heißen Stein?«

»Das fragen sich viele. Nein, ist es nicht. Wenn keiner anfängt, wird nichts passieren. Wenn ganz viele Menschen viele kleine Dinge tun, wird sich etwas ändern, nur dann.«

Sie blickte ihm in die Augen. »Ich muss zugeben, du hast recht.«

Euphorisch fuhr er fort: »Ich möchte auch Gartentouren anbieten.«

»Touren durch deinen Garten? Massentourismus?«

»Nein, auf keinen Fall. Kleine interessierte Gruppen. Es geht eher in Richtung Agrotourismus. Die Leute können hier wohnen, bekommen ein köstliches Frühstück. Und natürlich führe ich sie nicht nur durch unseren Renaissancegarten. Auch durch die schönsten anderen toskanischen Gärten in der Umgebung. Ein paar wenige Anbieter, die Gartentouren anbieten, gibt es schon, aber ich denke, da ist noch Potential.« »Es wissen viel zu wenige Menschen von den besonderen Gärten der Toskana, ahnen, was für wunderschöne, einzigartige, geheimnisvolle Gärten es hier gibt. Unser Garten ist nur einer davon.«

»Es gibt mehrere geheimnisvolle Gärten in der Toskana?« Jessy hatte nie davon gehört. Vom Töpfern in der Toskana, Kochkursen in der Toskana oder Tangotanzen in der Toskana schon, aber das über diese Gärten klang außergewöhnlich und verheißungsvoll.

Gregorio stützte sich auf seine Harke, sah sie amüsiert an. »Geheimnisvoll sind sie, weil man in jedem einzelnen von ihnen so viel Wahrheit entdecken kann. Außerdem verbirgt vermutlich jeder ein lange gehütetes Geheimnis. So wie unserer offenbar.«

»Siehst du, du denkst jetzt auch, dass hinter diesen Botschaften auf den Tonscherben mehr steckt.«

»Ich denke, dass es höchste Zeit ist, die Geschichten der toskanischen Gärten den Menschen nahezubringen, wenn nicht einmal du von den außergewöhnlichen Gärten hier gehört hast. Damit die Leute ihre Umwelt mit anderen Augen sehen.«

»Ich liebe Gärten und ich bin mir sicher, viele tun es. Auch wenn sich nicht jeder einen leisten kann. Aber gärtnern kann man auch im Kleinen. Meine Mutter zum Beispiel hat ihren Balkon in ein grünes Paradies verwandelt. Es ist ihr kleiner Garten. Ein Garten macht glücklich, hat meine Oma immer gesagt. Es ist ein tolles Konzept, Gregorio.«

Er lehnte seine Harke an einen Olivenbaum, lächelte sie kurz an und ging unvermittelt los in Richtung Villa. Dann drehte er sich kurz um. »Villenführung gefällig?«

Jessy lehnte den Spaten sofort zu seinem Gerät und folgte ihm.

Im Gehen hakte sie nach: »Und wie viele Gärten gibt es in der Umgebung von Siena?«

Er lachte. »Kommt darauf an, was du als Umgebung definierst. Es gibt wirklich einige. Besonders in und um Florenz, wunderschöne Renaissancegärten, aber eben auch hier im Umkreis von Siena, im Chianti, weiter südlich. Es gibt Skulpturengärten mit moderner Kunst, einer ist hier ganz in der Nähe, der Parco Sculture Del Chianti. Bei ihm wurde zeitgenössische Kunst in die Natur eingebettet. Dann gibt es einen, der mich inspiriert hat, die Steine mit Bedeutung auszulegen, den Garten Ragnaia, ungefähr fünfzig Kilometer entfernt von Siena. Er wirkt sehr verwunschen und regt mit seinen Botschaften auf Stein zum Nachdenken an. Das Castello di Celsa ist auch wunderschön, es sieht aus wie eine alte Ritterburg, und natürlich, mein persönliches Highlight, die Villa de Geggiano, hier im Chianti. Ein ländlicher Palast im neoklassizistischen Stil mit einem wunderschönen Garten. Es gehört der Bandinelli-Familie seit 1527. Es sind sehr sympathische Leute. Unsere Anwesen sind vergleichbar schön.«

»Das sind ja wirklich viele Gärten und jeder klingt tatsächlich ganz besonders. Ich möchte alle sehen.«

Er warf ihr im Gehen einen Blick zu. »Wolltest du nicht hier im Garten als Gartenhilfe arbeiten?«

»Oh, ja, natürlich. Aber nach Feierabend zum Beispiel oder am Wochenende. Oder versklavst du deine Angestellten und ich habe nie freie Zeit?«

»Wäre eine Überlegung wert«, neckte er sie. »Nein, natürlich nicht. In Ordnung, ich kann dich ja mal mitnehmen. Ich muss eh dringend alle noch mal abfahren, um für das Konzept für die Bank Fotos zu machen, und für unsere Homepage, um die Gartentour anzupreisen.«

»Wie schön. Sehr gern.« Wieder wehte sein Duft zu ihr und plötzlich kribbelte es in ihrem Bauch.

Im selben Moment hörten sie einen gellenden Schrei aus der Villa. Erschrocken sahen sie sich an. »Das klingt nach meiner Mutter.« Er spurtete sofort los. Jessy lief hinterher. »Soll ich mit reinkommen?«

Er hielt kurz inne. »Nein, das würde sie nicht wollen.«

Jessy blieb stehen und sah ihm besorgt nach, wie er in der alten Tür der Villa verschwand. Was war geschehen, das seine Mutter so in Aufruhr versetzt hatte?

* * *

Er rannte, so schnell er konnte. Durch den Eingangsbereich, weiter den Flur entlang, rief nach ihr, um herauszubekommen, in welchem der vielen Zimmer sie sich befand. Dabei stellte er sich das Schlimmste vor. Hatte sie einen Kreislaufzusammenbruch erlitten? Es wäre kein Wunder gewesen nach dem Drama um den Tod seines Vaters, den Strapazen der Beerdigung und der Zeit der Trauer.

Schwach hörte er sie nach ihm rufen. Sie musste sich im blauen Salon aufhalten.

Gregorio fand seine Mutter völlig aufgelöst genau dort, auf einem Stuhl an einem edlen, antiken Sekretär. »Mamma, was ist passiert? Geht es dir gut?«

Sie sah blass aus, schien aber gesundheitlich unversehrt. Erst jetzt entdeckte er den Brief, der am Boden lag, vor ihren Füßen.

»Schlechte Nachrichten?«

Sie wirkte wie erstarrt, reagierte nicht.

Gregorio ging eilig zu ihr, strich ihr erst sanft über das Haar, dann über die Wange, die sich warm anfühlte. Er folgte ihrem Blick zu dem Brief, bückte sich und hob ihn auf. Der Absender stach ihm sofort ins Auge.

»Von einem Makler?«

»Er ist der Käufer«, hauchte sie.

»Wer er? Wer ist der Käufer?«

»Der Käufer ist er.«

»Wer!?«

»Bandini. Antonio Bandini.«

Fassungslos sah Gregorio seine Mutter an. »Was?! Unser Nachbar? Antonio Bandini ist derjenige, der unseren Familienbesitz kaufen möchte? Und das hast du nicht gewusst?«

»*Dio mio, naturalmente no!* Er hat einen Strohmann geschickt, dieser elendige Hund. Und es kommt noch schlimmer.

Er will auf unserem Land eine moderne Ferienanlage und einen Golfplatz errichten.«

»Bitte was?« Gregorio spürte, wie ihm diese Nachricht die Kehle zuschnürte.

»Dein Vater hatte recht, es liegt ein Fluch auf diesem Anwesen.«

Gregorio überging das. »Er bekommt es nicht. Auf keinen Fall.«

Sie sah ihn an und plötzlich, durch diese Nachricht, schien ihr Kampfgeist geweckt zu sein. »Nein, Antonio bekommt es auf keinen Fall. Was kann ich tun?«

»Mamma, ich mache das. Ich habe jetzt ja auch Hilfe.«

Seine Mutter machte eine wegwerfende Handbewegung, bekreuzigte sich und schüttelte nur wie in Trance ungläubig den Kopf.

»Mamma, vertrau mir, Bandini bekommt unser Zuhause nicht. Zusammen mit Jessy schaffe ich das.«

* * *

Jessy versuchte erneut, den Spaten in die Erde zu rammen, doch der Boden kam ihr hier noch trockener vor als an der anderen Stelle. Sie kam einfach nicht durch. Jessy hielt inne, stellte ihren Fuß auf den Spaten und sah zur Villa. Hoffentlich ging es seiner Mutter gut. Was wohl geschehen war? Ob sie nicht doch nachschauen sollte? Vielleicht brauchten sie Hilfe. Aber er hatte ja eindeutig gesagt, dass sie hierbleiben sollte. Familienangelegenheit, sie verstand schon.

Da sah sie ihn aus der Villa treten. Sein Gesichtsausdruck sah angespannt aus, seine Wangen blass. Es musste etwas Schlimmes geschehen sein. Sofort ließ sie den Spaten los und rannte zu ihm.

»Was ist passiert? Hatte sie einen Unfall? Kann ich etwas tun?«

»Was? Nein.«

Er setzte sie mit knappen Worten über Bandini in Kenntnis, ihren Nachbarn, der als Käufer einen Strohmann vorgeschickt hatte.

»Das ist ja … so was von hinterhältig«, regte sich Jessy auf.

»Das ist Antonio Bandini.«

Der Nachbar, ihr Erzfeind. Kein Wunder, dass Gregorio so aschfahl und wütend aussah. Es machte sie selbst fuchsteufelswild. Aber immerhin ging es seiner Mutter gesundheitlich gut.

»Wenn Bandini etwas will, verfolgt er sein Ziel mit allen Mitteln. Ich muss alles geben, um die Bank von meinem Konzept zu überzeugen, verstehst du?«

»Ja, natürlich.«

Jessy überlegte fieberhaft. »Wir sollten herausfinden, was dein Vater mit diesem alten Geheimnis gemeint haben könnte. Wie gesagt, wenn es seine letzten Worte waren, scheint es wirklich wichtig zu sein. Vielleicht finden wir einen Hinweis in der Villa.«

Gregorio sah sie an.

»Also gut. Nicht dass ich nicht jeden Winkel im Haus kennen würde, aber lass es uns versuchen.«

Sie betraten die Villa und sofort fühlte sich Jessy, als wäre sie in eine längst vergangene Zeit zurückversetzt, in ein anderes Jahrhundert. Bevor sie hierhergekommen war, hatte sie nicht gewusst, dass damals, vor allem im 19. Jahrhundert, Engländer, Amerikaner und andere reiche Leute in die Toskana gekommen waren, um sich in dieser Idylle niederzulassen.

Verschiedene Malereien zierten den Eingangsbereich. Menschen in langen Gewändern waren abgebildet, die Feste feierten, die lachten. Gregorio erklärte ihr, dass die Villa bereits im 14. Jahrhundert erbaut worden war, seine Familie sie im 19. Jahrhundert gekauft hatte und sie all die Jahre nur ganz vorsichtig renoviert und instand gehalten wurde. Die Besitzer vor ihnen hatten kaum Geld, die Räume im Stil ihrer Zeit einzurichten, was sich im Nachhinein als Geschenk erwies, weil so gut erhaltene Räume aus der damaligen Zeit eine Rarität waren. Neben dieser Villa gebe es das im Chianti noch in der Villa Geggiano, fügte er an und schwärmte ihr von dieser Villa vor. Aber auch in der Villa Russo sah es traumhaft aus, fand Jessy.

Das Mobiliar in den verschiedenen Räumen wirkte, als hätten die Leute von damals nur kurz das Haus verlassen und kämen bald zurück. Staunend und ehrfürchtig folgte Jessy diesem Mann, der einer so feinen Familie entstammte. Sie selbst kam aus einer Arbeiterfamilie, konnte sich nur schwer vorstellen, wie es gewesen wäre, hier aufzuwachsen. Gregorio führte sie durch den grünen Salon, in dem es aussah wie in einem Film, der in einem anderen Jahrhundert spielte. Weiter ging es durch ein Zimmer, in dem sich ein auffallend langes Sofa befand. »Wozu hatte man denn ein Sofa mit Platz für so viele Personen?«

»Das ist ein Chatroom aus dem 14. Jahrhundert«, erklärte Gregorio. »Hier saßen die Damen und tauschten den neuesten Klatsch aus. Oder sie schrieben Briefchen und gaben sie weiter, hat meine Mutter einmal gesagt. Oder legten sie in diese Schublade dort, als Nachricht für eine andere Dame, die nicht anwesend war.« Er zeigte auf eine antike Kommode.

»Großartig, so ein ausgeklügeltes Kommunikationssystem gab es damals?« Die beiden lächelten sich an. Gregorio hatte zwar eine distanzierte Ausstrahlung, aber je mehr sie ihn kennenlernte, umso klarer wurde ihr, dass er nicht so arrogant und überheblich war, wie sie es nach ihrer ersten Begegnung angenommen hatte. »Wie kommt es, dass du so normal wirkst?«

»Ich wirke nur so?«

»Witzig.«

»Nicht witzig. Mit einem Vater, der einen immer klein-hält ...«, rutschte es ihm heraus.

»Das tut mir leid. Eltern können viel bewirken bei ihren Kindern, durch unbedachte, verletzende Bemerkungen.«

»Ich glaube nicht, dass sie unbedacht waren.« Mehr sagte er nicht, ging weiter, zeigte ihr den blauen Salon. Was schleppte er mit sich herum, dachte Jessy. Warum hatte sein Vater ihn kleingehalten? Es schien diesen längst erwachsenen Mann heute noch sehr zu belasten.

Sie wurde durch die alten Gemälde in ihren üppigen, oft goldumrandeten Rahmen und Gregorios Erklärungen von ihren Gedanken abgelenkt. Einige der Bilder zeigten die wunderschöne toskanische Landschaft, andere wiederum Früchte und ein paar seiner Vorfahren. Er schritt sie ab, erläuterte ihr, wen sie darauf sah, versuchte abzulesen oder sich zu erinnern, wie derjenige hieß. Jemand mit dem Anfangsbuchstaben E war bisher nicht dabei gewesen. Dann blieb er vor dem Gemälde stehen, auf dem eine Tonvase abgebildet war, die tatsächlich ein solches Ornament aufwies wie eine der Scherben, die Jessy im Garten gefunden hatte. »Dieses Bild hat mir mein Vater damals gezeigt. Das Ornament könnte das auf den Tonscherben sein.«

»Tatsächlich. Von wann ist das Bild?«

Gregorio sah auf die Signatur. »Von 1895. Ich habe diese Vase in der Villa nie gesehen. Vielleicht wurde sie damals gemalt und zerbrach anschließend.«

Jessy kombinierte. »Dann kann es wirklich sein, dass die Nachrichten auf den Tonscherben sehr alt sind. Vielleicht aus dem 19. Jahrhundert.«

»Leider kenne ich wie gesagt nicht alle von damals. Ich werde meine Mutter später fragen, vielleicht weiß sie doch etwas. Aber erst, wenn sie sich wieder beruhigt hat. Sie musste Beruhigungstabletten einnehmen.«

»Verstehe. Das tut mir sehr leid.«

»Lass uns im Garten weitermachen«, sagte Gregorio. »Schließlich müssen wir die Bank überzeugen, dass dieser Garten keinem Golfplatz weichen darf.«

»Auf keinen Fall«, fügte Jessy kämpferisch hinzu. »Würde Bandini das überhaupt dürfen?«

»Er hat hier so viele Kontakte, die er notfalls bestechen könnte, wenn es ihm gehören würde, sicher.«

Sie folgte ihm grübelnd nach draußen. Die Sonne schien ihr ins Gesicht. Der Duft der Rosen, die am Eingang der Villa emporrankten, wehte ihr entgegen. Wie konnte es auf so einem zauberhaften Anwesen bloß so viel Zwist geben?

Gregorio sah auf seine Armbanduhr. »Oh, ich muss … etwas erledigen, ich bin in circa einer Stunde zurück«, verkündete er plötzlich.

»Alles klar, okay.«

»Du hast ja noch genug mit dem Unkraut an der Rosenhecke zu tun«, stellte Gregorio fest. »Wenn ich zurück bin, helfe ich dir.«

»Ja, das wäre … cool.«

Er drehte sich um und ging. Jessy sah ihm nach. Offensichtlich wollte er mit ihr nicht über seine Probleme mit seinem Vater reden. Kein Wunder, sie kannten sich ja kaum, noch dazu war er ihr Chef. Irgendwie hatte sie so ein Gefühl, dass diese Tonscherben, die sie beim Graben im Garten gefunden hatte, eine Bedeutung haben könnten. Ein Golfplatz. Gab es davon nicht schon längst genug? Wie viel schöner wäre es, viel mehr Menschen den Zugang zur Natur zu ermöglichen. Und nebenbei ein paar Insekten ihren Lebensraum zurückzugeben … Sie musste mithelfen, diesen einzigartigen Familienbesitz zu retten. So wie er ihr geholfen hatte, als Bella fast angefahren worden war. Als er sein Leben riskiert hatte für ihren Hund. Wieder wurde Jessy bewusst, wie selbstlos und tierlieb dieser Mann zu sein schien. Ihr Ex-Freund hätte für Bella auf keinen Fall dieses Bremsmanöver gewagt.

Sie sah sich nach ihrer Hündin um, pfiff einmal laut. Bella kam sofort angerannt, lief schwanzwedelnd auf Jessy zu. »Da bin ich wieder, alles gut, Süße.« Dann flüsterte sie ihr ins Ohr. »Schade, dass du kein richtiger Spürhund bist, sonst könntest du nach weiteren Tonscherben schnüffeln. Aber wer weiß, probieren wir es. Los, such!«

6. Kapitel

Bella hatte gestern noch einen vergammelten, alten Gartenhandschuh und ein Stöckchen gefunden, aber leider keine weiteren Scherben. Beim Umgraben war Jessy bei jedem Stein in der Erde zusammengezuckt, aber auch sie hatte keine Tonstücke mit Nachrichten mehr ausgegraben. Etwas frustriert hatte sie irgendwann Feierabend gemacht und bei Ciabatta mit Tomaten und Mozzarella und einem Glas Wein auf ihrer kleinen Terrasse vor dem Gästehaus den Sonnenuntergang betrachtet.

Schweißüberströmt und verzweifelt stand Jessy jetzt mit ihrem Spaten in der Sonne. Seit gefühlten Stunden kämpfte sie gegen diese trockene, harte Erde an, ihre Arme schmerzten. Sie wollte es wirklich hinkriegen, aber sie schaffte es nicht. Eigentlich ging sie diese Familiengeschichte ja nichts an, dachte sie erschöpft. Aber wie ihr gerade klar wurde, grub sie gewissermaßen mit dem Spaten auch ihr Innerstes aus. Diese Ablehnung durch den Vater erinnerte sie sehr an ihre eigene Gefühlswelt. An ihren Schmerz, der sie nach der Trennung ihrer Eltern überrumpelt hatte und der hier bei der Arbeit in diesem Garten zutage trat. Jessy biss sich auf die Lippe. Es hatte so wehgetan, zu erfahren, dass ihre Familie nie wieder die sein würde, die sie einmal gewesen war. Hier beim Umgraben, in der Sonne Italiens, wurde ihr schmerzlich bewusst, wie sehr sie ihren Vater vermisste. Ihren Vater, der sich seit der Trennung kaum bei ihr gemeldet hatte. Und das, obwohl sie einmal so ein inniges Verhältnis gehabt hatten. Auch als erwachsene Frau von Anfang dreißig hing man an seinen Eltern. Wollte von ihnen akzeptiert und geliebt werden. Jessy konnte sich nicht vorstellen, falls sie doch noch selbst einmal ein Kind haben sollte, es irgendwann so zu behandeln, als wäre es nicht das Allerwichtigste auf der Welt. Selbst wenn sie einen Mann liebte.

Wieso gab es in so vielen Familien so viele Streitigkeiten, Zerwürfnisse, Verletzungen. Und oft nur, weil die Menschen nicht miteinander redeten. Jessy hatte es mehrfach mit ihrem Vater versucht, doch wenn sie ihn anrief, ging seine neue Partnerin ans Telefon und sagte, dass er nicht da sei, sie ihm aber ausrichten werde, dass seine Tochter angerufen habe. Er hatte nur einmal zurückgerufen und das Telefonat rasch beendet. Schämte er sich so sehr, die Familie verlassen zu haben, oder weshalb verweigerte er den Kontakt mit Jessy? Wäre sie ein Kind gewesen, hätte sie angenommen, etwas falsch gemacht zu haben, gedacht, es liege an ihr. Aber zum Glück wusste sie eines sicher: Sie hatte sich richtig verhalten, das Problem ihres Vaters lag bei ihm. Oder etwa nicht? Hatte sie ihn nach der Trennung ihrer Eltern irgendwie verletzt? Sich zu sehr um ihre Mutter gekümmert, die völlig am Ende gewesen war und immer noch litt? Was hätte Jessy anderes tun sollen? Ach, dieses ständige Gedankenkarussell, wie sehr sie es hasste, wie gern sie es gestoppt hätte. Aber sie wusste seit Monaten nicht, wie. Sie wischte sich über die Augen, blinzelte die Tränen weg und betrachtete Bella, die hechelnd neben ihr im spärlichen Schatten eines Olivenbaumes lag. Hund müsste man sein, zumindest nahm Jessy an, dass Hündinnen ein klein wenig unkomplizierter dachten als ihre Frauchen. Und sie waren treu und gutmütig und durch fast nichts aus der Ruhe zu bringen. Zumindest Golden Retriever.

Gregorio hatte ihr gesagt, sie könne sich am Kühlschrank bei allem bedienen. »Komm, Süße, ich sterbe vor Durst, da gab es doch diese selbst gemachte Zitronenlimonade.« Bella stand sofort auf, folgte Jessy, die in Richtung der wunderschönen Villa ging. Erstaunlich, dass Gregorio so viele Jahre in Berlin und London verbracht hatte. So hübsch, wie es hier aussah, hätten sie keine zehn Pferde weggebracht. Außer vielleicht eine große Liebe. Oder der griesgrämige Vater. Sie seufzte.

»Weißt du, Bella, ich glaube, ich weiß ein bisschen, wie es Gregorio geht. Väter können manchmal ganz schön unsensibel sein. Und jetzt, wo sein Vater tot ist, hat er vermutlich nicht einmal mehr die Chance, zu erfahren, was dahintersteckte. Meist ist es ja so, dass Leute, wenn sie garstig zu einem sind, ein Problem mit sich herumschleppen.« Bella schmiegte sich an sie, gab ihr einen Stupser mit ihrer Schnauze, als hätte sie die Worte verstanden. Jessy streichelte ihrer Hündin über den Kopf. »Du bist einfach ein Herzchen.«

Sie waren vor der Haustür angekommen. Rechts etwas abseits stand ein Wassernapf für die Hunde. »Da, für dich. Warte hier, ich bin gleich zurück.«

Die Tür stand offen. Beim Eintreten wehte ihr der etwas muffige Geruch vergangener Jahrzehnte entgegen. Ein wenig fühlte man sich hier wie in einem Museum. Vorsichtig schritt sie in Richtung Wohnküche, bemüht, kein Geräusch zu verursachen, um die alte Dame nicht zu stören.

Hier war Gregorio groß geworden, mit einer Principessa als Mutter und einem Vater, der seinen Sohn nicht akzeptierte, wie er war. Hatte ihr Vater sie immer akzeptiert?

Er hatte sich einen Sohn gewünscht, hatte Mam ihr einmal versehentlich verraten. Die Ausbildung zur Floristin versuchte er ihr anfangs schlechtzumachen, sodass sie eine Zeitlang gar nichts mehr darüber erzählen wollte. Er hätte es lieber gehabt, wenn sie in einer Bank angefangen hätte, damit aus dem Mädchen einmal etwas werden würde. Oft war sie ihm zu hibbelig, zu chaotisch, vor allem zu lange Single. Wie verletzend sich seine Bemerkungen manchmal anfühlten, hatte er nie wahrgenommen, und wenn sie ihm Kontra gab und ihm das sagte, hatte er nur lachend abgewunken, erwidert, dass er es doch nicht so meine.

So richtig wusste Jessy nie, woran sie bei ihm war, ging ihr durch den Kopf. Der Abstand tat gut, brachte ihr neue Erkenntnisse über ihn und sich selbst. Vielleicht war gar nicht immer alles so heil gewesen, wie sie es empfunden hatte. Insofern spiegelte Gregorios Familiengeschichte, zumindest soweit sie das Verhältnis zu seinem Vater betraf, ein wenig die ihre. Auch deshalb hatte Jessy das dringende Bedürfnis, wenigstens hier etwas aufzuklären. Bei ihrem Vater hatte alles Reden in letzter Zeit nichts geholfen.

Sie öffnete eine Tür, die sie, abgelenkt von ihren Gedanken, für die Küchentür hielt, doch sie hatte sich geirrt, war in einem eleganten Salon gelandet. Schnell und möglichst geräuschlos schloss sie die Tür wieder, ging weiter und öffnete die richtige Tür in die alte Wohnküche. Rasch ging sie zum modernen Kühlschrank und holte die Karaffe mit der Zitronenlimonade heraus. Ein paar Zitronenscheiben und Minzblätter schwammen darin. Es sah köstlich aus. Gregorio, der die Limonade gemacht hatte, schien in vielerlei Hinsicht ein Mann mit Stil und Geschmack zu sein.

Jessy sah sich nach einem Glas um, fand eines in einem Regal über dem Herd, schenkte sich ein und trank. Das kühle Zitronen-Minze-Getränk schmeckte herrlich fruchtig und erfrischte sofort.

In dem Moment ging die Tür auf und Gregorios Mutter, Rosella, stand mit angespanntem Gesicht da.

»Was machen Sie hier?«, fragte sie scharf auf Italienisch.

»Entschuldigung, ich hatte Durst«, erwiderte Jessy ebenfalls auf Italienisch. Sie setzte das Glas ab. »Möchten Sie auch einen Schluck?« Zum Glück reichten ihre Sprachkenntnisse für eine einfache Konversation.

Rosella zögerte, aber vermutlich war auch sie gekommen, um sich etwas zu trinken zu holen. Sie nickte. Jessy holte rasch noch ein Glas vom Regal, schenkte ihr ein. Etwas zittrig nahm es diese zarte Frau dankend entgegen, tat einen Schluck, wollte sich umdrehen und wieder gehen, aber Jessy hielt sie auf.

»Signora, ich bin wirklich dankbar, dass ich hier sein kann. Und ich werde alles geben, um mit Ihnen um den Garten zu kämpfen.«

Sofort drehte sich Rosella wieder um, musterte Jessy. »Wieso setzen Sie sich so dafür ein?«

Jessy suchte nach Worten, dann sprudelte es in einem Italienisch-Englisch-Gemisch aus ihr heraus. »Ich … ich habe gerade meinen Job in einem Blumengeschäft verloren. Weil meine Chefin, weil *ich* nicht genug für sie gekämpft habe. Meine Chefin wollte den Laden eigentlich ihrer Nichte vermachen, das ging jetzt aber nicht mehr, weil diese Supermarktkette alles kaputt gemacht hat. Ich habe mir vorgenommen, das nächste Mal, wenn es so eine Ungerechtigkeit gibt, viel mehr zu kämpfen. Es wenigstens zu versuchen.«

Rosella sah sie nachdenklich an, sagte nichts. Dann brach es aus ihr heraus: »Unser Nachbar, Bandini, er ist ein harter Knochen.«

Jessy verstand nicht und so wechselten sie ins Englische.

»Ah, verstehe. Aber selbst der härteste Knochen wurde irgendwann einmal so hart. Wenn Sie herausfinden, was ihn berührt, warum es den Streit zwischen Ihren Familien überhaupt gibt, vielleicht können Sie Bandini da kriegen. Wissen Sie wirklich nicht, was zu der Familienfehde geführt hat?«

Rosella dachte kurz nach, schüttelte den Kopf. »Mein Mann wollte nicht darüber reden. Bis zum Schluss … und dann war es zu spät. Leider nein. Außerdem hilft es ja nichts, es gibt keinen anderen Käufer und wir haben Schulden.«

»Sie brauchen keinen Käufer. Sie brauchen einen Kredit. Gregorio hat so wundervolle Ideen, wie man den Garten noch besonderer machen kann. Das und die Touren durch die Gärten der Toskana werden diesen Banker ganz sicher überzeugen.«

Skeptisch betrachtete Rosella Jessys Oberarme. »Und Sie meinen, ihm bei der Arbeit eine große Hilfe zu sein?«

Jessy zögerte. »Nun ja, ich gebe mein Bestes. Ein guter Spürhund bin ich jedenfalls«, scherzte sie.

Jessy erzählte ihr von dem Tonscherbenfund und den darin eingravierten Botschaften.

»Gibt es jemanden in Ihrer Familie mit dem Anfangsbuchstaben E? Es kann auch irgendein Urahn sein.«

Rosella nahm erneut einen Schluck Limonade, dachte nach. »So bewandert bin ich in der Familiengeschichte meines Mannes nicht.«

Dann hatte sie plötzlich eine Idee. »Er hat einige Male von einer Elizabeth gesprochen. Die Tochter der Lordschaft, die das Anwesen im 19. Jahrhundert gekauft hat. Sie soll in ihrer Zeit eine mutige junge Frau gewesen sein. So wie er sie mir beschrieben hat, erinnern Sie mich an Elizabeth.«

»Wieso das?«

»Sie liebte die Natur und die Blumen sehr. Offenbar war sie so etwas wie eine Seherin. Sie ahnte damals bereits, dass der Mensch die Gärten dieser Welt zerstören würde. Und sie wollte es verhindern. Das hat mir mein Mann einmal erzählt. Mehr kann ich nicht sagen.«

Jessy sah, wie Rosella die Lippen zusammenpresste.

Die alte Dame wischte sich über die Augen, versuchte, ihre Contenance zu wahren.

Dann straffte sie sich, stand auf. »Signorina, bitte. Wenn Sie wollen, können wir die Ahnengalerie zusammen durchgehen. Vielleicht gibt es ja noch jemanden mit dem Anfangsbuchstaben E.«

Jessy schniefte. »Sehr gern.«

Leise fügte Rosella an: »Ich kämpfe, bis der Kampf verloren ist. Antonio Bandini darf unseren Familienbesitz nicht bekommen.« Sie atmete durch. »Jetzt, wo es Gregorio offenbar wirklich ernst ist, wieder hier in der Toskana zu leben, möchte ich alles dafür tun, den Verkauf für meinen Sohn abzuwenden, ihm sein Zuhause sichern.«

»Das wird ihn sehr freuen.«

Rosella sah Jessy an und sagte bemüht beiläufig: »Und Sie fahren nach den zwei Monaten wieder nach München?«

Jessy lachte. »Sie meinen«, sie ahmte Rosella nach, »Sie fahren dann aber wieder nach München, *capito*? Denn Sie passen nicht zu meinem Gregorio.«

Rosella musste schmunzeln. »Dass Sie immer alles aussprechen müssen.«

»Ich kann einfach nicht anders. Und meistens ist es besser, glauben Sie mir.«

Rosella lächelte. »Sie scheinen eine kluge Frau zu sein.«

»Danke für die Blumen. Aber keine Sorge, ich habe es nicht auf Ihren Sohn oder seinen Besitz abgesehen. Reichtum, das ist mir egal, das ist eher anstrengend, wie man bei Ihnen ja sieht. Abgesehen davon kann ich Sie beruhigen: Von Männern habe ich eh die Nase voll.«

Rosella sah sie mitleidig an, drehte sich dann um und ging vor. Jessy folgte ihr. Was für eine harte, stolze Römerin Rosella doch war. Gut, dass Jessy nichts von Gregorio wollte, denn Rosella als Schwiegermutter konnte bestimmt extrem anstrengend werden.

7. KAPITEL

Jessy fühlte sich erneut wie im letzten Jahrhundert, als sie Rosella durch die Villa folgte. Alte Gemälde hingen in den Fluren, schwere, dunkle Stoffvorhänge an den hohen Fenstern, das Licht der Sonne ließ die Staubpartikel in der Luft tanzen. Gregorio hatte heute wieder einen Termin, der länger zu dauern schien.

Die zarte, edle Frau blieb in einem Salon vor einem Kaminsims stehen. Schwarz-Weiß-Fotografien in silbernen Bilderrahmen standen dort aufgereiht, Damen in langen Kleidern und Herren im Frack posierten für den Fotografen.

»Das hier ist eine Großtante meines Mannes, deren Namen ich nicht weiß. Und sie hatte eine Tochter.«

Rosella überlegte.

Jessy betrachtete das Bild. »Sie sieht sehr hübsch aus. Aber nicht besonders glücklich.«

»Ja, damals wurden die Ehen ja noch arrangiert. Vielleicht lag es daran.«

»Schreckliche Vorstellung.« Jessy konnte sich das beim besten Willen nicht vorstellen. Einen Mann heiraten zu müssen, den sie nicht liebte, den sie vielleicht sogar abstoßend fand. Welch Glück, in der heutigen Zeit zu leben. Obwohl es das heutzutage in manchen Kulturen leider auch noch gab.

»Aber ihren Namen weiß ich nicht und ich wüsste auch nicht, wie wir ihn herausfinden könnten. Ach doch, Mariella.«

»Ah. Vielleicht gibt es ja ein altes Buch, in dem eine Ahnentafel enthalten ist.«

»Keine Ahnung.«

Rosella ging zu einem großen Bücherregal, von denen es in diesem Raum mehrere gab. »Mein Mann hat hier sehr gern gesessen und gelesen.« Sie deutete zaghaft zu einem antik aussehenden Stuhl und seufzte.

Jessy folgte ihr beeindruckt. Sie liebte Bücher, hatte sie schon als Kind verschlungen, aber besessen hatte sie wenige. Ihre Mutter war mit ihr immer in eine öffentliche Bibliothek gegangen und sie hatten dort jede Woche mehrere ausgeliehen. Ihre Eltern besaßen kein Bücherregal, lasen außer der Zeitung nichts, was Jessy nie verstehen konnte. Sich in fremde Welten zu träumen, Neues zu erfahren, das machte so viel Spaß und gab einem das Gefühl, reich an Wissen und Erfahrung zu sein. Liebesgeschichten hatte sie als Teenager gelesen und sich oft genauso verliebt gefühlt wie die Frauen in den Romanen. Dadurch hatte sie einiges über Beziehungen gelernt.

Rosella sah das Bücherregal überfordert an. »Ich wüsste nicht, wo wir hier anfangen sollten. Es gab so viele Ahnen, es hat keinen Sinn.«

»Aber …«

»Uns rennt die Zeit davon. Ich rede mit der Bank und unserem Anwalt, wir müssen alles tun, um zu verhindern, dass Bandini unsere Besitztümer bekommt. Mein Mann würde sich …« Sie hielt inne.

Jessy lag »im Grab herumdrehen« auf der Zunge, aber sie schaffte es, dies nicht auszusprechen.

»Antonio kann gefährlich werden. Ich kenne ihn gut.«

Jessy sah sie nachdenklich an. »Was hat er Ihrer Familie bereits angetan?«

Rosella schüttelte den Kopf. »Das tut nichts zur Sache. Ich glaube, Sie gehen jetzt besser wieder an Ihre Arbeit.«

»Habe ich etwas Falsches gesagt?«

»Kindchen, Sie sagen ständig irgendwas. Ich brauche meine Ruhe.«

Jessy nickte. Sie wurde nicht recht schlau aus der Frau, die einerseits diese Härte zeigte, andererseits aber auch sehr weich sein konnte. »Es tut mir leid, ich möchte wirklich nur helfen.«

Ihr Blick blieb an einem Foto hängen, das Gregorio etwas jünger und Arm in Arm mit einer hübschen Frau zeigte.

Rosella folgte ihrem Blick.

»Das ist Magdalena, Antonio Bandinis Tochter«, hörte Jessy Rosella sagen. »Magdalena ist ein liebes Mädchen, ganz im Gegensatz zu ihrem Vater. Sind sie nicht ein schönes Paar?«

»Äh, ja, sie sieht sehr … nett aus. Und verdammt hübsch«, entfuhr Jessy.

»*Sì, sì. Una bella.* Bildhübsch, sagt man. In natura noch mehr.«, schwärmte Rosella. »Und sie ist ein Engel.«

Wieso fühlte sich Jessy plötzlich, als hätte sie Pickel, Klumpfüße und stammte vom Teufel ab? Natürlich hatte er eine Freundin, wieso wunderte sie das überhaupt? Die Tochter der verfeindeten Familie, ganz wie bei Romeo und Julia. Es musste die große Liebe sein. Immerhin hing diese wunderhübsche Magdalena sogar hier in der Villa als Fotografie. Ganz bestimmt war Gregorio gerade bei ihr. Jessy spürte ein Grummeln im Bauch.

»Und jetzt gehen Sie bitte, ich muss mich hinlegen«, erklärte Rosella erschöpft. Jessy wollte auch nicht weiter stören. Sie ging rasch hinaus, den Flur entlang. Sie brauchte Luft.

Die Sonne schien ihr ins Gesicht und blendete sie, als sie in den Garten hinaustrat. Erst jetzt registrierte Jessy, wie kühl es in der Villa gewesen war. Bella kam angetrottet und wedelte mit dem

Schwanz. »Ach, Süße.« Jessy bückte sich zu ihr und knuddelte sie. »Manchmal hab ich das Gefühl, je mehr Besitz die Leute haben, desto schräger werden ihre Probleme. Die Russos sind reich, immerhin haben sie diese Villa und das Land, aber sie haben Schulden.« Nachdenklich hielt sie inne. »Gregorio wirkt dafür noch recht normal. Vielleicht weil er lange in der Welt draußen war. Aber vielleicht ist er es auch nicht. Irgendwas schleppt er eindeutig mit sich rum.«

Bella reckte und streckte sich. Jessy stand wieder auf, dehnte sich jetzt auch, ruderte mit den Armen, um die Muskeln zu lockern. »Dann grab ich einfach mal weiter, was?«

Gefolgt von Bella ging Jessy zu dem Gartenstück, das sie umgraben musste. Entschlossen nahm sie den Spaten in die Hand und rammte ihn in die trockene Erde. Nichts tat sich.

Da klingelte ihr Handy. »Prinz Harry«, stand da. Erfreut fischte Jessy ihr Handy aus der Hosentasche und nahm ab. »Mama, wie schön, wie geht's dir?« Bisher hatten sie sich nur kurze Nachrichten geschrieben.

»Na, das wollte ich dich fragen. Sind sie nett zu dir?«

»Doch, klar.«

»Das klingt aber nicht so richtig glücklich. Kümmert sich die italienische Familie nicht um dich?«

»Mam, das ist ein Job, und ich bin erwachsen. Sie müssen sich nicht kümmern.«

»Und ist die Arbeit nicht zu schwer?«

»Sagen wir so, es ist Arbeit, einen Garten zu gestalten, aber es macht auch Spaß und ist wunderschön hier, die Sonne scheint, die Zitronen duften, ich kann mir keinen schöneren Garten vorstellen.«

»Ach, das freut mich, mein Mädchen. Ich hab mir schon Vorwürfe gemacht, weil du den Job ja auch wegen mir angenommen hast.«

»Quatsch, Mama, brauchst du echt nicht. Ich bin gern in der Natur, das weißt du doch. Es ist perfekt. Also fast perfekt.«

»Was denn nicht? Bekommst du genug zu essen?«

»Na klar.« Sie dachte daran, wie sie am ersten Tag ihr Frühstück bekommen hatte. Dass es so köstlich gewesen war, was Gregorio ihr bereitet hatte. Und dass sie sich jederzeit alles aus dem Kühlschrank nehmen durfte, was sehr großzügig war.

»Und wie ist denn dein Chef, der Gärtner?«

Jessy warf Bella einen Blick zu. »Der Gärtner ist ... sehr nett.«

Stille am Ende der Leitung. »*Du* sagst über einen Mann, er sei sehr nett? Das hab ich ja schon lange nicht mehr von dir gehört.«

Wie gut ihre Mutter sie kannte. »Ist er etwa ... zudringlich?«

»Nein, nein. Er ist ein Gentleman. Sehr sogar.« Sie dachte an Gregorio, der jetzt vermutlich gerade in Magdalenas Armen lag. »Alles gut. Du, ich muss Schluss machen, ich muss ja hier im Garten was tun.«

»Natürlich, Liebes, mach es gut. Und wenn irgendwas ist, ruf sofort an.«

»Mach ich, Mam, versprochen. Kussi.«

Jessy legte auf und ein warmes Gefühl ummantelte sie. Die Liebe ihrer Mutter hatte ihr schon immer Sicherheit und Selbstbewusstsein gegeben. Die ihres Vaters auch, aber die ihrer Mutter noch mehr. Und in letzter Zeit hatte sich ihr Vater so sehr distanziert. Eine neue Liebe ist ein neues Leben, hieß es. Und irgendwie fühlte sich Jessy im neuen Leben ihres Vaters nicht mehr willkommen und das tat weh.

Jessy hörte den Wagen von Gregorio die Kiesauffahrt heranrollen. Mist, sie hatte so gut wie nichts geschafft, das würde er sofort sehen. Nicht, dass er ihr doch noch kündigte und sie ohne Job zurück nach München musste. Sie brauchte das Geld, vor allem auch, um ihre Mutter zu unterstützen. Rasch nahm sie den Spaten und rammte ihn mit aller Kraft in die Erde. Ein paar Brocken ließen sich lockern.

Da stand auch schon kurz darauf Gregorio vor ihr, die Arme in die Hüften gestemmt.

»Sorry«, preschte Jessy vor. »Das sieht nach nichts aus, aber das hätte auch kein Mann schneller hingekriegt. Und dann hab ich auch noch nach deiner Mutter gesehen.«

»Du, nach meiner Mutter?«

»Na ja, ich hab mir was zu trinken geholt und sie in der Küche getroffen.«

»Verstehe.«

Sie plapperte weiter. »Ich hab ihr von den alten Tonscherben erzählt, die ich in der Erde gefunden habe, sie scheint darüber auch nichts zu wissen.«

»Dich kann man nicht alleine lassen«, sagte er wenig begeistert. Dabei sah er sie mit seinen hellen Augen an, die in seinem braun gebrannten Gesicht leuchteten wie die blauen Murmeln, die Jessy als Kind so geliebt hatte. Blau wie das Meer. Er gefiel ihr, musste sie sich wieder eingestehen, aber sie sollte ihn sich ganz schnell aus dem Kopf schlagen. Jessy dachte an Magdalena Bandini mit ihm, Arm in Arm, auf dem Foto. Die beiden waren wirklich ein schönes Paar. Wieder fühlte sie sich wie ein Kartoffelsack. Warum nur? Sie ärgerte sich über sich selbst.

»Was siehst du mich so an?«, fragte er irritiert.

»Du siehst mich an«, konterte sie schwach.

Gregorio löste die Hände von den Hüften, nahm ihr den Spaten ab. Dabei spürte sie kurz seine Hand. »Ich hab den Spaten heute Morgen auch kaum in diese trockene Erde bekommen«, gab er lächelnd zu. »Es hätte mich gewundert, wenn du es geschafft hättest.«

»Was?« Empört sah sie ihn an. »Du wolltest mich testen?«

»So würde ich es nicht ausdrücken. Ich wollte dir nur klar-machen, dass die Natur einem manchmal seine Grenzen auf-zeigt. Und dass das hin und wieder guttut.«

Jessy schüttelte missbilligend den Kopf.

Doch ehe sie etwas erwidern konnte, fügte er hinzu: »Lass uns den Boden wässern, dann geht es einfacher. Ich hab die Anlage repariert. Das wollte ich dir eigentlich sagen, hatte aber zu viel anderes im Kopf.«

Na, was das wohl war? Bestimmt diese wunderschöne Magdalena, dieser Engel.

Er trat zum Gartenschlauch, der in der Nähe lag, und wies sie an, den Wasserhahn aufzudrehen.

»Und du meinst, einen Wasserhahn aufzudrehen schaffe ich?«, konnte sie sich nicht zu sagen verkneifen.

»Ich traue dir einiges zu.«

Sie drehte das Wasser auf, er wässerte und gemeinsam gruben sie anschließend die Erde um. Es ging tatsächlich ein-facher. Jessy musste insgeheim zugeben, dass sie die fehlende Erfahrung als Landschaftsgärtnerin immer wieder zu spüren bekam. Aber sie war vorher ja auch durch ihre Spurensuche etwas abgelenkt gewesen, sonst wäre sie auf diese glorreiche Idee mit dem Wässern bestimmt auch gekommen. Notfalls mit der Gießkanne.

Nachdem sie die Ecke im Garten geschafft hatten, die sie umgraben wollten, hielt Gregorio inne. »Du scheinst wirklich ein paar Muskeln in den Armen zu haben.«

»Danke für die Blumen.«

Wieder sah er sie so merkwürdig an. Was dachte er nur?

»Wolltest du jetzt eigentlich mit, einen der Gärten ansehen, die für meine Tour infrage kommen? In San Giovanni D'Asso. Den Garten Bosco della Ragnaia, der vor circa dreißig Jahren von einem amerikanischen Künstler, Sheppard Craig, gestaltet wurde. Er ist einer meiner Lieblingsgärten.«

»Sehr gern. Wenn mir mein Chef frei gibt.«

Er lächelte. »Ich lege ein gutes Wort bei ihm ein. Es ist allerdings schon Mittag, für diesen Garten braucht man vor allem Zeit und Muße. Ich möchte mich dort in Ruhe umsehen …«

»Ich verspreche, kaum zu reden. Außerdem bin ich eine fleißige Arbeitskraft, die kein Problem damit hat, wenn ein Arbeitstag mal länger geht. Beziehungsweise, das zähle ich jetzt mal als Privatvergnügen und ich werde dir die Überstunden nicht in Rechnung stellen, weil es ja keine Arbeit in dem Sinne ist. Hätte ich vielleicht in meine Mail schreiben sollen.« Was plapperte sie da nur wieder? Jessy biss sich auf die Lippe. Aber Gregorio schien amüsiert.

»Dein ganzer Name in der Mail hätte gereicht.«

»Dann hätten wir uns nie kennengelernt«, sagte Jessy, ohne darüber nachzudenken, wie es klingen könnte. Sie lenkte rasch ab. »Wann starten wir?«

»Lass uns die Mittagshitze noch abwarten, aber dann, *andiamo*.«

* * *

Gregorio lenkte seinen Wagen gekonnt auf den kurvigen Straßen. Jessy auf dem Beifahrersitz hatte die nackten Beine lässig übereinandergeschlagen. Sie trug Shorts. Ihre Nähe machte ihn seltsam nervös, auch dass sie plötzlich gar nicht mehr redete. Ihre Hündin saß hechelnd auf dem Rücksitz.

Auf der Fahrt zum Bosco della Ragnaia beobachtete Gregorio Jessy immer wieder aus den Augenwinkeln. »Jetzt im Auto darfst du noch reden.«

»Ach ja? Vielen Dank.« Sie lächelte. Er sah sie von der Seite an. Was für ein süßes Lächeln, bei dem sie immer ihre Nase so krauszog.

»Was ist das eigentlich für ein Wagen? Ein Jeep?«

»Ein Fiat Campagnola, ein ehemaliges Militärfahrzeug, ein Oldtimer inzwischen.«

»Und wieso fährst du so einen Geländewagen?«

»Weil es mir gefällt. Ich hab irgendwann angefangen, nur noch Dinge zu tun, die mir gefallen.«

»Würde ich auch gern, aber dafür fehlt mir das nötige Kleingeld.«

»Glaub ja nicht, dass ich viel Geld von meinen Eltern bekommen habe. Eher im Gegenteil. Du hast bestimmt gedacht, ich habe noch ein edles, teures Auto, und bist jetzt enttäuscht, dass ich nur das hier habe, oder?«

Jessy schüttelte ehrlich den Kopf. »Ich hab mir überhaupt nicht überlegt, was für Autos mein Chef fährt. Und wieso sollte ich enttäuscht sein? Das ist so ein Männerding.«

»Und was ist ein Frauending?«

»Verrate ich dir nicht.«

Er musste unwillkürlich lächeln. Ihre unkonventionelle, direkte Art gefiel ihm.

Ohne zu fragen, stellte sie das Radio an. Ein italienischer Hit erklang und sie summte mit.

Sie fuhren an grünen Hügeln vorbei, weiß gepuderten Straßen und lehmroten Feldern.

»Wieso sind eigentlich damals Engländer in die Toskana gekommen?«, wollte Jessy, den Blick auf die malerische Umgebung gerichtet, wissen.

Gregorio deutete darauf. »Deshalb. Weil es hier wunderschön ist. Im letzten Drittel des 19. Jahrhunderts sind erst ein paar Weltenbummler hergekommen und dann hat sich ganz schnell verbreitet, wie einzigartig die Landschaft ist – und das Licht. Es sind immer mehr Engländer gekommen, ich glaube, allein in Florenz war es irgendwann eine Gemeinschaft von 30 000 Engländern.«

»Wow. Ich wusste gar nichts über die Geschichte der Toskana.«

»Sie hatten ihren eigenen Friedhof, eigene Kirchen, haben Villen im Umland gekauft und sich für italienische Kunstgeschichte interessiert. Für die Renaissance, die Wiedergeburt der Antike.« Er sah Jessys Miene an, dass sie darüber nichts wusste. »Der Ursprung der italienischen Gartenkunst. Willst du mehr darüber wissen?«

Jessy gab ihr recherchiertes Wissen preis und verblüffte ihn damit. »Die frühe Renaissance und Hochrenaissance, also so im 15. und 16. Jahrhundert, gilt als die Blüte der Gartenkunst. Eine italienische Villa sollte möglichst an einem Hügel liegen, die Landschaft sollte optisch in das Gartenkonzept einbezogen werden.«

»Nicht schlecht.«

»Ich habe ein bisschen nachgelesen. Aber erzähl mir gern mehr.«

»Also gut. Dann weißt du sicher auch, dass ein Renaissancegarten Buchsbäume enthielt, die die Wege einfassten. Wasserspiele, Treppen, alles war geometrisch geschnitten und angelegt. Blumen standen in Gartenvasen, oft gab es Skulpturen.«

Sie nickte. »Euer Garten ist wirklich ein richtig typischer Renaissancegarten«, stellte Jessy fest.

»Ein ungepflegter Renaissancegarten.«

»Aber nicht mehr lange, schließlich hast du ja jetzt mich«, foppte sie ihn.

»Witzig.« Er sah sie kurz an. Ihre Haut sah noch recht blass aus, aber dadurch sehr edel und zart.

Er merkte, dass sein Blick immer wieder zu ihren nackten Beinen wanderte. Schnell versuchte er, sich zusammenzureißen.

»Wusstest du, dass es in Berlin einen italienischen Renaissancegarten gibt, man also dort den Zauber der Toskana erleben kann? In den ›Gärten der Welt‹.«

»Nein, wirklich?«

»Dort gibt es auch ein Labyrinth, ein grünes Labyrinth wie oft in der Toskana.«

»Die vorgegebenen Wege und Richtungswechsel in einem Labyrinth lösen etwas im Menschen aus. Deshalb hat es einen meditativen Charakter.«

Jessy sah ihn beeindruckt an. »Das klingt spannend. Vielleicht sollte ich mich auch einmal in eines begeben.«

Er lächelte sie an. »Vielleicht löst auch der Garten, in den wir jetzt fahren, etwas in dir aus. Mir ging es so. Der Garten Ragnaia ist sehr viel anders als unser Garten. Das ist das Besondere an der Toskana, dass es unterschiedliche verborgene Gärten zu entdecken gibt. Was wirklich kaum einer weiß.«

»Was ist an ihm so anders?«

»Das wirst du gleich sehen.«

Jessy beschwerte sich, dass er es bitte jetzt sagen sollte, aber Gregorio ließ sie zappeln.

Schon immer war Jessy extrem neugierig und so kamen ihr die nächsten Minuten lang vor. Jetzt betrachtete sie die wunderschöne toskanische Landschaft, die wirklich aussah, als hätte hier jemand Villen harmonisch in die sanften Hügellandschaften platziert, mit anderen Augen. Im 19. Jahrhundert trug man noch lange Kleider, dachte sie. Augenblicklich sah sie die feinen Damen von damals vor ihrem inneren Auge. Gregorio schien viel über die italienische Gartenkunst und die Geschichte der Toskana zu wissen, das gefiel ihr. So wie er alles erklärte, hatte er einiges darüber gelesen. Ein Mann, der Gärten liebte und der las. Jessy seufzte innerlich und hatte es wohl aus Versehen laut getan, denn Gregorio blickte sie von der Seite schon wieder so seltsam an. Sie lächelte ihm zu und er zurück. Die Sonne schien, das Leben konnte so herrlich sein.

Endlich, bei San Giovanni D'Asso, lenkte er den Wagen auf einen kleinen Parkplatz. Sie stiegen aus. Bella erleichterte sich am Wegesrand. Jessy hatte einen touristischen Ort vermutet, aber hier stand nur ein Schild, auf dem »Il Bosco della Ragnaia« stand, dazu eine Erläuterung, aber kein Tourist weit und breit.

»Komm mit«, sagte er und Jessy und Bella folgten ihm einen kleinen Weg hinab, umsäumt von Bäumen und Büschen. Er lief vor ihr, blieb unvermittelt stehen und sie wäre fast gegen seinen Rücken gelaufen. Gregorio holte sein Smartphone aus der Hosentasche, machte das erste Foto in dieser schönen und ursprünglichen Natur.

Sein Duft mischte sich mit dem der Oliven- und Nadelbäume.

»Ich schieße Fotos für unsere Homepage«, erläuterte er.

Jessy nickte und sah sich um. »Sag mal, sind wir hier ganz alleine? Auf dem Parkplatz steht kein anderes Auto.«

»Das kann sein. Wie gesagt, die Gärten hier kennt kaum ein Fremder. Die Touristen reisen in die Toskana zur Weinprobe oder um Olivenöl zu kaufen. Vielen entgeht, wie besonders unsere unterschiedlichen Gärten sind. Hier beginnt die Tour in einem Eichenwald.«

Er ging weiter und Jessy tat es ihm gleich. Bella hielt sie an der Leine. Ein kleiner Weg schlängelte sich an den Eichen entlang nach unten, ein paar Stufen folgten. Schon jetzt sah sie, was er meinte. Dieser Garten sah einfach bezaubernd aus, irgendwie magisch und geheimnisvoll. In einem Tal, umgeben von Bäumen und Büschen, taten sich verschiedene Stationen auf. Steine, auf denen teilweise kurze Sätze oder Wörter standen, rahmten oft verschiedene Pflanzen ein. Es war wirklich etwas Besonderes. Wie Ornamente waren einige Büsche gesetzt.

Gelbe Säulen mit eingravierten, meist englischen Worten darin, standen verteilt herum. Die Sonnenstrahlen schafften es gerade so durch die Baumkronen, sodass es wirkte, als funkelte und glitzerte es wie in einem Märchenwald.

»Wie wunderschön!«

Er sah sie lächelnd an. »Ja, finde ich auch.«

Jessy ging neugierig zu einer der Tafeln an einem Stein und las, was darauf stand. Sie übersetzte das Englische: »Jeder Mensch braucht einen Baum, an den er sich lehnen kann.«

Sie warf Gregorio einen Blick zu, ging zu einem anderen Stein, las: »Einen Garten und eine Bibliothek, mehr brauchst du nicht.«

»Da hat sich dieser Amerikaner, der den Garten geschaffen hat, Gedanken gemacht.«

»Ja, dieser Garten hat mich sehr inspiriert. Ich bin früher oft hierhergekommen. Die Ruhe ist unglaublich. Und dieser Garten hat mich auf die Idee gebracht, in unserem auch Steine mit Inschriften zu versehen. Auch wenn das zu einem Renaissancegarten eigentlich nicht passt.«

»Gerade das ist dann doch das Besondere.«

»Endlich versteht einer meine Ideen. Meine Eltern, vor allem mein Vater fanden das völligen Unsinn. Ich hatte die Idee früher schon, als Teenager, nachdem ich mit meinem Großvater hier gewesen war.«

»Ich finde, es ist überhaupt kein Unsinn.«

Die beiden sahen sich an. Wieder spürte Jessy dieses Ziehen im Bauch. Sie atmete ein und aus, rief sich ins Bewusstsein, dass es nicht sein durfte, dass er vergeben war. Sie wandte sich abrupt ab, denn obwohl ihr Verstand das wusste, fühlte sie sich seltsam durcheinander. Gregorio griff wieder zu seinem Handy und machte Fotos von den verschiedenen Steinen und ihren Inschriften. In dieser Zeit ging Jessy von einem Stein zum anderen, las die Botschaften, dachte darüber nach und spürte, wie die Gedanken hier mit der Natur eins wurden. Ein Garten, der zum Denken anregte, was gab es Schöneres? Sie entdeckte eine Steinbank etwas den Hügel hinauf und ging mit Bella dorthin. Daneben befand sich so etwas wie ein Altar, mit einer kleinen Steinfigur darin. Jessy setzte sich auf die Bank und ließ ihren Blick über diesen bezaubernden Garten schweifen. Bella legte sich hin und auch sie schien noch entspannter als sonst. Diese Ruhe war einfach unglaublich und Jessy spürte, wie sie nach langer Zeit endlich wieder einmal herunterkam. Wie ihre Gedanken nicht ständig um irgendetwas kreisten, wie sie frei atmen konnte, ihr Kopf leicht wurde. Sie beobachtete Gregorio, diesen – wie sie sich insgeheim eingestehen musste – außergewöhnlichen Mann, dabei, wie er sich Zeit nahm und Fotos mit dem Handy schoss. Jessy hatte noch nie einen Mann wie ihn kennengelernt. Hätte man ihr zu Hause in München von diesem Exemplar erzählt, hätte sie ihn für einen Nerd, einen Durchgeknallten gehalten. Aber hier in der Toskana, wo die Zeit stehen geblieben schien, wo die sanften Hügel, die Natur den Geist beruhigten, hier passte er genauso harmonisch ins Bild wie die Villen in diese wunderschöne Landschaft.

Er drehte sich um, blickte zu ihr, lächelte sie kurz an und schoss weiter Fotos. Auch dass er sie hierher mitgenommen hatte, ihr diese Zeit gab, ihr, seiner Gartenhilfe, machte ihn außergewöhnlich. Nachdem sie Energie getankt hatte, stand sie auf und erkundete weiter den Garten. So viele kleine Einfälle hatte dieser Gartengestalter gehabt. Kunst traf Natur, Amüsantes auf Ernstes. Denn immer wieder gab es kleine Figuren und Skulpturen, die einen zum Lächeln brachten. Kleine Teufel erzählten eine Geschichte. Alles hier erzählte Geschichten, jedes Detail.

Noch nie hatte sie so einen besonderen Garten gesehen. Wie viel mehr konnte man aus der Natur machen. Gäbe es mehr solcher Gärten auf der Welt, Gärten, die begeisterten, so dachte sie, würde den Menschen vielleicht wieder bewusster werden, wie wichtig es war, seine Umwelt zu schützen, zu hegen und zu pflegen.

Und genau deshalb musste man möglichst vielen Menschen die Natur wieder ans Herz legen und eine tolle Variante, dies zu tun, war so ein Garten.

Da immer noch keine Touristen aufgetaucht waren, wurde Jessy erneut bewusst, wie wenig sich die Menschen für die Gärten dieser Welt interessierten. So viele schütteten sogar ihren Müll in die Natur, verseuchten sie, beuteten sie aus.

Jessy blieb mit Bella vor einer Steinplatte im Boden stehen und las: »*Que sais-je?*«

Plötzlich stand Gregorio neben ihr, sofort spürte sie ihr Herz klopfen.

»Was heißt das?«, erkundigte sie sich. »Ich spreche kein Französisch.«

»›Was weiß ich schon?‹, heißt es.«

Jessy dachte darüber nach. Ja, was wusste man schon. Sie ging ein paar Schritte weiter, Gregorio ebenso. Hier stand auf einer Steininschrift: »*Guess, insist, believe, wait.*« Sie übersetzte: »Rate, insistiere, glaube, warte.«

Es gab auch eine Art Brunnen, in dessen Mitte sich ein Kreis mit einer Inschrift befand, auch andere Wasserspiele. Ein lesender zwergenartiger Mann aus Stein saß vor einem Brunnen, auf dem Kopf Laub und einen Vogel. Auf dem Stein darunter stand: »*Buon senso.*« Sie sah Gregorio fragend an. So gut war ihr Italienisch nun doch nicht.

»Gesunder Menschenverstand«, übersetzte er.

»Ein Appell an den gesunden Menschenverstand«, überlegte Jessy laut. Dann wandte sie sich an den steinernen Zwerg: »Du hast vollkommen recht. Gerade was die Umwelt angeht, sollten die Menschen ihren Verstand endlich wieder einsetzen und nicht alles zerstören. Weil sie sich langfristig sonst selbst zerstören.«

Gregorio pflichtete ihr bei. »Das ist auch ein Grund, warum ich die Gartentouren anbiete und unseren Garten erhalten möchte. Ich will etwas tun und nicht immer nur reden. Wenn es auf der Welt mehr Gärten gäbe, sähe sie wieder anders aus.«

Jessy wurde klar, dass sie hierbleiben wollte, um dabei mitwirken zu können, um Leuten Gärten wieder näherbringen zu dürfen. »Etwas zu tun, was Sinn hat, tut gut. Genau das hat mir die letzten Jahre gefehlt.«

Sie setzten sich auf eine Bank, die wie die, auf der Jessy sich vorher ausgeruht hatte, aus Stein war. Gregorio begann, ihr aus seiner Zeit in London zu erzählen. »Dort habe ich ein Restaurant gemanagt, was mir anfangs großen Spaß gemacht hat. Ein italienisches, toskanisches Ristorante natürlich. Aber es ist nicht wirklich erfüllend. Natürlich, die Menschen haben unser Essen geliebt, wir haben sie glücklich gemacht, zumindest kurz. Aber ein Garten macht auch dich selbst glücklich.« Dabei sah er sie an. Jessy nickte beeindruckt. »Ja, ich habe mit den Blumensträußen im Blumenladen auch viele glücklich gemacht, wenigstens kurz. Aber in so einem Garten gibt man den Menschen mehr, und den Tieren ebenso.« Sie streichelte Bella, die neben ihr saß, über den Kopf. »Allein damit die Bienen nicht aussterben, müssen wir die Natur erhalten. Außerdem fand ich es schon immer schade, Blumen abzuschneiden. In einem Garten leben sie viel länger als in einer Blumenvase.«

»Das stimmt.«

Er erhob sich. »Komm, das ist ja noch nicht alles. Hier in diesem Garten gibt es noch mehr zu entdecken.«

Jessy stand verwundert auf. »Wie, es gibt noch mehr?«

»Ja, viel mehr sogar. Bleib immer neugierig und weltoffen, ich glaube, auch das will uns dieser Garten sagen.«

Sie folgte ihm mit Bella. An einer anderen Stelle ging es den Hügel wieder hinauf, einen kleinen Weg entlang und plötzlich bot sich vor ihnen eine gigantische Aussicht auf einen noch größeren Gartenabschnitt, der sich bis in ein Tal erstreckte. Hier gab es Wiese, mehr Sonne, weniger Bäume, aber auch Steinformationen, Ornamente aus Büschen. Ein Steinweg mit Fliesen, die in geometrischen Formen gelegt worden waren, verlief mehrere hundert Meter geradeaus, geziert von Gras und kleineren Bäumen. Zypressen standen am Horizont, ein großer Kreis aus Kieseln befand sich am Ende des Weges. Treppenartig ging es auf der anderen Seite wieder etwas nach oben, immer wieder umsäumt von Steingebilden. Sie folgten dem Weg und Jessy kam auch hier aus dem Staunen fast nicht mehr heraus. Auf einer Steinplatte stand: »*Something you already know*«. Sie übersetzte laut: »Etwas, was du schon weißt.«

Sie musste zugeben, dass ihr manche Sprüche nicht sofort etwas sagten. Auch Gregorio konnte nicht mit jedem etwas anfangen, aber mit vielen. Und sie brachten einen definitiv zum Nachdenken und die beiden unterhielten sich darüber. Beim Weitergehen erregte eine Skulptur Jessys Aufmerksamkeit. Eine Frau und ein Hund aus Bronze. Beide sahen in den Himmel. »Schau mal, Bella, das könnten wir sein.« Bella schnüffelte an den Figuren, trottete dann weiter.

»Stimmt, ihr seid auch eine Einheit«, sagte Gregorio lächelnd.

»Ja, sie ist mein Ein und Alles. Wenn du sie nicht gerettet hättest, ich will gar nicht drüber nachdenken.«

»Solltest du auch nicht. ›Was wäre wenn …‹ bringt nichts. Mehr im Jetzt leben, im Augenblick, und den bewusst wahrnehmen, das solltest du viel mehr.«

»Das weiß man ja eigentlich – ist aber nicht immer so einfach.«

»Das habe ich auch nicht gesagt. Auch nicht, dass ich es immer kann. Aber immer mehr.« Er hielt inne. »Je mehr ich mich selbst daran erinnere. Die Arbeit in London hat mich kaputtgemacht. Der Stress nahm immer mehr zu. Druck, Hektik, es hat keinen Spaß mehr gemacht.«

Jessy hörte ihm aufmerksam zu. Erstaunt darüber, dass er sich vor ihr so öffnete. »Bist du krank geworden?«

»Liegt nahe, nicht wahr?«

»Ja, je älter ich werde, desto öfter höre ich solche Geschichten. Arbeit, neidische Kollegen, das kann langfristig krank machen. Man sollte vorher die Reißleine ziehen, aber die wenigsten schaffen es, meist aus finanziellen Gründen.«

»Tja, man will es immer nicht wahrhaben. Denkt, ich pack das, die kriegen mich nicht klein. Meine Leberwerte waren viel zu hoch. Und nicht vom Alkohol.«

»O je. Und jetzt?«

»Wird es langsam besser. So etwas dauert natürlich.«

Jessy nickte. »Da habe ich wirklich Glück gehabt mit Wilma, mit meiner letzten Chefin, im Blumenladen.«

Ihr Blick wanderte über diesen wunderschönen, besonderen Garten. Der Abschnitt davor im Eichenwald schien eher so etwas wie der Vorgarten zu diesem zu sein. Wenn sie alleine hier gewesen wäre, hätte sie diesen wichtigen Teil nicht gesehen, dachte sie.

Sie blickte Gregorio in die Augen. »Wenn ich eines aus der Schließung des Blumenladens gelernt habe, ist es: Nicht zu schnell aufgeben. Und das solltest du auch nicht, dieser Bandini darf euren Familienbesitz nicht bekommen und euren Garten platt machen.«

»Ich gebe nicht auf. Früher hab ich das vielleicht getan. Das hat mir mein alter Herr auch immer wieder vorgeworfen. Nichts durchzuziehen. Aber Menschen ändern sich. Ich denke, er hat mich nie richtig gekannt. Und ich mich lange selbst nicht. Tja, aber jetzt ist es zu spät, ich kann ihm nicht mehr zeigen, was wirklich in mir steckt.«

»Du brauchst anderen nichts beweisen. Nur dir selbst. Das hat meine Oma immer gesagt.«

Er nickte, sah sie an und wieder fühlte es sich gut und richtig an. Plötzlich strich er ihr eine Haarsträhne aus dem Gesicht. Jessy ging einen Schritt zurück, was sollte das? Er hatte doch eine Freundin! Dennoch glühten ihre Wangen, das spürte sie genau. Er selbst schien überrascht von seiner Geste, trat ebenso einen Schritt zurück.

»Ich wollte nur … danke sagen, dass du mir hilfst«, sagte er. Dann lächelte er. »Ein starker Mann könnte zwar vielleicht besser und schneller umgraben, aber es tut gut, jemanden um sich zu haben, der sich für dasselbe begeistert und einen versteht.« Nachdenklich fügte er hinzu: »Nicht wie mein Vater.«

»Väter sollten eigentlich immer an ihre Kinder glauben.« Sie dachte an ihren. Auch er hatte im Grunde nie wirklich anerkannt, was in ihr steckte, hatte ihre Liebe zu Blumen nie ernst genommen. Vermutlich hatte sie deshalb selbst lange nicht an sich geglaubt.

»Du kannst mit deinem Vater wenigstens noch reden, wenn ihr Probleme habt«, stellte Gregorio fest. »Wieso tust du es nicht? Du bist doch sonst nicht auf den Mund gefallen?«

»Das habe ich getan, mehrfach habe ich es versucht nach der Trennung meiner Eltern«, versicherte Jessy. »Aber es hat nichts gebracht. Er fühlt sich nur angegriffen, zieht sich dann sofort in sein Schneckenhaus zurück und blockt alles ab. Er hat seine Ansichten, und die sind in seinen Augen richtig, alle anderen Argumente zählen für ihn nicht. Im Moment zählt sowieso nur diese neue Frau.«

»Verstehe. Du magst sie nicht. Kennst du sie überhaupt?«

»Nein«, gab Jessy zu. »Und deswegen kann ich auch nicht sagen, ob ich sie mag oder nicht.«

Sie saßen schweigend und nachdenklich vor dieser wunderschönen Kulisse und betrachteten die Natur. Und Jessy fühlte sich diesem Mann wieder so nahe. Diesem Mann, der seine große Liebe bereits gefunden hatte. Sie musste sich selbst schützen und sich innerlich von ihm fernhalten, dabei hätte sie so gern seine Hand berührt.

8. Kapitel

Auf der Fahrt zurück zur Villa kribbelte es in ihrem Bauch. Sie versuchte, ihren Blick von seinen Händen, die das Lenkrad hielten, zu wenden, aber immer wieder ertappte sie sich selbst dabei, sie mit ihren Augen zu streifen. Dieser Mann verstand sie, verstand, was die Zurückweisung ihres Vaters für sie bedeutete. Mit ihrer Mutter konnte und wollte sie darüber nicht reden, hatte die durch die Trennung doch selbst genug zu verarbeiten. Jessy wollte keine Wunden aufreißen, die langsam verheilten, und hatte bisher alles mit sich selbst ausgemacht beziehungsweise verdrängt, wie ihr hier in der Toskana erst so richtig bewusst geworden war.

Gerade fuhr Gregorio in seinem alten Fiat Campagnola auf das Tor der Villa zu, hielt an, sprang hinaus, um es zu öffnen. Jessy drehte sich zu Bella, die auf der Rückbank lag, und streichelte sie. »Na, Süße, dir hat es in dem verwunschenen Garten auch so super gefallen, nicht? Du hast noch gechillter gewirkt als sonst. Morgen will uns Gregorio noch zu einem anderen spannenden Garten mitnehmen. Einem mit einem uralten Kastell.«

Gregorio stieg wieder ein, fuhr durch das Tor, stieg aus, um es zu schließen. »Den automatischen Türöffner muss ich dringend reparieren.«

»Du bist auch so ein richtiger Macher, was?«

»Meist kann man mehr, als man denkt.«

Als er wieder einsteigen wollte und in Richtung Villa sah, blieb er wie erstarrt an der Wagentür stehen.

»Was ist?«, fragte Jessy nach und folgte seinem Blick. Dort stand ein großer, massiger Mann.

»Wer ist das?«

»Bandini.«

»Auf eurem Grundstück?!«

»Und er ist nicht alleine.« Ein anderer, schlanker Mann war hinzugetreten.

»Tatsächlich. Was machen die hier?«

»Die führen bestimmt nichts Gutes im Schilde.«

Gregorio stieg in seinen Wagen und brauste auf die beiden zu. Bandini und der andere Mann gingen sicherheitshalber einen Schritt zur Seite.

Jessy musterte Bandini, diesen Mann, der der Familie schon so viele Knüppel zwischen die Beine geworfen hatte, wie Gregorio sagte. Er hatte eine Halbglatze, die letzten Haare sorgfältig darüber gekämmt, sein Teint sah fleischig aus, ganz anders als der seiner Tochter Magdalena. Vermutlich kam sie nach ihrer Mutter.

Jessy stieg aus, rief Bella aus dem Wagen.

»*Buona giornata*«, sagte Antonio Bandini mit tiefer Stimme. Dieser große, korpulente Italiener sah aus wie ein typisch italienischer Padrone.

»*Buona giornata*«, knurrte Gregorio. »Hat dich meine Mutter hereingelassen, Antonio?«

»*No*, sie versteckt sich vor mir.« Bandini zeigte mit einer großen Geste spöttisch auf die Villa.

Jessy verstand sofort, warum Gregorio diesen lauten Mann nicht mochte. Sie musste sich sehr zurückhalten, um sich nicht einzumischen.

»Meine Mutter versteckt sich vor niemandem und vor dir erst recht nicht. Also, wie bist du auf unser Grundstück gekommen? Und wer ist das?«

Bandini lachte auf. »Mein Grundstück, meinst du. Das ist mein Architekt, Filippo Mansini, mit dem ich die Ferienanlage bereits plane.«

»*Buongiorno*«, sagte dieser Mansini, ein modern angezogener Mann in ihrem Alter, der aussah, als wäre ihm Bandinis Verhalten peinlich.

»Oh nein, vergiss es, das wird niemals geschehen«, erklärte Gregorio wütend.

Kater Pino sprang von einem Baum und fauchte. Bandini verscheuchte ihn mit einer Geste und der Kater rannte davon.

Dann wandte sich Bandini zu Gregorio, seine Miene wurde bedrohlich. »Gregorio, geh in dein London zurück und lass uns hier in Ruhe, so wie du es die letzten Jahre getan hast. Da hat dich das alles nicht geschert. Dein Familienbesitz, deine Familie. Dein Vater ist alleine gestorben, ohne seinen Sohn an seiner Seite.«

Jessy platzte die Hutschnur, auch wenn sie nicht alles perfekt verstanden hatte, so hatte sie das Wesentliche begriffen. In ihrem einfachen Italienisch fauchte sie ihn an: »Was fällt Ihnen ein, Sie haben doch keine Ahnung!«

Jetzt erst schien Bandini sie zu registrieren. Anzüglich ließ er seinen Blick über ihre Figur schweifen, blieb an ihrem Busen hängen. Erst dann sah er ihr ins Gesicht. Bella neben ihr knurrte leicht, was sie sonst nie tat.

»Wer ist das Püppchen?«, wandte er sich an Gregorio. Er schwankte leicht.

»Bandini, du hast getrunken, geh. Kein weiteres Wort. Verschwinde von meinem Land. Noch hast du es nicht gekauft, und ich werde alles in meiner Macht Stehende tun, dass das auch so bleibt.«

Bandinis Gesicht schwoll rot an. Der Architekt, der die ganze Zeit nur mit gesenktem Blick danebenstand, berührte ihn am Arm, um ihn zurückzuhalten.

»Antonio, *prego*.«

»Ich, ich bekomme die Villa und das alles, das wirst du schon sehen, ich, Antonio Bandini, wie ich alles bekomme, was ich will.«

»Verschwinde, verschwinde sofort, sonst hetze ich meinen Hund auf dich.« Gregorio steckte die Finger in den Mund und pfiff nach Vinc. Der Dobermann kam sofort angerannt, blieb auf Befehl bei Gregorio stehen, der ihn am Halsband festhielt. Jetzt wurde es Bandini und dem Architekten doch mulmig. Gemeinsam traten sie den Rückzug an. Aber nicht in Richtung Tor, sondern in Richtung Rosenhecke.

»Nicht einmal einen ordentlichen Zaun habt ihr«, stänkerte Bandini weiter. »Da muss ich noch einiges reinstecken in diesen verwahrlosten Garten.« Mit einem Grinsen stieg er, gefolgt vom Architekten, durch ein Loch im Zaun neben der Rosenhecke.

Jessy sah Gregorio wütend an. »So ein unsympathischer Kerl, er ist noch schlimmer, als du ihn mir beschrieben hast.«

»Das ist er, erst recht, wenn er getrunken hat. Aber die Bemerkung war schon richtig: Wir sollten dringend das Loch im Zaun reparieren.«

»Das kann ich übernehmen.« Jessy grinste verschmitzt. »Mit Draht kenne ich mich ganz gut aus, und den braucht man wohl dafür.«

Gregorio zog die Augenbrauen hoch. »Wirklich? Das wäre tatsächlich phantastisch, denn dann könnte ich mich vielleicht um die Platten für die Steinwege kümmern.«

»Klingt gut. Du weißt doch, meist kann man mehr, als man denkt. Ich versuche es, kann ja nicht so schwer sein. Habt ihr Draht oder müssen wir welchen kaufen?«

»Haben wir. Im Schuppen da hinten. Ich sehe derweil einmal nach meiner Mutter. Wenn sie den Besuch mitbekommen hat, wird sie das aufgeregt haben.«

Sein Hund beschnupperte Bella. Das erste Mal, dass Vinc sie nicht anknurrte. Das erste Mal, dass Bella bei seinem Anblick mit dem Schwanz wedelte.

»Komm, Vinc.«

Jessy nickte und sah diesem Mann und seinem Hund hinterher. Schreckliche Nachbarn konnten einem das Leben zur Hölle machen. Dieser unsympathische Bandini durfte das alles hier nicht bekommen und eine moderne Ferienanlage und einen Golfplatz darauf errichten. Wie absurd, allein der Gedanke. Jetzt wo sie ihn kurz kennengelernt hatte, ahnte sie, dass hinter seinen Plänen mehr steckte. Verletzter Stolz, irgendetwas, was in der Vergangenheit vorgefallen war.

* * *

Gregorio schritt eilig durch den Gang im ersten Stock der Villa, öffnete eine Tür nach der anderen, aber in keinem der Salons hielt sich seine Mutter auf. Endlich fand er sie völlig aufgelöst in ihrem Schlafzimmer. Sie saß auf ihrem Himmelbett, eine zusammengesunkene, zarte Person. Nach dem Tod seines Vaters hatte er sie zum ersten Mal so verletzlich gesehen, und nun wieder.

»Mamma!«, sagte er nur leise, ging zu ihr, setzte sich neben sie aufs Bett, umarmte sie. Es fühlte sich an, als hielte er ein Kind im Arm.

»Er hat am Haupttor geklingelt, zum Glück funktioniert die Sprechanlage. Als ich gehört habe, dass es Bandini ist, habe ich ihm gesagt, dass ich nicht komme, um das Tor zu öffnen. Dass es kaputt sei.«

»Das hast du gut gemacht, Mamma. Sehr gut sogar.«

Er löste sich von ihr, sah sie an. »Mach dir keine Sorgen, jetzt bin ich ja da.«

Sie schüttelte fassungslos den Kopf. »Er hat mich bedroht, hat in die Sprechanlage geschrien, dass ich ihm aufmachen solle, sonst würde ich es bereuen.« Sie zitterte ein wenig. Gregorio streichelte ihr über den Rücken. »Und wer war dieser andere Kerl?«, wollte sie wissen.

Gregorio überlegte eine Sekunde, ob er es ihr sagen sollte, wollte aber nicht lügen. »Sein Architekt. Ein gewisser Mansini.«

»Sein Architekt? *Dio mio*, er kommt schon mit einem Architekten!«

»Du weißt doch, wie Bandini tickt. Er glaubt, ihm gehört die Welt. Aber da hat er sich getäuscht. Ich werde es verhindern, Mamma, versprochen.«

Er dachte an Jessy, die ihm im Garten eine größere Hilfe war, als er vermutet hatte, und sie stand hinter ihm, versuchte ihm zu helfen, gab ihm das Gefühl, in seinem Kampf nicht allein zu sein.

Seine Mutter sah starr vor sich hin. »Ich habe es verpatzt … Ich war einfach zu schnell mit dem Verkauf …«

»Mach dir keine Sorgen, Mamma. Wenn die Bank uns den nötigen Kredit gibt, sind wir aus dem Schneider. Aber bis zum Banktermin müssen wir den Garten auf Vordermann bringen und das Konzept mit den Gartentouren muss Hand und Fuß haben. Heute waren wir schon in einem, den ich in die Tour aufnehmen werde. Im Bosco della Ragnaia, du kennst ihn.«

Ahnungsvoll sah seine Mutter ihn an. »Wir? Wer ist wir? Du und diese … deutsche Aushilfe?«

Gregorio nickte. »Sie ist gelernte Floristin, interessiert sich wie ich für Pflanzen und Gartengestaltung. Und findet mein Konzept mit den beschrifteten Steinen und Touren wunderbar.«

Rosella gab einen Schnalzlaut von sich. »Ich habe es gewusst.«

»Nichts weißt du. Wir verstehen uns auf der beruflichen Ebene, mehr nicht. Du weißt wieso.« Gregorio stand abrupt auf, um das Thema zu beenden, stellte sich entschlossen vor seine Mutter, die Hände in die Hüften gestemmt. »Ich rede mit unserem Anwalt. Vielleicht können wir erwirken, dass Bandini unser Grundstück nicht mehr betreten darf.«

»Tu das, es wird nichts bringen«, seufzte Rosella. »Antonio ist gewohnt, zu bekommen, was er will. Er ist wie ein kleines, verwöhntes Kind. Und wenn er es nicht kriegt, wird er fuchs-teufelswild. Das war schon immer so.«

Gregorio sah seine Mutter forschend an. Worauf spielte sie an? Aber sie sprach nicht weiter und da es ihr eh schon schlecht genug ging, entschied er, sie jetzt in Ruhe zu lassen. »Leg dich hin, Mamma, du musst auf dich achtgeben.« Wenn ihr jetzt auch noch etwas zustoßen sollte, das würde er nicht ertragen.

»Mir geht es gut. Nun tu mal nicht so, als wäre ich schon hundert.«

Seine Mutter nahm seine Hand und sah ihn an. »Ich passe auf mich auf. Wenn du mir versprichst, mehr Distanz zu dieser Deutschen zu halten.«

Er entzog ihr seine Hand. »Was hast du nur gegen Jessy?«

»Ich möchte nur, dass es dir gut geht und du nicht wie-der … unnötig leiden musst.«

»Mamma. Um mich musst du dir keine Gedanken machen.«

»Für eine Mutter bleibt ihr einziger Sohn immer ihr Bambino.«

Gregorio beugte sich zu ihr, küsste ihre Hand, lächelte sie an. »Die Familie bedeutet mir sehr viel. Lange habe ich das alles als zu selbstverständlich genommen. Sonst wäre ich vermutlich nicht nach Berlin und London gegangen.«

Rosella presste die Lippen zusammen. »Oh, Gregorio …« Dann entzog sie ihm ihre Hand und scheuchte ihn fort. »Du bist jetzt der Herr im Haus, kümmere dich. Bis jetzt machst du es *bravissimo*.«

»Danke.« Wie gut das tat. Wie selten er so etwas von seinem Vater zu hören bekommen hatte. Falls er jemals Kinder haben sollte, schwor er sich, wollte er darauf achten, ihnen viel Liebe und Anerkennung mitzugeben. Dank seiner Mamma hatte er ein gutes Selbstwertgefühl erhalten, aber die Ablehnung durch seinen Vater hatte schon einiges mit ihm gemacht, wie er in den letzten Jahren bemerkt hatte.

Gregorio verließ das Schlafzimmer, schloss die Tür und lehnte sich für einen Moment dagegen.

* * *

Jessy kämpfte mit dem Draht, um das Loch in der Rosenhecke zu schließen. Seit gefühlten Stunden. Gleich würde Gregorio neben ihr stehen und sie auslachen, ihr raten, dass sie sich doch besser wieder mit Blumendraht beschäftigen und sich eine Stelle in einem Blumenladen suchen sollte. Aber Jessy wollte es ihm beweisen und vor allem sich selbst. Sie versuchte, den Draht mithilfe der Zange, die sie im Schuppen gefunden hatte, durch die Schlingen des Zaunes zu fädeln. »Du schaffst das, das ist wie beim Nähen«, sprach sie sich selbst Mut zu. Aber der Draht verhielt sich natürlich störrischer als Garn und Jessys Finger taten bereits tierisch weh. Bella lag neben ihr im Schatten und sah ihr zu. »Na toll, Bella, jetzt guck du nicht auch noch so. Ich krieg das schon hin, das wirst du sehen. Frauenpower.«

Bella machte »Wuff«, als hätte sie Jessy verstanden. Im Übrigen kam es Jessy oft so vor, als ob dieser Hund sie verstand. Da sie aber wusste, wie absurd das war, erzählte sie niemandem von ihrer Vermutung.

Da sah sie Gregorio aus der Villa treten und genau auf sie zukommen. »Mist!« Jessy setzte die letzten Kräfte in ihren

Fingern frei und schaffte es, den Draht um eine Schlaufe zu ziehen. Gregorio kam immer näher und im letzten Moment hatte sie den Zaun repariert. Stolz wie Oskar, stellte sie sich lächelnd daneben.

»Fertig.«

Aber Gregorio schien in Gedanken, nickte nur.

»Hey, gern geschehen.«

»Was? Ach natürlich, danke. Ehrlich gesagt, hätte ich nicht gedacht, dass du es mit diesem dicken Draht hinbekommst.«

»Wie bitte?«

»Normalerweise nimmt man einen dünneren Draht dafür, aber den hier hatten wir noch. Und es wäre ja Verschwendung gewesen ...«

Jessy stemmte die Hände in die Hüften. »Sag ich doch. Bärenkräfte.« Sie sah ihn forschend an. »Alles klar?«

»Geht so. Bandini hat meine Mutter bedroht. Ich hoffe, es war nur so ein Geschwätz von ihm, aber ich habe ihr angemerkt, dass sie sich vor ihm fürchtet.«

»Sag mal, der hat sie wohl nicht mehr alle?«, brauste Jessy auf. Leiser fügte sie hinzu: »Traust du ihm das zu? Ich meine, dass er ihr etwas antut?«

»Ich weiß es nicht. Ich traue Menschen mittlerweile alles zu.« Mehr sagte er nicht, aber Jessy spürte, dass er schon einiges erlebt haben musste.

Gregorio lenkte ab, wie er es gern tat, das hatte Jessy schon registriert. Er wies sie an, zu den Zitronenbäumchen zu gehen. Sie hasste das, ignorierte seine Aufforderung und sprach wie immer aus, was sie dachte: »Hast du so schlechte Erfahrungen mit Menschen gemacht?«

Gregorio sah sie an, schien zu überlegen, etwas zu erzählen, schüttelte dann nur den Kopf. »Jetzt kannst du die vertrockneten Blätter an den Zitronenbäumen absammeln, damit sie wieder mehr hermachen. Das ist leichte Arbeit, genau das Richtige nach der Drahtaktion.«

»Aye, aye, Sir. Ach, Gregorio, kann ich mir heute Abend ein Buch aus eurer Bibliothek leihen? Ich möchte mein Italienisch verbessern.«

Er zögerte. »Die Bibliothek war das Heiligtum meines Vaters. Wenn du es gut behandelst …«

»Ich werde es so gut behandeln wie meine Blumen.«

»Dann nur zu.«

Er wandte sich um, drehte sich jedoch wieder zu ihr. »Jessy?«

»Was?«

»Ich danke dir.«

»Wofür?«

»Dass du hier bist, dass du bist, wie du bist, Dinge aussprichst, auch gegenüber meiner Mutter – und mich unterstützt.«

»Ich werde gleich rot. Danke. Aber … schon vergessen, deine Gartenhilfe ist nur eine Frau«, neckte sie ihn.

»Zum Glück.« Er sah sie an, drehte sich wieder um und ging in Richtung Nutzgarten. Jessys Herz pochte. Sie blickte diesem Mann, der sie berührte, der ihr immer wieder Rätsel aufgab, hinterher. Er ging etwas gebeugt, als laste eine Bürde auf ihm.

Als sie am Abend die Villa betrat, hatte sie Mühe, die Bibliothek zu finden, öffnete mehrere Türen, von denen jede einzelne in ein wunderschönes Zimmer mit Möbeln aus dem 19. Jahrhundert führte. Am liebsten hätte sie jedes Zimmer betreten und Stunden darin verbracht, sich jedes Detail angeschaut, aber sie wollte ja nur rasch ein Buch holen und dann mit Bella zu einer Osteria fahren, die ihr Gregorio empfohlen hatte. Sie hatte einen Mordshunger.

Endlich fand sie die richtige Tür und somit die Bibliothek. Der Geruch von Staub kam ihr entgegen. Der ganze Raum war mit Regalen voller alter Bücher gefüllt. Beeindruckt sah Jessy sich um. Für eine Leseratte wie sie war das hier ein kleines Paradies. Gregorios Vater, der sich hier am liebsten aufgehalten hatte, wurde ihr etwas sympathischer.

Beeindruckt ging sie an den Regalen entlang, las hin und wieder einen Titel. Ihr Italienisch reichte zwar zum Reden meist aus, aber nur bedingt, um Buchtitel zu übersetzen. Sie zog etwas wahllos ein Buch heraus, überflog den Klappentext, steckte es wieder hinein. Da fand sie ein Buch über italienische Gartenkunst. Es musste schon alt sein, wie die anderen Bücher auch. Sie nahm es ehrfürchtig in die Hand, ging hinaus, schloss sorgfältig die Tür und trat kurz darauf wieder aus der Villa hinaus in die Abendsonne.

Der Himmel über ihr hatte sich orangerot gefärbt. Was für ein Farbenspiel. Gregorio schien mit seinem Wagen weggefahren zu sein. Ganz bestimmt, um sich mit Magdalena zu treffen. Wieso nur musste es immer einen Haken geben?

»Komm, Bella«, rief Jessy ihre Hündin. »Wenn ich nicht gleich einen großen Teller leckere Pasta bekomme, falle ich tot um. Und dir geht es bestimmt nicht anders, wenn du an dein Futter denkst.«

Sie ging in ihr Zimmer, gab Bella ihr Futter, duschte kurz und zog sich ein leichtes Sommerkleid an. Anschließend betrachtete sie sich im Spiegel. Sie sah erholter aus als in München, obwohl sie hier körperlich arbeitete. Vielleicht tat ihr gerade das gut. Zu sehen, wie etwas durch ihrer Hände Arbeit entstand.

Kurz darauf fuhr sie in ihrem Fiat Cinquecento zu der Osteria. Vorbei an Sonnenblumenfeldern, Weinbergen, Zypressen. Aus dem Radio erklang ein italienischer Song und Jessy sang so gut sie konnte mit.

Die kleine Osteria lag am Ortsrand und man konnte draußen auf einer Terrasse, überdacht mit Weinranken, sitzen und auf das Tal sehen. Jessy genoss den Ausblick, die untergehende Sonne gab dem Ganzen eine fast unwirkliche Atmosphäre.

Die Bedienung war eine quirlige Italienerin in ihrem Alter. Sie trug große Ohrringe, hatte langes dunkles Haar, ein tief ausgeschnittenes, figurbetontes Kleid.

Nachdem Jessy bestellt hatte, kamen die beiden Frauen ins Gespräch und verstanden sich auf Anhieb. Sie hieß Paula, freute sich, dass Jessy nicht wie die meisten anderen Touristen nur ein, zwei Wochen hier in der Toskana blieb, sondern länger. »Es ist manchmal schon ganz schön einsam hier. Vor allem in der Nebensaison. Jetzt im Mai geht es ja wieder.«

»Das kann ich mir vorstellen.«

»In München gibt es viele Bars, Diskotheken …, du hast es gut, dort zu leben.«

»So viel gehe ich auch nicht mehr weg. Ehrlich gesagt kaum noch. Ich habe eher gerade gedacht, du hast es gut, hier in Italien zu leben.«

Paula lächelte und nickte. »Ich liebe es auch. Nur …«, sie grinste verschmitzt. »Die besten Männer in unserem Alter sind vergeben und die anderen will keiner.«

Jessy rutschte heraus: »Stimmt, so wie Gregorio.«

Paula lachte. »Gregorio? Gregorio Russo?«

»Er ist mein Chef, ich seine Gartenhilfe.«

»Verstehe.« Paula zwinkerte ihr zu. »Ich finde ihn auch gut, aber er ist kein typischer Italiener. Er denkt zu viel nach. Für mich zumindest. Für Magdalena auch.«

»Für Magdalena?« Jessy tat ahnungslos.

»Die Nachbarstochter, eine Bandini. *Grande Problema.*«

»Die beiden haben Probleme? Wieso?«

Paula winkte leider nur ab. »Ihr Vater!«

»Ich habe ihn vorhin kurz kennengelernt.«

Paula rollte die Augen. »Antonio Bandini ist …«

»Was bin ich?«, polterte da eine tiefe Männerstimme neben ihnen. Unbemerkt von den beiden war Bandini mit einem anderen Mann auf die Terrasse getreten. Beide trugen Anzüge, vermutlich ein Arbeitstreffen. Paula konterte schlagfertig: »Sie sind … der Padrone hier. So eine Art Chef des Chianti.«

Jessy merkte, dass sie ihm extra Honig ums Maul schmierte, und es schien auch zu wirken. Dieser große, bärige Mann schien simpel gestrickt zu sein. Paula zwinkerte ihr rasch zu und verzog sich in Richtung Küche.

Bandini wirkte zwar, was Paula anbetraf, besänftigt, aber er stellte sich jetzt breitbeinig vor Jessy auf. Bella saß sofort aufrecht da, bereit, ihr Frauchen zu verteidigen.

Wieder wanderte sein anzüglicher Blick über ihren Körper. »Wer sind Sie, was machen Sie auf dem Anwesen der Russos?«

Jessy funkelte ihn wütend an. »Das geht Sie nichts an«, erwiderte sie knapp, wohl ahnend, dass ihn das erst recht provozierte.

»Ich werde es kaufen, also geht es mich sehr wohl etwas an«, wetterte er.

»Sie bekommen es nicht, und dafür werden wir sorgen.«

Erst starrte er sie sprachlos an, dann lachte er übertrieben laut auf.

Paula, die mit der Pasta wieder aus der Küche gekommen war, bedeutete ihr mimisch, dass sie es super fand, wie Jessy mit ihm sprach. Die beiden Frauen lächelten sich kurz zu, Paula servierte. »*Spaghetti Toscana del Casa Paese, prego.*«

Bandini schüttelte gespielt amüsiert den Kopf. Dann sah er sie mit finsterer Miene an: »Wer sich mir entgegenstellt, dem wird das Lachen ganz schnell vergehen. Dafür werde ich schon sorgen. Egal wie. *Capito?*«

Dann rief er durch den Gastraum zu seinem Begleiter: »Andrea, komm, wir gehen in ein anderes Ristorante.«

Der stand sofort auf und folgte Bandini nach draußen.

119

Paula trat zu Jessy und sagte gespielt düster: »Pass bloß auf, bald wirst du irgendwo einbetoniert.« Sie kicherte.

Jessy gab ihr recht. »Genau so klang das gerade. Hat er was mit der Mafia zu tun?«

»Würde mich nicht wundern.« Wieder ernst fügte Paula hinzu: »Pass auf dich auf, auch wenn man sagt, Hunde, die bellen, beißen nicht – dem Alten trau ich wirklich alles zu.«

Jessy schluckte. Ein wenig unwohl wurde ihr jetzt doch. »Ich kann Aikido. Hab ich mal ein Jahr lang gemacht. Vor dem hab ich keine Angst.«

Aber sie spürte, wie die Angst ihren Nacken hochkroch wie eine Schlange.

Das Gemüse mit den frischen und getrockneten Tomaten und frischer Petersilie mit Parmesan schmeckte köstlich, dennoch hatte das Ganze einen faden Beigeschmack bekommen.

Jessy aß nachdenklich weiter, beschloss, sich von diesem ungehobelten Kerl nicht einschüchtern zu lassen.

Da unter der Woche wenige andere Gäste anwesend waren, hatte Paula immer wieder Zeit zu plaudern und die beiden stellten bald fest, dass sie genau auf einer Wellenlänge lagen. »Wenn du mal einen Vino mit mir trinken gehen willst, sag gern Bescheid. Als Single in unserem Alter hat man hier nicht mehr so viele Freundinnen, die sich von ihren Ehemännern und Bambini loseisen wollen oder dürfen. Du glaubst gar nicht, wie viele unter der Fuchtel ihres Mannes stehen.«

»Oh doch. Ich hab auch ein paar Freundinnen, die, seit sie Kinder bekommen haben, wie verwandelt sind und wie vom Erdboden verschluckt. Ist in München ähnlich. Sehr gern gehen wir mal etwas trinken.«

Sie tauschten die Nummern aus und Jessy fuhr satt zurück zur Villa. Das Essen war grandios gewesen. Auch der luftig leichte Nachtisch, Aprikosen mit Cantuccini in Amaretto und

Mascarpone, hatte himmlisch geschmeckt. Dass die toskanische Küche so besonders lecker war, hatte sie nicht wirklich geglaubt, obwohl ihre Mutter immer schon davon geschwärmt hatte.

Hier so eine nette Frau kennenzulernen wie Paula, damit hätte sie nicht gerechnet. Paula schien es zu gehen wie Jessy. Ihre Freundinnen in München waren mit ihren Männern und Kindern in den Speckgürtel gezogen und kamen kaum noch in die Stadt, hatten aber auch wenig Zeit, in der Jessy sie hätte besuchen können. Dabei fehlten sie ihr oft sehr. Ihre Mutter war zu einem Freundinnenersatz geworden, zumindest schüttete Jessy ihr meist ihr Herz aus, telefonierte natürlich hin und wieder auch mit ihren Freundinnen. Aber wie Paula sagte, die meisten hatten sich verändert. Aus lebenslustigen, neugierigen Frauen waren dauermüde Mütter geworden. Jessy verstand das, ganz sicher würde es ihr auch so gehen, dass sich fast alles nur noch um das Kind drehte, sodass sie als Zombie wegen Schlafmangels kaum noch auf den Beinen stehen konnte. Sie hatte für sich beschlossen, Verständnis für ihre Freundinnen zu haben, auf sie zu warten. Ein paar Jahre, bis deren Kinder aus dem Gröbsten heraus sein würden, dann wollte sie diesen Freundschaften eine neue Chance geben. Und andere Freundinnen, die keine Familie hatten, arbeiteten oft bis zum Umfallen in Münchner PR- oder Werbeagenturen, hetzten anschließend vom Fitnesscenter zu Internet-Dates. Insofern hatte Gregorio schon recht. Die Menschen mussten wieder anfangen, auf sich zu achten. In allen Lebenslagen, in jedem Alter. Denn Stress, welcher Art auch immer, empfand fast jeder. Die Frage war nur, wie man damit umging, wie oft man sich Ruhepausen erlaubte.

Kurz darauf betrat Jessy das Gästezimmer, machte sich fertig und kuschelte sich mit dem alten Buch, das sie aus der Bibliothek der Villa geholt hatte, gemütlich in die Kissen. Bella legte sich seitlich neben das Bett und genoss es, immer wieder am Kopf gekrault zu werden. Wieder mehr lesen, das nahm sich Jessy vor, es entspannte. Vorsichtig blätterte sie in dem Buch. Sie hatte Sorge, die alten Seiten könnten zerfallen. Es gab darin stilisierte Bilder von Renaissancegärten und Beschreibungen dessen, was italienische Gartenkunst ausmachte. Jessy las:

»Renaissancegärten haben eine geometrische Struktur, bestehen aus einzeln geometrisch angelegten Beet-Anlagen. Oft gibt es auch Labyrinthe.« Sie hielt inne, dachte an Gregorio, der auch von Labyrinthen erzählt hatte. Sie fühlte sich selbst wie in einem Irrgarten der Gefühle. Es ging immer weiter, aber den Ausgang fand sie nicht. Jessy seufzte, las weiter: »Wasser gilt als zentrales Element des italienischen Gartens. Geometrisch angelegte Wasserspiele, Brunnen oder Fontänen geben dem Garten eine Frische. Renaissancegärten in Italien liegt oft eine Mythologie zugrunde. Skulpturen stellen Götter und Halbgötter der römischen Antike dar. Jede Figur hat einen besonderen Platz und ist so angeordnet, dass dies einer Geschichte entspricht. Beim Ablaufen der Pfade enthüllt sich diese dem Besucher.«

Fasziniert hielt Jessy inne, legte das Buch auf ihren Schoß, setzte sich auf. »Das ist es, Bella. Jeder Garten erzählt eine Geschichte und ich möchte die von diesem herausfinden.«

Bella sah vom Boden auf und hechelte. Bei Golden Retrievern sah es immer so aus, als lächelten sie. Und sie war sich sicher, dass Bella das gerade tat.

Jessy musste gähnen. Was für ein langer und ereignisreicher Tag hinter ihr lag! Sie beschloss, morgen weiterzulesen, knipste die Nachttischlampe aus und kuschelte sich in ihr Bett. Sobald sie die Augen schloss, dachte sie an ihren Ausflug mit Gregorio in diesen geheimnisvollen Garten Ragnaia. Ganz sicher hatte er auch einige Geschichten zu erzählen. Aber jetzt interessierte sie sich erst mal für die Geschichte von Gregorios Garten. Sie musste dem Mann einfach helfen, spürte ein Kribbeln im Bauch, wenn sie an ihn dachte. Dann sah sie das Foto in der Villa vor sich, ihn Arm in Arm mit Magdalena. »Ich mach mich mal wieder selbst unglücklich«, flüsterte sie zu Bella. »Aber ich will nicht wieder zu früh aufgeben, wie im Blumenladen. Ich muss den Garten vor diesem Kerl beschützen.«

9. Kapitel

Am nächsten Morgen ging sie in die Küche der Villa, um zu frühstücken. Die Arbeit und die frische Luft machten sie doch hungriger, als dass ihr ein bisschen Obst zum Frühstück gereicht hätte. Der Raum duftete nach frisch gebackenem Brot und Kaffeebohnen. Gregorio hatte offenbar bereits Kaffee getrunken. Sie fand noch ofenwarmes Brot und duftende Erdbeermarmelade. Daneben lag ein Zettel, dass er beides selbst hergestellt hatte und sie es gern essen könne. Er besaß eine schöne, offene Handschrift. Jessy bereitete sich dazu einen Cappuccino aus frisch gemahlenen Kaffeebohnen, setzte sich an den Holztisch und biss in das mit Erdbeermarmelade bestrichene Brot. Was für eine Geschmacksexplosion in ihrem Mund! Gregorio musste heute Nacht noch gebacken haben, dieser seltsame Kerl. Welcher Mann tat so etwas? Und seine Erdbeermarmelade schmeckte nach sonnengereiften Früchten und erinnerte sie an den Erdbeerkuchen ihrer Oma. Wo sich Gregorio jetzt wohl befand? Wieder dachte sie an Magdalena. Ob diese wohl noch bei ihrem Vater auf dem Nachbargrundstück wohnte? Jessy konnte sich schwer vorstellen, dass Gregorio bei Bandini ein und aus ging.

Sie sah auf die Uhr, nahm ihren letzten Schluck Cappuccino. Gregorio hatte mit Jessy ausgemacht, sich um acht

Uhr dreißig an seinem Wagen zu treffen, um gemeinsam mit ihr zum Markt zu fahren und dort Pflanzen nachzukaufen. Jessy hatte darum gebeten, mitfahren zu dürfen, denn mediterrane Pflanzen kannte sie nicht so gut und wollte möglichst viel über sie erfahren.

Nach dem Frühstück ging sie hinaus zu seinem Wagen. Bella folgte ihr. »Du bleibst heute mal ein paar Stunden hier, Süße. Vinc wird dich hoffentlich in Ruhe lassen. Sonst zeigst du ihm einfach die kalte Schulter.« Bella sah sie kurz an und trottete dann los in Richtung Gästehaus.

Jessy sah sich um. Weit und breit kein Gregorio. Ob er sich bei seiner Mutter aufhielt? Auch die hatte sie heute früh noch nicht gesehen. Stattdessen kam Kater Pino und strich um ihre Beine. »So zutraulich plötzlich? Wie schön.« Sie liebte Katzen, streichelte ihn. Da kam Gregorio endlich, aus dem Haupthaus, wie sie feststellte, er war also nicht bei Magdalena gewesen. Und selbst wenn, was ging es sie an, schalt sie sich insgeheim selbst. Pino streunte weiter. Gregorio trug ein weißes Leinenhemd, das die Bräune seiner Haut und seine dunklen Haare betonte. Dazu eine beige Leinenhose. Er sah aus wie ein Graf.

»Du hast dich für den Markt ja richtig schick gemacht«, stellte sie fest.

»Nein, so laufe ich eigentlich immer herum, wenn ich nicht gerade im Boden grabe.«

Viel zu gut sah er aus, durchfuhr es sie. Sie hatte sich geschworen, sich auf keinen so attraktiven und dann auch noch eitlen Kerl mehr einzulassen. Ein Ex-Freund von ihr, Michael, hatte die meiste Zeit vor dem Spiegel gestanden und länger im Bad gebraucht als sie. Irgendwann hatte er sich dann in eine Influencerin von Instagram verliebt. Wie lange das schon her war!

»Hast du von dem Brot gekostet?«

»Was?«

Jessy tauchte aus ihren Gedanken auf. »Oh ja, und vor allem die Erdbeermarmelade auf dem frisch gebackenen Brot, ein Gedicht.«

Er lachte. »Freut mich.«

»Mich auch, dass du so gern backst und Früchte einkochst. Oder ist die Marmelade nicht von dir gewesen?«

»Doch, ist sie.«

»Ganz ehrlich. Hätte ich dir niemals zugetraut. Sie war sooo lecker. So richtig sommerlich erdbeerig.«

»Ja, irgendwie scheint mich jeder gern zu unterschätzen. Keine Ahnung, woran das liegt.«

»Na, so hab ich das nicht gemeint.«

»Ich weiß schon. Ich meinte vor allem meinen Vater. Steig ein.«

Sie setzte sich auf den Beifahrersitz und beobachtete seine Hände, die den Zündschlüssel umdrehten und auf dem Lenkrad ruhten.

Er ruht trotz allem viel mehr in sich als ich, dachte sie. Ob sie es jemals schaffte, so eine Gelassenheit auszustrahlen? Innerlich so entspannt zu sein? Wie gut ihr diese Auszeit in Italien tat, wie dringend nötig es für sie war, innezuhalten und sich die Zeit zu nehmen, über das eigene Leben nachzudenken! Jede Frau, jeder Mann sollte das immer tun, denn wie kurz das Leben sein konnte, hatte sie erst wieder bei einer Bekannten mitbekommen, die mit Mitte dreißig die Diagnose Gehirntumor bekommen hatte. Während sie an Sonnenblumenfeldern vorbeifuhren, dachte Jessy erneut an ihre verstorbene Oma. Sie fehlte ihr so sehr, aber sie hatte ihr Leben gelebt und es vollauf genossen, wie sie gesagt hatte. Bis auf die Zeit im Krieg natürlich, aber selbst da hatte sie Glück gehabt und in einer Region gelebt, in der es den Menschen vergleichsweise gut gegangen war. Jessy hoffte sehr, dass sie das auch einmal von ihrem Leben sagen konnte, dass sie nicht kurz vor ihrem Tod denken würde, sie habe einige

Chancen nicht ergriffen. Oft fehlte den Menschen der Mut und Jessy verstand das sehr gut. So groß wie ihre Klappe oft war, so ängstlich konnte sie sich auch fühlen. Gelähmt, ohne Antrieb, wie ein Windrad ohne Wind.

Gregorios Nähe beruhigte sie, fühlte sich an, als würde sie ihn schon länger kennen. Sie unterhielten sich über mediterrane Pflanzen, Gregorio erläuterte ihr, was er für den Renaissancegarten kaufen wollte. »Ein paar Zitronenbäume müssen wir austauschen. Es gibt auf dem Markt einen Händler, der eine kleine Baumschule besitzt.«

»Ich liebe Zitronenbäume. Ich habe versucht, meine Chefin zu überreden, in ihrem Blumenladen auch Zitronenbäumchen zu verkaufen, aber sie hat immer gesagt, die gehören nach Italien. Dort fühlen sie sich wohl.«

»Fühlst du dich wohl hier?« Er sah sie an und sie erwiderte seinen Blick und horchte in sich hinein.

»Ja, das tue ich.« Es kam aus tiefstem Herzen. Sie fühlte sich wohl, so wohl wie schon lange nicht mehr. Die Sonne, die Schönheit der Toskana, dieser ungewöhnlich einfühlsame Mann, der sich für Pflanzen und Tiere interessierte, das alles gab ihr das Gefühl, hier am richtigen Ort zu sein. Und vielleicht gab es diese Magdalena ja gar nicht mehr in seinem Leben, denn sonst wäre sie ihr doch mit Sicherheit schon begegnet. Hoffnung keimte in ihr auf und wieder spürte sie dieses Kribbeln in ihrem Bauch.

Er schien über seine spontane Frage selbst überrascht zu sein, wirkte nervös: »Sag mal, wusstest du, dass es sich bei Zitronen botanisch um Beeren handelt?«

»Ehrlich gesagt, nein. Eigentlich weiß ich gar nichts über Zitronen, nur dass sie wunderschön aussehen und viel Vitamin C enthalten und sauer lustig macht. Hat meine Oma immer gesagt und mich in eine Zitronenscheibe beißen lassen.«

»Deine Oma wusste, was gut ist.«

»Ja. Das wusste sie. Und sie sagte, Zitronen kommen aus Italien, einem Land, in dem immer die Sonne scheint, deshalb sind sie so gelb.«

Er musste lächeln. »Schöne Geschichte. Sie kommen aber nicht aus Italien. Vermutlich wurden sie durch Alexander den Großen aus Asien nach Europa gebracht. Die Römer liebten allerdings schon sehr früh Zitronenbäume. Insofern stimmt es ein wenig.«

»Meine Oma hatte immer recht, zumindest habe ich das als Kind geglaubt.«

»Und ich habe als Kind geglaubt, dass mein Vater viel lügt«, entfuhr es ihm.

Betroffen sah sie ihn an, spürte aber, dass er kein Mitleid wollte. Zumindest nicht jetzt. Er hielt den Blick starr auf die Straße. Er schien viel an seinen Vater zu denken, was ja auch kein Wunder war, immerhin war er erst kürzlich gestorben. Er trauerte, auch wenn ihn sein Vater oft verletzt hatte. Am liebsten hätte sie jetzt seine Hand genommen und gedrückt, ihm erneut ihr Mitgefühl versichert, ihn berührt.

Nachdem Gregorio den Wagen auf einem Parkplatz am Rand von Greve in Chianti abgestellt hatte, gingen sie auf die Piazza Matteotti. Jedes Jahr, meist am ersten Wochenende nach dem 1. Mai wurde auf dieser Piazza eine Festa dei Fiori gefeiert, wie ihr Gregorio erzählt hatte, ein Blumenfest. Vor Jessys Augen tat sich tatsächlich ein Meer aus Grünpflanzen und farbenfrohen Blumen auf. Töpfe mit Kirschlorbeer, Orangenbäumchen, Zitronenbäumchen, bunte Schnittblumen in Eimern, Salbei, Rosmarin, Oregano, Basilikum. All diese Kräuter dufteten mit den vielen Blumen um die Wette, der Asphalt war kaum noch zu sehen.

Jessy sog die herrliche Luft ein. »Das ist ja wunderschön, wenn Wilma das sehen würde! Meine ehemalige Chefin im

Blumenladen«, erklärte sie. Wilma hätte wie Jessy innerlich gejuchzt beim Anblick dieser üppigen Blumenpracht. »So sollte es öfter sein. Kein Asphalt mehr, nur noch Blumen überall! So würde die Welt aussehen, wenn sie nicht mehr von Autos dominiert wäre.«

Gregorio nickte, stand neben ihr und auch er schien von der einzigartigen Atmosphäre dieses Blumenmeeres gefesselt zu sein.

»Ich liebe es, früher bin ich jedes Jahr hierhergekommen«, sagte er leise.

»Ich liebe es auch«, flüsterte Jessy und sah sich fasziniert um. Und wieder wurde ihr klar, was für ein Glück sie hatte, einen Job gewählt zu haben, der mit Pflanzen zu tun hatte. Wie gut, dass sie nicht auf ihren Vater gehört hatte, sondern das tat, was sie berührte. Jeder sollte herausfinden, was einen begeisterte, und damit die viele Zeit, die man mit Arbeit im Leben verbrachte, zu einer erfüllenden machen.

In einem Blumenladen oder Garten zu arbeiten, erfüllte sie, das bestätigte sich jetzt wieder. Bei einer Erzieherin konnten es Kinder sein, bei ihr waren es Blumen, wie überhaupt Pflanzen aller Art. Ihr Herz schlug schneller. Oder lag es an Gregorio, der so dicht neben ihr stand? Diese Nähe, die sie zu ihm fühlte, war unglaublich.

In dem Moment wurden Frauenarme von hinten um Gregorio geschlungen, ein helles Lachen, eine wunderschöne Italienerin hielt ihm die Augen zu.

»Dein Lachen erkenne ich immer und überall«, sagte er und nahm ihr sanft die Hände von seinen Augen, drehte sich zu ihr. Noch nie war sich Jessy so fehl am Platz vorgekommen, so unscheinbar, wie Luft. Gregorio schien nur noch Augen für diese Frau zu haben, die ihn anstrahlte und einen sanften Kuss auf den Mund gab.

»Ciao«, sagte die Frau mit einer warmen, erotischen Stimme. Sie hatte langes dunkles Haar, ebenmäßige, gebräunte Haut, trug ein dunkelrotes, ausgeschnittenes Kleid. Magdalena.

Sofort hatte Jessy dieses schöne Gesicht mit den hohen Wangenknochen vom Foto erkannt.

Die beiden unterhielten sich in schnellem Italienisch, dem Jessy kaum folgen konnte. Magdalena sprach viel, gestikulierte dabei wild und emotional. Jessy verstand, dass sich Gregorio hatte melden wollen, es aber nicht getan hatte. Keiner der beiden kam auf die Idee, Magdalena Jessy vorzustellen oder umgekehrt. Offenbar befanden sie sich in einem Paralleluniversum, in das sie nicht gehörte.

Ohne von den beiden bemerkt zu werden, ging Jessy erschlagen ein paar Schritte weiter, tauchte ab in das Blumenmeer, in dem sie am liebsten versunken wäre. Wie hatte sie nur jemals denken können, Gregorio interessierte sich für sie, wenn er so eine Schönheit als Freundin hatte? Oder waren die beiden doch nicht mehr zusammen, wie sie schon gehofft hatte? Ganz offensichtlich gab es Konflikte. Aber so emotional wie Gregorio geworden war, schien er Gefühle für sie zu haben. Jessy sehnte sich jetzt nach einer Freundin, mit der sie ihr Gedankenchaos sortieren konnte. Paula. Sie kannte sowohl Gregorio als auch Magdalena, würde am besten einschätzen können, was die beiden verband.

Die Festa dei Fiori war gut besucht, Einheimische, Familien mit Kindern, spazierten zwischen den Blumen, Sträuchern in Töpfen und Kräutern umher. Zitronenbäumchen in Kübeln dufteten. Wie durch einen Nebelschleier beobachtete Jessy Magdalena, diese wunderschöne Frau, die auf Gregorio einredete. Er hatte die Hände lässig in den Hosentaschen vergraben, zog sie immer wieder heraus, um wie sie zu gestikulieren. So leidenschaftlich hatte Jessy ihn bisher nie gesehen.

Jessy hatte ihr Handy herausgezogen und Paulas Nummer gewählt. Nach nur wenigen Sekunden ging Paula ran.

»Pronto?«

»Hier ist Jessy«, meldete sich diese auf Italienisch. »Hast du heute Abend Zeit auf ein Glas Vino?«

»*Sì, naturalmente.* Lass mich raten. Ärger mit einem Mann?«

Als dieser Tag, der so schön auf dem Blumenfest angefangen hatte, sich endlich dem Ende neigte, verabschiedete sich Jessy genauso knapp von Gregorio, wie sie schon die letzten Stunden zu ihm gewesen war.

Die beiden Frauen hatten sich in einem Weinrestaurant in der Nähe der Villa verabredet. Paula trug einen kurzen Rock, hatte sich hübsch zurechtgemacht. Jessy dagegen trug ein schlichtes T-Shirt-Kleid. Sie fühlte sich nicht gut und hatte keine Lust gehabt, sich etwas Besseres anzuziehen. Die Terrasse des Restaurants war mit Weinreben überdacht, die Tische füllten sich nach und nach mit jungen Italienern und Italienerinnen. Ganz offensichtlich ein Insidertipp unter den Einheimischen. Paula zog die Blicke der Männer auf sich und genoss es sichtlich, grüßte den ein oder anderen, ließ sich dann aber nicht mehr ablenken und hörte sich Jessys Erzählung an. »Eigentlich wollte ich dich ganz unauffällig nach Magdalena ausfragen, aber ich kann das einfach nicht. Ich sags einfach geradeheraus.«

Paula lachte. »Das mag ich sehr.«

»Also, sind die beiden zusammen oder nicht?«

»Das ist ja das Drama. Zumindest für Magdalena. Sie könnte hier einige Männer haben, aber sie will Gregorio. Mal sind sie zusammen, dann wieder nicht. *On off. Capito?*«

»Und wieso sollte er sie nicht mehr wollen? Es scheint doch eine große Liebe zu sein. Ein Foto von den beiden hängt in der Villa.«

»Wirklich? Rosella mag Magdalena sehr. Ich schätze, sie ist dafür verantwortlich, dass das Foto da immer noch hängt. Ja, stimmt schon, es war einmal eine große Liebe. Aber Gregorio hat sie verlassen, als er herausbekommen hat, dass sie ein Techtelmechtel mit dem Sohn des Bürgermeisters hatte. Mit Bruno.«

»Oh!«

»Keine Ahnung. Vielleicht haben sie auch nur geknutscht. Für Gregorio hat das gereicht. Zudem hat er Bruno noch nie leiden können.«

»Verstehe.«

Paula erzählte Jessy von ihren enttäuschenden Erfahrungen mit den italienischen Männern hier im Ort und nach mehreren Gläsern köstlichem Chianti und Oliven fühlten sich die beiden, als wären sie schon seit Jahren beste Freundinnen. Es gab sie, die Liebe auf den ersten Blick, auch bei einer Freundin. Jessy hatte das schon einmal erlebt. Bei ihrer Freundin Alexandra, die zwar nach Kiel gezogen war, mit der sie aber immer noch eine Seelenverwandtschaft verband. Paulas Erlebnisse mit Männern in diesem kleinen Ort in der Toskana glichen denen von Jessy in München. Gab es wirklich so etwas wie eine Generation der Beziehungsunfähigen? Egal ob auf dem Land oder in der Stadt, egal ob im sonnenverwöhnten Italien oder in Deutschland? Die Freundinnen unterhielten sich darüber und beide waren sich einig, dass die schnelllebige Zeit, der Run nach Instagram- und Facebook-Followern vermutlich dazu beitrugen. Jeder präsentierte sich nur noch von seiner schönsten Seite, aber im Alltag einer Beziehung lernte man sich auch ungeschönt kennen.

»Ich hatte mal einen, der fand es furchtbar, dass ich abends Nachtcreme aufgetragen habe«, erzählte Paula. »Da war mir sofort klar, Junge, du bist es nicht.«

Die Freundinnen amüsierten sich bei weiteren Geschichten. Paula konnte ein Lied davon singen, wie viele italienische Machos Mammasöhnchen waren.

»Und Gregorio?«, rutschte es Jessy heraus. Paula hatte schon längst erkannt, dass sich Jessy für Gregorio interessierte. »Nein, der nicht. Sonst wäre er ja nicht in die weite Welt hinausgegangen. Wie viel er noch für Magdalena empfindet, weiß ich leider nicht.«

»Und wenn schon«, konstatierte Jessy tapfer. »Ich bin ja sowieso in ein paar Wochen wieder weg. Wäre eh alles viel zu kompliziert.«

»Besser kompliziert als langweilig«, befand Paula grinsend.

»Da hast du auch wieder recht.«

Paula beichtete ihr, dass sie sich in einen verheirateten Mann verliebt hatte. In Luigi, der offensichtlich nicht mehr besonders glücklich war in seiner Ehe. Paula hatte es schon lange nicht mehr so erwischt und obwohl sie wusste, dass eine Beziehung mit einem verheirateten Mann ein No-Go war, liebte sie Luigi. Gestanden hatte sie es ihm jedoch noch nicht.

Der Abend und die Gespräche mit der neuen Freundin taten Jessy gut, viel zu lange hatte sie keinen Mädelsabend mit Katrin und Susa mehr unternommen. Was, um ehrlich zu sein, auch an ihr lag und nicht immer nur an den Freundinnen. Jessy beschloss, zu Hause in München wieder öfter die Initiative zu ergreifen, ihre Mädels von der Couch zu holen, um einen schönen Freundinnenabend zusammen zu verbringen. Den konnte ihr auch ihre Mutter nicht ersetzen. Gute Freundinnen waren einzigartig und unersetzlich.

Müde und wieder etwas besser gelaunt ließ sich Jessy mit einem Taxi zur Villa fahren. Ihren Wagen hatte sie stehen lassen und wollte ihn morgen irgendwie abholen. Sie hatte inzwischen von Gregorio einen Schlüssel bekommen, ließ sich jetzt also vom Taxifahrer, einem bestimmt mehr als sechzigjährigen, kleinen Italiener, am Tor absetzen und zahlte.

Er bot an, sie hineinzufahren, aber Jessy lehnte dankend ab. Ein wenig frische Luft tat ihr jetzt sicher gut. Sie hatte einen Vino zu viel getrunken. Oder zwei.

Die Nacht war klar, Sterne funkelten am Himmel. Jessy steckte den Schlüssel in das Tor, öffnete es, wobei es knarzte. Das Taxi fuhr weg und plötzlich war es um Jessy herum stockduster. Einzig der Mond und die Sterne erhellten den Garten ein wenig, tauchten ihn aber in ein unheimliches Licht. Jessy überlief ein Schauer, als sie durch die Dunkelheit auf die Villa zuging. Da kam Vinc angerannt, bellte sie an. »Psch, ganz ruhig, ich bin's doch nur.« Vinc beruhigte sich etwas, knurrte jetzt nur noch leise, seine weißen Zähne blitzten kurz auf.

Jessy hatte Bella in ihrem Zimmer gelassen, normalerweise blieb die Hündin ohne Probleme alleine. Aber jetzt wünschte sie, ihr Goldi wäre hier. Sie kannte diesen Dobermann nicht gut genug, um einschätzen zu können, ob er sie vielleicht doch als Eindringling empfand und gleich attackieren würde. Denn darauf hatte Gregorios Vater ihn abgerichtet.

Es war noch einiges an Weg bis zur Villa und zu dem angrenzenden Gästehaus. Ein Käuzchen rief und Jessy ging tapfer weiter, begleitet von einem immer wieder leise knurrenden Dobermann. Sie fühlte sich in diesem Garten mit einem Mal wie auf einem Friedhof, hätte sich jetzt sehr gewünscht, Gregorio wäre bei ihr. »Aber der, der trifft bestimmt seine Magdalena. Tolles Herrchen«, sagte sie weintrunken zu dem Hund, der daraufhin mit Knurren aufhörte. »Siehst du, du denkst das auch.« Seufzend schlug sie den Weg zum Gästehaus ein, stolperte über einen Stein und fiel auf die Knie. »Autsch, verdammt.«

Alkohol hatte sie noch nie vertragen. Selbstmitleid überkam sie. Ihre Knie taten weh, bluteten. »Immer diese verdammten Kerle!«, schrie sie auf.

Da raschelte es, Schritte waren zu hören, und kurz darauf stand Gregorio mit einer Taschenlampe in der Hand vor ihr und leuchtete ihr ins Gesicht. Jessy hob abwehrend ihre Hand, kniff die Augen zusammen. »Hey, lass das.«

Gregorio senkte den Lichtkegel, kam zu ihr, half ihr auf. »Ich habe Vinc bellen gehört.«

Jessy fühlte sich elend, wie ein nasser Sack. »Na toll, jetzt denkst du bestimmt, ich bin sturzbetrunken.«

»Bist du nicht?« Sie hörte sein Amüsement in der Frage.

»Nein!« Jessy schwankte und Gregorio stützte sie. Wie peinlich. »Euer Wein, also dieser Chianti, der ist einfach zu gut«, brachte sie heraus, ehe sie auf dem unebenen Boden erneut stolperte. Gregorio hielt sie, ganz fest. Dann nahm er sie hoch, als wäre sie ein Leichtgewicht, und trug sie auf seinen Armen durch die Dunkelheit. Sie hörte das Hecheln von Vinc neben sich, roch Gregorios Duft, spürte seinen Atem an ihrer Wange und wie ihre Augenlider immer schwerer wurden.

Am nächsten Morgen wachte sie in ihrem Bett auf. Fast nackt. Nur die Unterwäsche hatte sie noch an. »Oh mein Gott, Bella, er hat mich nackt gesehen. Also fast nackt. Himmel, er hat mich berührt! Also nicht so, aber um jemanden auszuziehen, muss man ihn ja anfassen.« Verträumt lächelnd sah sie ihre Hündin an. Doch dann fiel ihr schlagartig wieder Magdalena ein. Diese wunderschöne Frau, mit der es zumindest vom Aussehen her keine normale Frau auf dieser Welt aufnehmen konnte. Jessy rief sich selbst zur Räson. Sie mochte ihre langen roten Haare, ihren Körper bis auf ein paar kleinere Schwachstellen, die jeder hatte. Im Grunde fand sie sich okay. Und es kam schließlich nicht auf das Äußere an. Aber auf Gefühle, und die hatte Gregorio für Magdalena, das hatte sie gesehen. Verletzt sah sein Blick aus, kein Wunder, wenn sie ihn wie auch immer hintergangen hatte. Wenn das stimmte und nicht nur Dorftratsch war.

»Was geht das eigentlich mich an?«, sagte sie zu ihrer Hündin. Jessy stand auf, bereitete Bella ihr Futter und sprang unter die Dusche.

* * *

Während sie gemeinsam die Buchsbäumchen eingruben, die sie auf dem Blumenfest erworben hatten, beobachtete Gregorio Jessy immer wieder von der Seite. Sie ließ den Kopf hängen wie eine Blume ohne Wasser. Er hatte sofort gespürt, dass sie seit ihrem Ausflug zum Blumenfest und der Begegnung mit Magdalena verändert wirkte. Vor Magdalenas Auftauchen hatte er das Gefühl gehabt, dass Jessy ihn mochte, oder hatte er sich das eingebildet? Zumindest hatte sie ihn mit ihren großen blauen Augen oft so angesehen. Aber wer wusste schon, was Frauen dachten. Dass sie so eifersüchtig reagieren würde, nur weil er sich mit einer attraktiven Frau unterhielt, bestätigte ihn in seiner Vermutung, dass sie ihn zumindest nicht mehr unausstehlich fand wie am Anfang. Sollte er Jessy auf ihre Stimmung ansprechen? In sich gekehrt grub sie die Buchsbäumchen weiter ein. Er erinnerte sich an die vergangene Nacht, als er die betrunkene Jessy ausgezogen und in ihrer Unterwäsche ins Bett gelegt hatte. Sie hatte eine wirklich schöne Figur, natürlich hatte er das registriert. Helle, zarte Haut.

Gregorio räusperte sich. Jessy sah nur kurz auf, wortlos, ganz entgegen ihrer Art, buddelte weiter.

Um die unangenehme Stille zu überspielen, begann er, ihr von der Geschichte der Gartenkunst zu erzählen. »Die Italiener waren mit die Ersten, die die Gartengestaltung als etwas Schönes angesehen haben.«

Jessy reagierte nicht, schien nicht wirklich zuzuhören.

»Soll ich überhaupt weitererzählen?«, unterbrach er seine Ausführungen.

136

»Was? Nein.«

»Bist du immer so ehrlich?«

»Ja. Also ich meine, nein, hör nicht auf. Ich lausche. Ich muss ja nicht alles kommentieren.« Er schmunzelte kurz.

»Wusstest du, dass jeder Renaissancegarten, jeder Garten, voller Geheimnisse steckt? Mal ganz abgesehen von den Familiengeheimnissen, die die alten Zypressen und Hecken mitbekommen haben und niemals verraten werden.«

»Ja, sie müssen schon sehr viel erlebt haben. Auch hier. Was für Geheimnisse meinst du sonst noch?«

»Ich denke, du kommentierst nicht?«

Sie rollte mit den Augen.

»Also gut. Die Höhe und der Abstand der Hecken zum Beispiel hatten einen ganz bestimmten Grund.«

»Und welchen?«

»Sie mussten genau so sein, dass man Netze zwischen den Hecken aufspannen konnte.«

»Netze?«

»Um Singvögel zu fangen.«

»Nicht dein Ernst? Die armen Vögel.«

»Das hat man früher gemacht. Aber vermutlich, um die Singvögel in Käfigen zu halten, ihr Gesang sollte die feinen Damen unterhalten.« Er sah sie forschend an. »Es hatte alles seinen Sinn, jedes Ornament, jede Statue, jedes Wasserspiel. Wie alles im Leben einen Sinn hat.«

Sie hielt beim Eingraben inne. »Findest du? Bei mir irgendwie nicht. Also der Sinn meines Lebens, er erschließt sich mir nicht.«

»Dann wirst du ihn noch herausfinden.«

Sie seufzte.

»Alles klar bei dir?«

»Vielleicht ist es ja mein Sinn, Gärten zu retten.« Sie atmete durch, sah ihn an. »Bandini hat mich gestern Abend bedroht. Und ich lasse mich von niemandem einschüchtern.«

Sofort horchte Gregorio auf. »Wie, er hat dich bedroht? Wann, wo, und was hat er gesagt?«

Jessy erzählte ihm von ihrer unschönen Begegnung mit Bandini in dem Lokal mit Paula. Gregorio spürte sofort, wie die Wut in ihm aufkochte. Sein Beschützerinstinkt meldete sich und seine Abneigung gegen Antonio Bandini wuchs.

»Wieso hast du mir das nicht gesagt? Ich werde ihn mir vorknöpfen.«

Jessy stand auf, ihre Knie voller Erde. Sie wischte sie ab. »Nein. Deshalb habe ich nichts gesagt. Das wäre kontraproduktiv. Er blufft doch nur. Bitte, du würdest es nur schlimmer machen, es ist nichts passiert.«

Gregorio atmete durch. »Ich bin mir da nicht so sicher, ob er nur blufft.«

»Wir müssen die Geschichte dieses Gartens herausfinden. Die Geschichte hat immer mit der Gegenwart zu tun«, beschloss Jessy. »Was meinst du, wo ist der Anfang und wo das Ende?«

»Das allein ist eine philosophische Frage«, erwiderte er und sah sich im Garten um. »Tatsächlich gibt es philosophische Aspekte in der Gartenkunst«, erklärte er. »Aber vor allem ist wichtig, dass wir heutzutage nicht unbedingt *mehr* Renaissancegärten brauchen, sondern dringend eine Gartenrenaissance.«

Gregorio fuhr leidenschaftlich fort: »Wir brauchen auf der Welt mehr Gärten, mehr Natur, mehr Grün. Unsere Städte wachsen, es gibt immer mehr Asphalt und Beton, und um den Klimawandel zu bewältigen, ist das eine Chance, dem ein bisschen entgegenzuwirken.«

»Genau, jeder kann etwas dazu beitragen«, pflichtete Jessy ihm jetzt ebenso leidenschaftlich bei. »Wir müssen der Natur das zurückgeben, was wir ihr so lange genommen haben.«

Fasziniert sah er sie an und merkte wieder, wie sehr sie auf einer Wellenlänge lagen. Es irritierte ihn. Bisher hatten ihn Frauen als Spinner abgetan, wenn er von seiner Mission, die Welt zu einem grüneren Ort zu machen, redete. Einem Ort, an dem die Seele wieder zur Ruhe kam. Nicht einmal Magdalena hatte ihn ernst genommen. Jessy ereiferte sich genauso wie er, dass es höchste Zeit sei und dass es natürlich nur ein kleiner Beitrag sei, aber besser ein kleiner als gar keiner. Sie hielt inne. Ein Schmetterling flog über ihrem Kopf vorbei.

»Hier ist der Anfang«, entfuhr es Gregorio und er wurde sich gleichzeitig der Bedeutung seiner Worte bewusst. Dann blickte er rasch auf seine Armbanduhr. »Es tut mir leid, aber ich … habe noch eine Verabredung.«

Mit diesen Worten drehte er sich um und ging eilig zu seinem Wagen, ließ die Frau, die ihn so durcheinanderbrachte, wie es schon lange keine mehr getan hatte, stehen. Und er wusste im selben Moment, dass er sich unmöglich verhielt. Das wären die Worte seines Vaters gewesen, das hätte er ihm ins Gesicht geschleudert. »Du hast dich mal wieder unmöglich verhalten!« Mit dieser tiefen, abfälligen Stimme, die bis in sein Innerstes drang. Während Gregorio zu seinem Wagen lief, wurde ihm der Verlust erneut so deutlich bewusst. Nie wieder würde er mit seinem alten Herrn reden können, ihm niemals beweisen, was in ihm steckte, wie seine Ideen, seine Ideale und Vorstellungen vom Leben aussahen.

Die Mittagssonne stach. Jessy hatte die neu gekauften Pflanzen eingesetzt und gewässert. Sie fühlte sich durch den Wein gestern Abend immer noch schlecht, ihr Kopf tat weh. Vermutlich auch wegen Magdalena, zu der Gregorio gerade ganz sicher gefahren war. Jessy sah ihr Werk an, beschloss, eine Pause zu machen, ging mit Bella in ihr Zimmer, um sich kurz hinzulegen. Siesta, das machte man in südlichen Ländern doch.

Zum Glück hatte sie die Fensterläden geschlossen. Die Luft innen fühlte sich kühler an. Jessy ging ins Bad, wusch sich die Erde von den Händen und spritzte sich Wasser ins Gesicht. Magdalena war ein komplett anderer Typ und erfahrungsgemäß standen Männer oft auf ähnliche Frauen. Egal. Sie war nicht hierhergekommen, um sich zu verlieben, erst recht nicht in einen Kerl, der so viel mit sich rumschleppte. Sie wollte hier zu sich finden, hier in der Sonne Italiens zur Ruhe kommen. Ihr Blick blieb an einer der Tonscherben hängen, die im Bad neben dem Waschbecken lag. Solange sie dieses Geheimnis nicht herausgefunden hatte, würde sie keine Ruhe finden. Sie säuberte die Tonscherbe, in der Hoffnung, mehr Eingeritztes lesen zu können. Aber sie entdeckte nichts. Dann fuhr sie mit den Fingern darüber und ging mit der Scherbe in der Hand zurück ins Zimmer. Da hatte sie eine Idee. Sie konnte versuchen, herauszufinden, wie alt diese Scherben waren. Denn das hieß auch herauszubekommen, ob sie aus dem 19. Jahrhundert stammte. Jessy setzte sich an ihren Laptop, fuhr ihn hoch und recherchierte ein wenig. Sie fand ein Forum, in dem man Fotos einstellen konnte und Fachleute einem sagten, wie man das Alter von Tonscherben ermitteln konnte. Sie fotografierte die Scherbe, lud das Foto hoch und wartete. Sie holte sich eine Flasche Wasser, die neben ihrem Bett stand, trank und recherchierte weiter. Bald schon blinkte eine Antwort auf. Eine gewisse »Dr. Kleopatra« schrieb: »Es handelt sich um eine bleiglasierte Irdenware. Ich würde auf 19. Jahrhundert tippen. Ich studiere Archäologie und mache gerade meine Doktorarbeit. Du hast Glück, dass ich mich so gern davon ablenken lasse und im Internet surfe.«

Jessy bedankte sich vielmals, wünschte Dr. Kleopatra viel Glück und Motivation, durchzuhalten, und sah die Scherbe an. Dann wandte sie sich an Bella. »Aus dem 19. Jahrhundert. Wow.«

Sie holte sich einen Müsliriegel, aß ihn und legte sich kurz aufs Bett. Sofort sah sie Bilder von Gregorio und Magdalena vor sich und dieses ungute Gefühl machte sich in ihrer Magengegend breit. Jessy schloss die Augen und erneut erschienen die beiden vor ihrem inneren Auge. Wie sie sich ansahen, wie sie leidenschaftlich gestikulierten, wie sie sich küssten.

Sie musste eingeschlummert sein, wurde von einem heftigen Pochen an der Tür und Bella, die einmal kurz »Wuff« machte, geweckt. Jessy rappelte sich auf, hörte Gregorios Stimme.

»Jessy? Bist du da?«

»Ja, warte kurz.« Sie stand schlaftrunken auf. So ein Mittagsschläfchen tat zwar gut, aber so herausgerissen zu werden, eher weniger.

Sie trat zur Tür, öffnete sie schlaftrunken.

Er sah sie erschrocken an.

»Was ist?«

»Hast du geweint?«

»Nein! Wie kommst du darauf.«

»Deine Wimperntusche …«

Jessy fuhr sich rasch mit den Fingern unter den Augen entlang. »Ach, Gott. Ich bin eingeschlafen. Die Nacht gestern war einfach zu kurz.«

»Verstehe. Und der Wein zu gut.«

»Ha, ha. Was gibt es denn so Dringendes? Mit deiner Mutter ist alles okay?«

»Ja, danke. Ich war bei der Bank. Aber Bandini war vor mir da. Er hat dafür gesorgt, dass sie unser Konzept über die Gartentouren früher sehen möchten als ursprünglich abgemacht. Noch vor der Gartenbegehung.«

»Was? Aber wie gemein ist das denn?« Mitfühlend sah sie ihn an. »Du warst also nur bei der Bank?«

»Ja, wieso nur?«

»Ach, egal.« Ihre Phantasie war mal wieder mit ihr durchgegangen. Er hatte Magdalena nicht getroffen. Sie fühlte sich plötzlich viel leichter.

»Das Konzept muss also bald stehen. Ich würde vorschlagen, wir fahren gleich ins Castello, das ist hier in Sovicille«, schlug er vor. »Es wäre nämlich toll, wenn du den Text für das Konzept schreiben könntest. Das liegt mir nicht so. Könntest du dir das vorstellen?«

»Ich? Wow! Aber dazu reicht mein Italienisch nicht.«

»Schreib es auf Deutsch und wir übersetzen es dann zusammen. Das klappt schon. Aber dann solltest du dir auch diesen Garten beim Castello ansehen.«

»Gern. Ich habe übrigens eine Neuigkeit.«

»Und welche?«

»Die Tonscherben aus dem Garten stammen ziemlich sicher aus dem 19. Jahrhundert. Ich habe eine Archäologin befragt. Per Online-Chat.«

Verblüfft sah er sie an. »Du bist unglaublich.«

Sie spürte, wie sie rot wurde. »Danke. Die Frage ist nur, was wollte wer wem mit diesen Botschaften sagen?«

Gregorio überlegte mit. »Es könnte ein Puzzleteil sein.«

»Gut möglich. Weißt du, wo wir in der Villa mehr über diese Zeit finden können?«

»Leider nein.«

»Und deine Mutter?«

»Einen Versuch ist es wert. Dann am besten jetzt gleich. Und danach fahren wir ins Castello.«

»Klingt nach einem Plan.«

Gemeinsam liefen sie zur Villa und Gregorio ging vor, um seine Mutter zu fragen, ob sie einen Moment Zeit für sie habe.

Jessy wartete im Gang, betrachtete die Gemälde, die hier in alten goldenen Bilderrahmen hingen und von längst vergangenen Zeiten erzählten.

Kurz darauf kam Gregorio wieder heraus, schüttelte den Kopf. »Sie fühlt sich nicht gut. Aber wir sollen mal in der Bibliothek nachsehen. Es gibt wohl ein Regal, in dem die ganz alten Bücher stehen, vielleicht finden wir ja doch eine Ahnentafel.«

Da öffnete sich die Tür zum Schlafgemach seiner Mutter und Rosella, zart und blass, streckt den Kopf heraus. »Gregorio?«

»Sì, Mamma?«

»Mir ist etwas eingefallen. Sie muss gewesen sein wie sie.« Rosella deutete auf Jessy, die Gregorio verwundert ansah.

»Wer, Mamma?«

»Elizabeth. Dein Vater hat mir einmal von ihr erzählt. Von deiner Urururgroßmutter. Die Tochter des Lords, der damals im 19. Jahrhundert mit Frau und Tochter in die Toskana gekommen ist und dieses Gut aufgekauft hat. Die Tochter hat sich genauso für die Natur eingesetzt wie sie, und sie sah ihr sogar ähnlich.« Wieder deutete sie auf Jessy.

»Ein Bild im Flur zeigt Elizabeth. Daran hatte ich gestern gar nicht mehr gedacht. Neben der Kommode aus dem 17. Jahrhundert, du weißt schon.«

Rosella ging vor, Gregorio bedeutete Jessy, ihnen zu folgen.

Neben einer alten Kommode hing ein Bild, das eine junge Frau in edlem Gewand zeigte. Sie hatte rote Haare, die kunstvoll zusammengesteckt waren. Um ihren Hals trug sie eine hübsche Kette, dazu die passenden Ohrringe. Jessy betrachtete sie andächtig. »Sie ist hübsch.«

»Sie sieht dir wirklich ähnlich«, entfuhr es Gregorio.

»So ein Quatsch. Nur weil sie auch rote Haare hat.«

»Nicht nur.«

Elizabeths Augen schienen einen direkt anzuschauen, intensiv und flehentlich. »Sie sieht nicht glücklich aus.«

»Es scheint wirklich so, als wollte sie dem Betrachter etwas sagen«, fand jetzt auch Rosella.

»Die Frage ist nur, was. Aber das werden wir jetzt auch nicht herausfinden.«

»Ich fürchte auch.« Jessy sah Gregorio entschlossen an. »Dann lass uns zu diesem Castello fahren, damit wir das Konzept fertigbekommen. Heute Abend setze ich mich gern in die Bibliothek und vielleicht finde ich ja einen weiteren Hinweis.«

»In Ordnung. Danke, Mamma. Wenn du Hunger hast, ich habe frisches Brot gebacken, heute Abend mache ich dir Pasta.«

»Grazie, Gregorio, ich liebe dein Pane. Aber ich habe keinen Hunger. Ich lege mich wieder hin.«

Sie schloss die Tür und Gregorio wirkte traurig.

»Sie muss essen.«

»Ja, manchmal isst der Kummer das, was man selbst nicht zu sich nehmen kann. Selbst wenn die Ehe vielleicht nicht immer einfach war, muss sie deinen Vater doch sehr geliebt haben.«

»Das war sie nicht, aber ja, geliebt haben sich die beiden. Ich habe mal mitbekommen, dass sie ihm das versichert hat, ich war ein Kind, ich fand es so schön und weiß es bis heute.«

Die beiden gingen wieder hinaus in die Sonne. Die Wärme tat gut.

»Sie muss mehr auf sich achten. Sie ernährt sich von Kaffee und Biscotti, wenn ich nicht nach ihr sehe.«

Jessy sah ihn an. »Ich finde es wunderbar, dass du für sie backst und kochst.«

»Das mach ich gern. In London, in dem Restaurant, in dem ich gearbeitet habe, bin ich öfter in die Küche eingesprungen, wenn Not am Mann war.«

»Wie, du bist auch Koch?«

»Nein, ich habe das Restaurant gemanagt. Aber ich liebe die italienische Küche, deshalb wird es auch zu meinem Konzept gehören, dass ich einen leichten Lunch anbiete.«

»Klingt köstlich. Ich stelle mich als Testesserin zur Verfügung.«

»Gern. Die toskanische Küche ist besonders.« Er blickte sie an.

»Das habe ich auch schon gemerkt. Ich dachte immer, in Italien gibt es vor allem Pizza und Pasta, aber hier habe ich schon so delikat gegessen, das hat mich wirklich verblüfft. Meine Mutter hat mir davon erzählt.«

»Sie war schon einmal hier?«

»Nein, leider nicht. Sie hat aber viele Dokumentationen im Fernsehen über die Toskana gesehen und wohl schon hin und wieder ein toskanisches Rezept ausprobiert. Für meinen Vater. Aber nicht einmal das hat ihn dazu veranlasst, bei ihr zu bleiben«, erwiderte Jessy bitter auflachend.

»Daran darfst du dir nicht die Schuld geben.«

»Ich weiß. Aber so distanziert, wie er sich jetzt mir gegenüber verhält, fühlt sich das an, als ginge es gegen mich.«

Sie waren bei seinem Wagen angekommen, stiegen ein.

»Oft denkt man, etwas ist gegen einen gerichtet, dabei hat der andere gerade mit sich zu tun und es ist das Problem des anderen.«

»Wenn ich es nicht besser wüsste, würde ich mit geschlossenen Augen denken, du bist ein weiser Mann.« Sie sah ihn herausfordernd an, aber er kommentierte die Bemerkung nicht, startete den Wagen und fuhr los.

Sie konnte ihn einfach nicht einschätzen. Diesen Mann, der auf der einen Seite so offen in seiner Denkweise war, war auf der anderen immer plötzlich verschlossen wie eine Auster.

Die Fahrt dauerte nicht lange. Nach ungefähr einer halben Stunde bogen sie bei Sovicille ab und fuhren in Richtung Castello di Celsa. Man sah es schon von Weitem, dieses wunderschöne Kastell aus längst vergangenen Zeiten, das in die

Natur eingebettet lag. Es sah aus wie eine alte Ritterburg, erhaben auf einem Hügel thronend. Auch hier versperrte ein großes Tor dem Besucher den Weg.

Gregorio stieg aus, drückte die Klingel und unterhielt sich an der Sprechanlage mit einer Frau, die kurz darauf kam, um ihnen aufzuschließen. Amanda, um die fünfzig, klein, managte das Kastell. Sie kannte Gregorio seit Jahren und begrüßte Jessy herzlich. Ein alter Schäferhund folgte der zierlichen Person, der sofort zu Jessy ging und sich streicheln ließ. Sein Rückgrat war stark gewölbt. Wie Amanda erzählte, hatte er Hüftdysplasie und starke Schmerzen. Nur mit Schmerztabletten konnte er leben. »Du Armer, und du bist so ein feiner Kerl, das merke ich doch sofort«, sagte Jessy auf Deutsch zu ihm.

»Was hat sie gesagt?«, fragte Amanda nach und Gregorio übersetzte. Amanda lachte, ein helles, fröhliches Lachen. »Das wird Rotondo freuen, die anderen Touristen beachten ihn immer gar nicht«, sagte sie auf Italienisch. »Fahrt den Wagen vor, ich komme nach.«

Jessy und Gregorio stiegen wieder ein, fuhren durch das Tor und Jessy kam aus dem Staunen nicht mehr heraus. Ein Renaissancegarten mit Buchsbaumhecken und Zitronenbäumchen in Terrakottatöpfen, ein mit Wein umranktes Schloss.

Amanda führte sie herum und erzählte vor allem Jessy, die den Text für das Konzept für die Bank schreiben wollte, mehr über das Schloss und den Garten. Seit vier Jahrhunderten befand sich das Castello di Celsa im Besitz einer Familie, seit 1612 immer unter Führung einer Frau.

»Toll«, fand Jessy, »ein Schloss der Frauen.«

Amanda lachte wieder heiter. »Deshalb haben sie auch eine Managerin, nämlich mich, eingesetzt, und keinen Mann.«

Dann fuhr sie fort: »Das Castello wurde bereits im 13. Jahrhundert errichtet und im 16. Jahrhundert und auch später noch mal restauriert und teilweise umgebaut.«

Sie kamen an einem Nebengebäude vorbei und Amanda erklärte, dass dies die »Limonaia« sei. Jessy wusste inzwischen, dass in einer Limonaia die Zitronenbäumchen überwinterten, so wie auf Gregorios Anwesen. Amanda führte sie weiter zu den Ferienwohnungen, einen Pool gab es auch. »Hier können maximal zehn Leute logieren«, erklärte Amanda.

Gregorio wandte sich an Jessy: »So stelle ich es mir bei uns auch vor. Klein und fein. Aber nur für maximal zwei mal vier Personen. Nicht so, wie Bandini sich das denkt.«

Amanda erzählte. »Wir hatten schon berühmte Gäste. Mitterrand, Tom Hanks mit Familie, und einige andere.«

Beeindruckt sah sich Jessy die Limonaia an. Der Duft der Zitronen hing immer noch in der Luft, ein paar vertrocknete Blätter lagen herum.

Da klingelte Amandas Handy. Sie entschuldigte sich, nahm ab und unterhielt sich kurz. Dann legte sie auf. »Gregorio kannst du deine Begleitung bitte weiter herumführen? Ein Touristenbus steht am Tor und ich muss die Leute in Empfang nehmen und beaufsichtigen.«

»Sì, kein Problem. Geh nur.«

Amanda verabschiedete sich, und Jessy und Gregorio sahen sich einen Moment an. Der Duft der Zitronen umfing sie. Rasch fing Gregorio an, zu erzählen: »Wusstest du, dass die Pflege von Zitronenbäumen Handarbeit ist? Man klopft an den Topf und erkennt am Ton, ob die Pflanze Wasser braucht. Deshalb sind die berühmten Töpfe aus Impruneto am besten. Die Pflanzen, einige Sorten sind Hunderte von Jahren alt, kommen im Winter in die Limonaia, das ist auch bei uns so.«

»Ich dachte immer, Zitronenbäume können in der Toskana im Freien überwintern.«

»Wir sind zu nördlich, die Winter werden manchmal doch zu kalt.«

Jessy wurde heiß. Was machte dieser Mann nur mit ihr? Er sah sie an, als begehrte er sie, auf der anderen Seite zog er sich immer wieder zurück. Sie spürte seinen Atem.

»Lass uns weitergehen«, sagte er auch schon. Sie spazierten durch den Renaissancegarten, der terrassenförmig angelegt war, weiter zu einem kleinen Gebäude, das sich direkt neben dem höchsten Turm des Castello befand.

»Was ist das da?«

»Eine Kapelle.« Er wollte weitergehen, doch Jessy lief darauf zu und sah hinein. Eine hübsche, einfache Kapelle. »Wozu wurde sie benötigt?«

»Früher? Wohl um Gottesdienste abzuhalten. Und heute …«

Er hielt inne.

»Und heute?«, wollte Jessy wissen.

»Für Hochzeiten.«

Wieder dieser Blick, wieder spürte sie seine Nähe so sehr. In ihrem Magen kribbelte es. Ob er Magdalena heiraten wollte? Das Foto der beiden, das seine Mutter in der Villa aufgehängt hatte, ging ihr nicht aus dem Kopf.

»Die Kapelle stammt aus dem 16. Jahrhundert, wurde von einem damals bekannten Architekten erbaut«, erklärte Gregorio. »Hast du unsere Kapelle überhaupt schon einmal angesehen?«

»Nur von außen, es gab die ganze Zeit so viel im Garten zu tun.«

»Ja, deshalb sollten wir auch bald wieder fahren. Ich wollte dir hier aber noch die Küche zeigen, in der gebuchte Kochkurse stattfinden.«

»Toll, das können wir in unserer Gartentour als Höhepunkt bei uns doch auch ins Programm nehmen. Wo du so gern kochst und ohnehin Essen anbieten möchtest.«

»Ich habe auch daran gedacht. Denn beim Kochen lernt man am meisten über die Kultur eines Landes.«

Sie betraten kurz darauf die Küche in der Limonaia, die extra dafür eingerichtet worden war. Geschmackvoll waren Alt und Neu kombiniert und Jessy fühlte sich hier sofort wohl. Eine Schale voller gelber Zitronen stand auf einer Anrichte und duftete. »Ich esse ja für mein Leben gern.«

»Dann koche ich gern für dich.« Er stand dicht bei ihr, neben einer alten Vitrine, mit Gläsern gefüllt. Plötzlich drehte er sich um, trat noch einen Schritt näher zu ihr, sodass sie meinte, sein Herz pochen zu hören. Sein Atem streifte sie wieder, als er zu ihr heruntersah. Dieser große Mann. Und plötzlich war sie sich sicher, dass er nicht mehr mit Magdalena zusammen war. Küss mich, dachte Jessy, ihr Verstand setzte aus, ihr Körper sehnte sich nach ihm, und ihm schien es ähnlich zu gehen wie ihr. Für einen Moment stand die Welt still, als sich seine Lippen näherten und die ihren weich berührten. So zärtlich, so fest und dann so leidenschaftlich. Seine Zunge öffnete sanft ihre Lippen, suchte nach ihr, fand sie, und ein leichtes Stöhnen entwich ihrem Mund. Der Kuss fühlte sich einzigartig an, so sehr nach Verlangen, dass sie nicht aufhören konnte, ihn zu spüren. Sein Duft, der Duft der Limonen vermischte sich mit ihm, erreichte jede Pore, erfüllte sie.

Seine Hände umfassten ihre Taille, wanderten hoch über ihren Rücken, drückten sie fest an ihn, sodass sie mit ihren Brüsten seinen gut gebauten Oberkörper spürte. Dabei küsste er sie, als wäre es der letzte Kuss für immer.

Stimmen drangen von außen herein, erst langsam wurde sich Jessy gewahr, wo sie sich befand. Sie löste sich sanft. »Nicht.« Dabei wollte sie eigentlich sagen: »Nicht hier.« Gregorio hielt inne, entschuldigte sich sofort. Zwei Touristen kamen in die Küche der Limonaia gestapft, zwei große, füllige Amerikaner, die sich entzückt umsahen und die beiden überhaupt nicht zu registrieren schienen. Oder vielleicht dachten sie, es handelte sich bei ihnen um das Küchenpersonal. Gregorio nahm Jessys Hand und sie sahen zu, sich hinauszuschleichen. Amanda trat hinter den Amerikanern herein, sah sie Hand in Hand und blickte Gregorio streng an.

Jessy löste ihre Hand aus seiner, und als sie an Amanda vorbeigehen wollte, raunte diese ihr zu: »Er ist verlobt, Mädchen.«

Es traf sie wie ein spitzer Pfeil. Er war verlobt? Und dann küsste er sie?

»Ich dachte, Magdalena und er sind nicht mehr …, sonst hätte er doch nicht …«

»So eine Liebe hört nie auf.«

Jessys Gedanken rasten. Wie naiv sie gewesen war. »Das wusste ich nicht«, sagte sie nur leise, trat hinaus ins Freie. Die Sonne blendete sie. Gregorio war schon etwas vorgegangen, stand da, wartete auf sie, lächelte sie an. Ihr Kopf schmerzte. Sie rieb sich die Schläfen, ging wütend auf ihn zu.

Vermutlich hätte sie ihren Mund halten sollen, aber dann wäre sie nicht Jessy gewesen, und so brach es aus ihr heraus: »Du bist verlobt und sagst mir nichts?«

Gregorios Miene gefror. »Hat dir das Amanda gesagt?«

»Wer sonst?«

Er fuhr sich mit den Händen durchs Haar. »Magdalena und ich … wir waren verlobt ja, aber wir sind nicht mehr zusammen.«

»Das soll ich dir glauben?«

»Ja, sollst du. Weil es die Wahrheit ist.«

»Und wieso behauptet Amanda dann das Gegenteil?«

Gregorio schnaubte durch. »Weil sie Magdalena sehr mag. Und Magdalena … ach egal, du glaubst mir ja sowieso nicht.«

»Ganz genau.« Mit diesen Worten drehte sich Jessy verletzt um und rannte in Richtung Renaissancegarten, an den

Zitronenbäumchen und Buchsbäumen vorbei, stolperte fast, rannte die großen Treppen hinab.

Ein weiterer großer Gartenteil tat sich vor ihr auf, den sie noch gar nicht gesehen hatte. Hecken, Wiese, sie rannte die Treppen ganz hinunter, in den Garten hinein, blieb schließlich außer Atem stehen, atmete den Duft der Zypressen ein. Sie versuchte, ihre Tränen wegzublinzeln, schaffte es nicht, ließ ihnen freien Lauf. Dabei fuhr sie mit ihrer Hand über die Blätter einer Hecke, hielt inne, denn ein Schmetterling saß da ganz ruhig. »Ich weiß, ich reagiere total über, aber wieso werde ich von Männern, die mir richtig wichtig sind, immer enttäuscht?«, fragte sie ihn. Sie dachte an ihren Vater, der auf ihre Nachricht, dass sie zwei Monate in der Toskana in einem Garten arbeiten werde, noch nicht einmal geantwortet hatte. Vermutlich fand er es überflüssig. Er, der sich um Umweltschutz nie Gedanken machte, wie viele in seiner Generation. Jessy hatte früher oft versucht, mit ihm zu diskutieren, aber sie konnte ihn nie erreichen. Und jetzt Gregorio, der anfangs so einfühlsam und ehrlich gewirkt hatte. Der Mann, der ein großes Herz für Tiere und die Natur besaß. Selbst ihm konnte man nicht blind vertrauen. Wieso hatte er es nicht einfach gesagt? Selbst wenn es sich um eine On-Off-Beziehung handelte, und die zwei gerade getrennt waren, so kam es für Jessy dennoch nicht infrage, da hineinzugrätschen, die Übergangsfreundin zu spielen.

Der Schmetterling flog weiter. Jessy blickte ihm nach, sah sich aufgewühlt in dem Gartenabschnitt um, ging an den Hecken entlang, stellte sich vor, wie die Menschen damals hier herumwandelten. Wie gut die Natur den Menschen tat, wie gut sie ihr tat. Sie hatte sich in dieser kurzen Zeit einigermaßen beruhigt, atmete tief ein und dann aus und dann wieder ein und aus. Von ferne sah sie Gregorio, der vor dem Castello stand und nach ihr Ausschau hielt. Ihre Blicke trafen sich. Er schien zu spüren, dass sie einen Moment für sich brauchte.

Der Himmel über ihr sah so blau und unschuldig aus.

Sie wusste, sie musste wieder zu ihm, mit ihm in seinem Wagen zurückfahren, mit ihm zusammen in seinem Garten arbeiten. Zurück zu Bella. Ihre Hündin fehlte ihr. Auf sie konnte man sich verlassen, sie war treu und ehrlich und immer für sie da.

Die Fahrt zurück verlief schweigsam. Zum Glück handelte es sich nur um eine gute halbe Stunde, und als sie vor der Villa parkten, kam auch schon Bella freudig und schwanzwedelnd angerannt. Jessy stieg rasch aus, kniete sich zu ihr, versenkte ihren Kopf in ihrem Fell, wie sie es gern tat. Sie roch vertraut, nach Heimat, nach Familie. Plötzlich überkam Jessy eine große Sehnsucht nach ihrer Mutter. »Ich muss kurz telefonieren«, sagte sie zu Gregorio und ging auch schon, gefolgt von Bella, zu ihrem Gästezimmer.

»Mam, so schön, deine Stimme zu hören.«

»Geht mir genauso. Aber du klingst nicht gut. Was ist los, Kind? Was ist passiert?«

Jessy erzählte ihr von ihrem Ausflug mit Gregorio und schloss, dass sie sich mal wieder in den Falschen verliebt habe. »Dabei hab ich diesmal wirklich geglaubt, einen Seelenverwandten gefunden zu haben.«

»Ach, meine Kleine, das tut mir so leid. Möchtest du lieber nach Hause kommen?«

»Nein, ich möchte diesen Garten nicht aufgeben. Ich krieg das schon hin.«

»Die Bilder, die du geschickt hast, sind auch wirklich wunderschön. Diese Zitronenbäumchen, am liebsten würde ich mir einen für meinen Balkon kaufen, meinst du, das geht?«

»Natürlich. Du musst ihn eben im Winter reinholen. Aber das müssen sie selbst hier. In eine Limonaia.«

»Na dann. Mal gucken, ob bald einer im Angebot ist.«

»Ja …« Sie hielt inne, hatte die Idee, ihrer Mutter einen mitzubringen, wenn sie nach den zwei Monaten wieder zurückkehren würde.

»Wolltest du etwas sagen, Schatz?«

»Lass uns doch zusammen einen raussuchen, wenn ich wieder da bin. Dann kann ich dich beraten. Gregorio hat mir schon viel über die verschiedenen Sorten erzählt. So, ich muss jetzt aber weitermachen.«

»In Ordnung, aber wenn du doch lieber früher zurückkommen willst, ruf mich an, dann back ich dir deinen geliebten Käsekuchen. Und Gärten, die du retten kannst, gibt es hier auch. So viel Land wird bebaut, es ist manchmal wirklich eine Schande.«

»Ach, Mam, ja, aber irgendwo muss man ja anfangen …«

»Recht hast du, mein Mädel.«

»Ich hab dich so lieb, Mam.«

»Und ich dich erst, meine Große.«

Jessy hörte, wie auch ihre Mutter ganz sentimental wurde. Sie vermisste sie unendlich und ihrer Mutter schien es ähnlich zu gehen. Was für ein schönes Gefühl, jemanden zu haben, der einen liebte und vermisste. Jessy verabschiedete sich und legte auf. Sie sah durchs Fenster, gerade als Gregorio, jetzt wieder in seinen Gartenarbeitsklamotten, aus der Villa trat. Sie dachte an ihren Kuss, an dieses Gefühl von Geborgenheit, das sie kurz bei ihm empfunden hatte, dieses Gefühl, angekommen zu sein. Aber ganz offenbar konnte sie sich auf ihre Gefühle nicht mehr verlassen. Konnte sich auf nichts und niemanden mehr verlassen. Außer auf ihre Mutter. Und Bella.

Ihr Handy blinkte, eine Nachricht von Paula. Come stai? Heute Abend ein Glas Vino bei Peppo?

Und vielleicht auf ihre neue Freundin Paula, aber das musste sich erst noch herausstellen.

Jessy lächelte, auch wenn ihr im Grunde überhaupt nicht danach zumute war. Gern, schrieb sie zurück. Ein Lichtblick am Abend. Paula lachte gern, hatte erfrischende Ansichten und schien ein Pfundskerl zu sein, wie man in Bayern sagte.

Die Arbeit im Garten zog sich heute. Immer wieder musste Jessy an das Castello di Celsa denken, an dieses Märchenschloss, an den Kuss, an Amandas Worte. »Er ist verlobt.« Wie sie Jessy angesehen hatte. Ob es wirklich stimmte, was Gregorio gesagt hatte? Dass es vorbei war? Immerhin hatte er sie heiraten wollen, sein ganzes Leben mit dieser Frau verbringen.

Gregorio grub in einer anderen Ecke des Gartens um, sah immer wieder ernst zu ihr herüber, arbeitete rasch weiter, wenn sie aufsah.

Jessy betrachtete eine Zitronenblüte, die neben einer gelben Zitronenfrucht blühte. »Wieso muss mein Leben immer so kompliziert sein? Die Natur ist es doch auch nicht.« Sie betrachtete diese wunderschöne Blüte, atmete den Duft ein. Es erinnerte sie an Gregorio. Nachdenklich arbeitete sie weiter.

* * *

Gregorio blickte immer wieder zu ihr, sah ihr an, dass sie ihm nicht mehr vertraute. Wütend grub er weiter um, ließ seine Emotionen an der Erde aus. Es tat gut und nach einer kleinen Weile ging es ihm etwas besser. Aber Jessy offenbar nicht und er fragte sich, wie er ihr klarmachen konnte, dass er sie nicht belogen hatte. Das Bild von Magdalena und ihm in der Villa hätte da schon längst nicht mehr hängen sollen. Vermutlich hatte es seine Mamma wie er dort einfach vergessen. Gregorio hielt inne, rieb sich die Hände an der Hose ab, stellte den Spaten hin und ging entschlossen in Richtung Villa.

Er betrat den Salon, in dem das Bild hing, nahm es von der Wand und betrachtete es. Magdalena sah darauf wunderschön aus. Damals war sie so unschuldig gewesen. Mittlerweile hatte er das Gefühl, ihr Vater habe sie doch geprägt. Ja, sie war seine große Liebe gewesen, wider alle Umstände, wider den Willen der Familien. Sein Vater hatte sich damals sehr echauffiert, ihm verboten, mit Magdalena zusammen zu sein. Weil er die Bandinis hasste. Natürlich hatten sie sich von all dem nicht beeindrucken lassen. Vielleicht hatte sie das erst recht zusammengeschweißt. Dass Magdalena immer noch nicht über ihn hinweg zu sein schien, tat ihm sehr leid. Und es wunderte ihn. Nach all dem, wie sie sich verhalten hatte. Wieder dieses Gefühl, das so schmerzte. Wieder dieses Gefühl, abgewiesen worden zu sein. Deshalb war er nach Berlin gegangen, dann weiter nach London, aber auch dorthin hatte er seine Gefühle mitgenommen. Wenn man in ein anderes Land ging, nahm man seine Emotionen und Probleme im Gepäck mit. Gregorio hatte es am eigenen Leib erfahren. Die Stelle, an der das Bild von ihm und Magdalena hing, war durch eine feine Staubumrandung sichtbar. So lange war es her, dass sie sich verliebt hatten, so sicher war er sich gewesen, dass es für immer sei. Gregorio wusste nicht, wohin mit dem Bild, trat an einen alten Sekretär, der seinem Vater gehört hatte. Er strich mit den Fingern über das alte Holz. Wie oft hatte sein Vater hier gesessen, wie oft hatte er Gregorio von hier aus gemaßregelt. Was hatte sein alter Herr nur mit der Andeutung kurz vor seinem Tod gemeint, dass dieses Anwesen Unglück bringe? Gregorio legte Magdalenas Bild auf dem Schreibtisch ab. Sie schien ihn anzulächeln, offen und ehrlich wie damals immer. Wie sehr hatten sie für ihre Liebe gekämpft, gegen ihre Väter, die sich nicht ausstehen konnten. Warum nur? Bandini hatte seinem Vater früher oft vorgeworfen, etwas Besseres sein zu wollen, erinnerte sich Gregorio. Bandini, der aussah wie ein grobschlächtiger Bauer, der zu Geld gekommen war. Neureich, durch einen guten Deal mit seinem Olivenöl. Aber eigentlich war seine Familie immer arm und in der Landwirtschaft tätig gewesen. Seit ein paar Jahren, seit Bandini diesen Öl-Deal, wie er es gern nannte, mit einem Ami geschlossen hatte, trumpfte er auf, fühlte sich wie der reichste Mann des Chianti. Dass er dabei seine italienische Seele an die Amerikaner verkauft hatte, wie es ihm Gregorios Eltern vorgeworfen hatten, ließ er nicht gelten. Auf seinem Olivenöl stehe »Made in Tuscany«, in der Toskana, das allein zähle. Er hatte keinerlei Skrupel, es mittlerweile durch Olivenölzukäufe aus anderen Ländern zu strecken, um die Verkaufsmenge zu erhöhen. Bandini liebte das Geld. Gregorios Vater aber war dem traditionsreichen Weinanbau treu geblieben. Auch wenn er dadurch, weil er sehr viel Wert auf Qualität und gute Arbeitsbedingungen für seine Mitarbeiter legte, immer mehr in die roten Zahlen rutschte. Er, der Gregorio immer vorgeworfen hatte, es nie zu etwas zu bringen, konnte das seinem Sohn gegenüber bis zuletzt nicht zugeben. Dabei hatte er das Weingeschäft veräußern müssen, wie Gregorio gleich nach seiner Ankunft von seiner Mutter erfahren hatte.

Rosella trat zu ihm. Er hatte sie nicht kommen hören. »Alles in Ordnung?« Er erwiderte nichts.

Sie sah ihm über die Schulter, auf das Bild von Magdalena und ihm.

»Du hast es abgehängt.«

»Es wurde höchste Zeit.«

»Sie ist ein kluges Mädchen. Ihr habt gut zusammengepasst – damals.«

»Ja, aber wir haben uns beide verändert.«

»Das wird Bandini freuen.«

Sie wechselte das Thema. »Hat deine Deutsche über Elizabeth mehr herausgefunden?«

»Nicht wirklich. Und sie heißt Jessy.«

»Wie auch immer.« Seine Mutter machte eine wegwischende Handbewegung. »Mir ist noch etwas eingefallen.«

»Und was?«

»Elizabeth war es, die ihren Vater überredet hatte, hier in der Toskana dieses Gut zu kaufen. Sie liebte die Natur, die Sonne, hasste den vielen Regen in London.«

»Und?«

»Sie hätte alles dafür getan, um hierbleiben zu können, hat dein Vater einmal gesagt. Deshalb hat sie auch den Mann geheiratet, den ihr ihre Eltern ausgesucht haben. Auch wenn er deutlich älter war.«

»Hat sie.« Gregorio bemerkte, dass er seiner Mutter kaum zuhörte. Seine Gedanken waren bei Jessy, im Hier und Jetzt und nicht im 19. Jahrhundert bei dieser Elizabeth. Er dachte an ihren Kuss, der noch mehr in ihm ausgelöst hatte, als diese Frau es in dieser kurzen Zeit ohnehin schon geschafft hatte. Ihre Lippen schmeckten so gut. So genau richtig. Und dann ihr Duft. So selten hatte er das bei einer Frau gedacht, zuletzt bei Magdalena. Dabei kam es doch darauf an. Dass man sich riechen und schmecken konnte.

»Gregorio!«

»Was?«

»Ich muss dir noch etwas über Antonio sagen.«

Gregorio horchte auf. »Noch etwas?«

»Er ist ein Schuft. Er erpresst mich.«

»Wie bitte?« Sofort war er wieder ganz bei der Sache. »Wie meinst du das?«

»Nachdem ich herausbekommen hatte, dass er der Käufer ist, habe ich ihn angerufen und angeschrien. Und er hat mir gedroht.«

»Wieso sagst du das erst jetzt?«

»Ich wollte dich nicht beunruhigen. Habe versucht, es vor mir selbst kleinzureden. Aber seit er hier auf dem Grundstück war, habe ich irgendwie Angst bekommen. Er hat gesagt, wenn wir nicht an ihn verkaufen, dann werden wir unseres Lebens nicht mehr froh!«

»Dieser Bastard«, echauffierte sich Gregorio und ballte seine Fäuste. »Wir dürfen uns das nicht gefallen lassen.«

»Aber wir begeben uns nicht auf sein Niveau.« Rosella strich sich damenhaft ihr Haar zurück. »Denn ich gebe zu, gerade weil er kein Gentleman ist, traue ich ihm einiges zu. Ich bin jedenfalls froh, dass du jetzt hier wohnst und ich nicht allein in der Villa bin.«

»Ich kann aber nicht immer hier sein, Mamma.«

»Ich weiß. Aber der Hund ist ja auch noch da.«

Gregorio schüttelte den Kopf. »Bandini ist mit dem Gewehr nicht zimperlich. Nicht nur bei Tauben. Ich nehme an, dass ihm ein Hund auch vor die Flinte laufen könnte.«

Rosella nickte. »Oder ein Mensch. Daran habe ich auch schon gedacht.«

Sie wussten beide, dass Bandini gern auf die Jagd ging, das Schießen liebte und, seit er zu Reichtum gekommen war, eine ansehnliche Waffensammlung besaß, zumindest prahlte er damit im Ort immer herum.

* * *

Jessy und Paula hatten sich hübsch zurechtgemacht, saßen in Paulas Lieblingsweinbar und unterhielten sich intensiv und gut. Bella lag daneben auf dem Boden. Jessy hatte sie nicht schon wieder allein lassen wollen. Paula, die anfangs eher gewirkt hatte, als könne man vor allem Spaß mit ihr haben, zeigte sich von einer ganz anderen Seite. Sie hatte schon mit zweiundzwanzig keine Eltern mehr gehabt. Ihre Mutter war bereits gestorben, als Paula neun gewesen war, und ihren Vater verlor sie kurz vor ihrem zweiundzwanzigsten Geburtstag. Jessy wurde bewusst, was für ein Glück sie hatte, dass ihre beiden Eltern noch lebten, und sie beschloss, bald erneut auf ihren Vater zuzugehen.

»Tja, deshalb ist es schade, dass ich selbst noch keine eigene Familie habe, mit Anfang dreißig, und das in Italien. Hier ist ja alles etwas konservativer. Aber ich habe einfach noch nicht den passenden Kerl getroffen, der mich flasht und nicht vergeben ist.«

Unwillkürlich dachte Jessy an Gregorio. Er hatte sie mit seiner besonderen Art und Einstellung zum Leben geflasht, wie ihr jetzt so richtig bewusst wurde. Allein die Steine mit den Weisheiten, die er in seinem Garten auslegen wollte, waren so besonders, so berührend. Nie wieder würde sie einen Mann wie ihn kennenlernen. Seine Art, mit Bella umzugehen. Und sie fühlte sich wohl bei ihm. Aber was brachte das alles, wenn er nicht frei und offen für etwas Neues war.

Paula erzählte ihr von Luigi, den sie schon seit Jahren toll fand, der aber nun mal vergeben war. Sie waren seit Jahren befreundet, aber seit er geheiratet hatte, ließ er sich kaum noch sehen. Dabei war Luigi eigentlich ein Freigeist wie sie. Jessy erinnerte sich, dass sie Luigi einmal kurz mit Gregorio begegnet war. Ein sympathischer Typ.

»Er lacht viel, zumindest hat er das vor seiner Ehe getan«, erklärte Paula verträumt. »Er hat wohl damals nur geheiratet, weil sie aus Versehen schwanger geworden war. Kurz nach der Hochzeit hat sie das Kind verloren.«

»Ach herrje.«

»Ja, es war keine leichte Zeit für Luigi, für seine Frau ganz sicher auch nicht. Sie haben noch ein *bambino* bekommen. Aber er sagte, die Ehe bestehe inzwischen schon lange nur noch auf dem Papier. Das Problem ist nur, dass das alle verheirateten Männer behaupten.«

Jessy pflichtete ihr bei. »Kenne ich nur zu gut. Aber vielleicht stimmt es bei Luigi ja wirklich.«

»Mag sein. Aber dann könnte er sich ja scheiden lassen.«

»Das ist allerdings auch wahr. Vermutlich will er das seinem Kind nicht antun?«

»Ja, natürlich. Die Kleine ist sein Leben. Und seine Frau kocht gut. Und als Katholik darfst du dich ja eigentlich nicht scheiden lassen.«

»Ein bisschen wie im Mittelalter, oder?«

Paula lachte. Ihr offenes, herzliches Lachen. »Oder wie in Italien.«

Sie trank ihren Vino zu Ende und Jessy ihr Wasser. Sie hatte sich keinen Vino erlaubt, schließlich war sie mit dem Wagen da.

»So, ich muss ins Bett«, stellte sie fest.

»Was? Es ist doch noch gar nicht spät.«

»Ich weiß. Aber die Gartenarbeit ist anstrengender, als ich dachte.«

»Sieht immer so leicht aus, ja.«

»Aber es macht Spaß. Und dieser Abend hat mir auch richtig gutgetan.«

»Mir auch.«

Die beiden lächelten sich an.

»Soll ich dich nach Hause fahren?«

Paula schüttelte den Kopf. »Das ist ja das Gute an meiner Lieblingsbar. Ich muss nur zweimal umfallen, schon bin ich zu Hause.«

»Perfekt.« Die Freundinnen verabschiedeten sich vor der Tür mit einer Umarmung und Küsschen auf die Wange, Jessy schulterte ihre Handtasche und ging mit Bella zu ihrem Wagen.

Der Parkplatz gehörte zu einem Ristorante, das neben der Bar lag. Ein paar ältere Männer kamen aus dem Ristorante, einer schien in ihrer Nähe geparkt zu haben. Sie schenkte ihnen keine Beachtung, registrierte das alles nur aus dem Augenwinkel. Der Parkplatz lag weiter weg von der Bar im Dunkeln, aber Jessy hatte ja Bella dabei, auch wenn ihre Hündin sie niemals wirklich verteidigen würde, fühlte sie sich mit ihr sicher. Doch gerade, als Jessy in ihren Wagen einsteigen wollte, trat ein großer, korpulenter Mann, der ihr in diesen Teil des Parkplatzes gefolgt war, neben sie und hielt ihre Autotür fest. Jessy zuckte zusammen, Bella wirkte angespannt.

»*Buona notte*«, sagte er etwas lallend mit seiner tiefen Stimme, die Jessy sofort erkannte. Antonio Bandini. Schon wieder angetrunken.

»*Buona notte*. Lassen Sie bitte meine Tür los.«

Doch er schüttelte nur den Kopf, sah sie anzüglich an, schnalzte mit der Zunge.

In dem Moment fuhren zwei Autos vom vorderen Parkplatz weg, sodass sie hier im hinteren Teil ganz alleine mit Bandini im Dunkeln stand. Gelächter war aus dem Ristorante zu hören. Bella stand ruhig da.

»Was wollen Sie?«, fuhr Jessy ihn an, bemüht, ihrer Stimme einen festen Klang zu geben. Aber innerlich bekam sie Angst.

»Du kleine Schlampe!«, lallte er und packte sie am Arm. Es tat weh und Jessy ekelte sich vor ihm. Sie versuchte, ihren Arm wegzuziehen, aber Bandinis Griff wurde stärker. »Wegen dir platzt mein Bauprojekt nicht, das sage ich dir. Seit du hier bist, glaubt dieser Gregorio, es doch noch hinzukriegen. Pah! Ich habe dafür gesorgt, dass er keinen Gartenhelfer von hier findet. Und dann bist du aufgetaucht. Verschwinde!«

»Das werde ich nicht tun«, presste sie heraus.

Sein gerötetes Gesicht kam näher. »Ich warne dich, Schlampe. Du reist ganz schnell wieder ab und lässt uns hier alle in Ruhe.«

»Ich reise nicht ab.« Sie versuchte weiter, sich aus seinem Griff zu winden, spürte aber, dass sie kräftemäßig keine Chance gegen ihn hatte. Hoffentlich war er nicht so betrunken, dass er ihr wirklich an die Wäsche wollte, betete sie innerlich. Bandini lief Spucke aus dem Mundwinkel, sein Blick wurde immer rasender, er sabberte.

»Lassen Sie mich los! Dieser Garten darf nicht für Billigtouristen zerstört werden. Kein Garten dieser Welt. Er ist jahrhundertealt und seit so vielen Jahren im Familienbesitz der Russos.«

Bandini lachte böse auf. »Nicht mehr lange.« Sein Griff würde ganz sicher einen blauen Fleck hinterlassen. »Ich sag es dir ein letztes Mal. Wenn du nicht abziehst, bist du dran.«

»Ich gehe nicht!«, stieß sie mutig hervor.

Mit einem Ruck zog er sie noch näher zu sich, presste sie an seinen fülligen Leib, sodass sie seinen Schweiß und seinen Alkoholatem riechen konnte. An ihren Schenkeln spürte sie seine Erregung. Wie ekelhaft, durchfuhr es sie. Bella bellte zweimal aufgeregt, aber mehr konnte man von einer Golden-Retriever-Hündin nicht erwarten. Jessy versuchte, sich zu wehren, doch Bandini schlang seine dicken Arme fest um sie und ließ sie zappeln wie ein Fisch im Netz über dem Wasser. Er presste seinen erigierten Unterleib noch näher an sie. So oft hatte man davon gehört, dass Frauen auf dunklen Parkplätzen vergewaltigt wurden, Jessy, die spürte, dass er gierig, voller Lust und sehr stark war, bekam Panik. Aber alles Strampeln und Wehren half nichts, törnte ihn offensichtlich regelrecht an. Sein Atem ging flach und sein widerlicher Mund versuchte, sie zu küssen.

Doch plötzlich bekam Bandini einen Knuff von hinten, sodass er überrascht seine Arme von ihr löste und Jessy sich ihm rasch entziehen konnte. Paula! Die Freundin war wie aus dem Nichts aufgetaucht, stellte sich wie eine Ninja-Kämpferin oder Ähnliches hin und brüllte Bandini auf Italienisch an. »Verpiss dich, Bandini, sonst ruf ich die Carabinieri. Und die Presse, dann siehst du ganz alt aus. Noch älter als sowieso schon.«

Jessy musste fast lachen, vor allem auch über sein verdutztes Gesicht. Sie streichelte die aufgeregte Bella. »Danke, Süße. Immerhin hast du gebellt.«

»Ihr seid doch alles Schlampen«, motzte er lallend, trat ein paar Schritte zurück, hielt inne und deutete auf ihren Hund. »Der ist jetzt fällig, ein Bandini kriegt alles, was er will, *capito*?!« Dann setzte er sich in seinen fetten Audi SUV, der drei Autos neben Jessys Cinquecento stand. Jessy wurde mulmig, doch Paula beruhigte sie. »Alte, stinkige Hunde, die bellen, beißen nicht.«

»Na hoffentlich. Danke, Paula, du bist wirklich super«, sagte Jessy erleichtert und Paula grinste sie nur an. »Ich hab Bella gehört. Und mal einen Selbstverteidigungskurs gemacht, der gibt mir das Selbstbewusstsein, es sogar mit so einem Würstchen aufzunehmen. Selbstverteidigung sollte jede Frau lernen.«

»Das stimmt.« Bandinis Wagen parkte jetzt mit quietschenden Reifen aus und fuhr schlingernd davon.

Jessy sah ihm besorgt hinterher. »Eigentlich dürfen wir ihn in dem Zustand nicht fahren lassen.«

»Der fährt immer so«, erklärte Paula nur, nahm Jessy in den Arm, deren Anspannung jetzt endlich abfiel.

»Ich hätte es auch ohne dich hingekriegt.«

»Klar.«

»Aber mit dir war auch schön«, sagte Jessy grinsend. Die Freundinnen umarmten sich herzlich.

»So schön, dass wir uns kennengelernt haben«, stellte Jessy glücklich fest.

»Sì, und wehe, du haust einfach früher ab. Schlimm genug, dass du irgendwann wieder wegmusst.«

»Tu ich nicht. Weil der mich bedroht? Da kennst du mich aber schlecht.«

Jessy sah Bandinis Wagen hinterher und ein unwohles Gefühl beschlich sie. »Was, wenn er Bella wirklich etwas antun würde?«

* * *

Der Garten wirkte im Dunkeln gespenstisch. Hatte dieser fiese Kerl es gerade wirklich geschafft, ihr Angst einzujagen? Jessy parkte ihren kleinen Fiat neben der Villa, ließ Bella aus dem Wagen. Sie nahm eine Silhouette am Fenster im ersten Stock wahr. Gregorio. Er hatte sie kommen gehört. Wie gern hätte sie ihm jetzt von Bandinis Angriff erzählt. Sie blickte empor, Gregorio und sie sahen sich ein paar Sekunden in die Augen, aber dann verschwand er vom Fenster.

Jessy seufzte. Vinc kam knurrend auf sie zu, die Hunde beschnupperten sich kurz. Jessy wartete einen Moment. »Komm, Bella, lass uns schlafen gehen.« Doch gerade, als sie sich auf den Weg zu ihrem Gästezimmer machen wollte, trat Gregorio eilig aus der Haustür.

»Jessy?«

»Ja?« Sie drehte sich um.

»Was ist passiert?«

Woher wusste er?

»Paula hat mir eine Nachricht geschrieben. Ich soll gut auf dich aufpassen. Bandini hat dich belästigt?«

Sie sah ihm an, wie wütend er war. Seine Brust bebte. »Alles halb so schlimm. Paula hat mir geholfen, aber er ... es war widerlich.«

Gregorio trat noch einen Schritt näher. Sie konnte die Sorge in seinen Augen sehen. »Was hat er getan?« Seine Stimme klang leise, aber angespannt.

»Er hat ... er hat mich festgehalten, an sich gepresst, wollte mich küssen ... und vermutlich auch mehr.«

»Dieses Schwein!« Gregorio war außer sich. Er ballte seine Hände zu Fäusten.

»Ich soll verschwinden, hat er gesagt, weil er meint, seit ich hier bin, sei sein Bauprojekt gefährdet. Und er hat Bella bedroht.«

Gregorios Blick wanderte zu Bella, die neben Jessy saß und lieb emporsah. Er streichelte ihr über den Kopf. »Euch tut niemand was, dafür sorge ich. Geht bitte in die Villa, meine Mutter hat er auch schon geängstigt. Sie ist noch wach, sitzt in der Küche. Wartet dort auf mich, ich fahre zu ihm und mache ihm eine klare Ansage.«

»Er ist total betrunken, vielleicht hätte er es sonst auch gar nicht gemacht. Fahr lieber morgen früh.«

»Nein, ich muss das gleich klären. Bitte, warte drinnen auf mich.«

»In Ordnung.«

Sie ging, gefolgt von Bella, hinein. Vinc musste draußen bleiben, was ihm nicht gefiel. Aber er war schließlich ein echter Wachhund und gab Jessy das Gefühl, beschützt zu werden. Mit einem Mal sah sie ihn mit anderen Augen, kramte ein Leckerli heraus und gab es ihm. »Schön aufpassen.«

Gregorios Mamma saß im edlen Morgenrock in der großen Küche, wirkte verloren an dem langen Holztisch. Als Jessy eintrat, hellte sich ihre Miene auf. »Geht es Ihnen gut?« Auch sie schien zu wissen, was vorgefallen war.

»Ja, danke.« Sie tauschten sich über Bandini aus. Rosella trank einen Schluck Tee. »Er ist ein einfacher Mann. Alkohol und Einfältigkeit sind eine explosive Mischung.«

Rosella sprach nicht weiter, nippte an ihrem Tee. »Möchten Sie auch einen?«

»Gern. Bleiben Sie bitte sitzen.« Jessy nahm sich eine Tasse.

»Wir müssen ihn stoppen«, sagte Rosella nach einem kurzen Moment der Stille.

Jessy, die gerade den Wasserkocher bedient hatte, drehte sich um. »Ich wollte noch mal in der Bibliothek nachsehen, ob ich etwas finde, das mich zu den Nachrichten auf den Tonscherben weiterbringt.«

»Ach, diese alten Geschichten. Was soll das bringen?«

»Für Gregorio ist es wichtig, mehr über seine Familiengeschichte zu erfahren, und vielleicht hilft es ja weiter.« Leise fügte Jessy hinzu: »Ihn belastet der Tod seines Vaters sehr, das wissen Sie ja. Aber was es noch schlimmer macht: Dass er sich mit ihm nie richtig versöhnen konnte, nie seine Anerkennung bekommen hat.«

»Und jetzt ist es zu spät.« Rosella stellte ihre Teetasse ab, sah Jessy an. »Viele Familien streiten. Gregorio ist sehr sensibel. Sein Vater hat ihn auf seine Art gemocht. Nicht jeder Mann kann Gefühle zeigen. Er konnte es nicht.«

»Mag sein, aber es ist wichtig für Gregorio, seinen Vater zu verstehen. Außerdem: Für die Natur setze ich mich gern ein und von so einem Kerl wie Bandini lasse ich mich nicht einschüchtern.«

Rosella sah ihr zum ersten Mal direkt in die Augen. Jessy glaubte Respekt darin zu erkennen. »Man sollte Sie wirklich nicht unterschätzen.«

»Das tun einige. Auch mein Vater kennt mich, glaube ich, nicht richtig«, fügte sie nachdenklich hinzu.

In dem Moment hörte man Vinc bellen, kurz darauf fiel ein Schuss. Rosella und Jessy zuckten zusammen. Sie liefen beide sofort zum Fenster, sahen hinaus in die stockdunkle Nacht. Dann hörten sie Vinc noch mal aufgeregt bellen und dann erneut einen Schuss. Vinc jaulte herzzerreißend auf und verstummte.

»Nein!« Jessy eilte zur Tür und auch Bella folgte ihr hellwach.

»Warten Sie, sonst bringt er uns auch noch um«, rief Rosella panisch. Sie hatte ihre Hand vor den Mund geschlagen. »Dass er das tut! Er bringt sich selbst ins Verderben.«

»Wo ist Gregorio? Er wollte doch zu ihm?«, fiel Jessy ein.

Die beiden Frauen sahen sich alarmiert an.

Jessy trat wieder zum Fenster, Rosella folgte ihr erneut. Sie spähten beide in die Nacht. Wieder ein Schuss.

»Ich muss runter. Ich muss nach Vinc sehen, vielleicht ist er nur verletzt.«

»Was? Nein! Ich meine, passen Sie auf, Mädchen.«

»Bella, du bleibst hier.«

Jessy stürzte zur Tür hinaus, rannte durch den alten Flur und öffnete vorsichtig die Haustür. Es knarzte ein wenig und so hielt sie inne, um vorsichtig in die Nacht zu horchen. Sie hörte Schritte. Jessy lugte durch den Türspalt. Gregorio schien nicht hier zu sein, sonst hätte er doch mit Bandini geredet. Ihn angeschrien, ihn niedergerungen. Hoffentlich lebte Vinc. Der arme Hund konnte doch nichts dafür, dass sich diese beiden Familien seit Jahren bis aufs Blut stritten. Im wahrsten Sinne des Wortes. So oft hatte man von verfeindeten italienischen Familien gehört. Natürlich gab es das in Deutschland auch – und anderswo. Jessys Gedanken rasten. In was war sie hier nur hineingeraten. Bandini war gekommen, um Bella zu erschießen, wurde ihr mit einem Mal klar. Oder war er völlig durchgedreht und hatte es auch auf sie oder Rosella abgesehen? Vielleicht hatte er ja noch andere Drogen konsumiert? Sie zog ihr Handy aus der Hosentasche und versuchte, Gregorio anzurufen. »Bitte, geh ran.«

Da hörte sie Gregorios Handymelodie, hier, im Garten. Verdammt, offenbar hatte er sich Bandini genähert und durch ihren Anruf war der jetzt auf Gregorio aufmerksam geworden. Jessy stieß die Tür auf, trat hinaus. Doch so plötzlich im Dunkeln konnte sie im Garten nichts erkennen.

Dann Bandinis lallende, tiefe Stimme: »Da bist du ja, Miststück!« Jetzt konnte sie seine Umrisse sehen, die Gestalt eines großen, massigen Mannes. Er hielt etwas in der Hand, trat näher in ihre Richtung, sodass sie ein Gewehr erkennen konnte. Fieberhaft überlegte sie, ob sie zurück ins Haus rennen sollte oder besser im Zickzack nach rechts oder links, wie sie es einmal in einem Dokumentarfilm über Afrika gesehen hatte. Die perfekte Strategie, um einen Löwen abzuhängen – aber auch einen wildgewordenen Italiener?

Noch ehe sie sich entscheiden konnte, sah sie Gregorio, ebenfalls mit einem Gewehr in der Hand, hinter Bandini bei einem Gebüsch auftauchen. Oh Gott, dachte sie. Nicht schießen, Gregorio, mach dich nicht unglücklich!

»Niiicht!!!«, schrie sie, ohne darüber nachzudenken, duckte sich, in der Hoffnung, Bandini könne nicht so schnell anders zielen. Sie schloss die Augen, da hörte sie einen Schuss, der weit über die Weinberge hallte. Gregorio, er hat Gregorio erschossen, dachte sie schockiert. Oder war Gregorio zum Mörder geworden, hatte er Bandini …? Stille. Nur ein Käuzchen rief.

Keiner der Männer gab einen Ton von sich, dagegen hörte man jetzt das jammernde Fiepsen von Vinc, der irgendwo im Garten liegen musste, der arme Kerl. Aber immerhin lebte er. Jessy riss die Augen auf. Keiner der Männer lag vor ihr, beide standen sich gegenüber, jeder mit einem Gewehr in der Hand, doch beide hatten es nicht mehr im Anschlag.

Bandini wirkte plötzlich nüchtern. Rosella kam aus dem Haus gestürzt, schrie die beiden an. »Seid ihr wahnsinnig geworden?!«

Gregorio hob beschwichtigend die Hand. »Nicht, Mamma.« Er hielt sein Gewehr hoch. »Es ist nicht geladen. Ich habe es aus unserem Keller, es lag neben der Ritterrüstung.«

Jessy sah Bandinis Gesicht. Erst schockstarr, dann plötzlich wütend.

»Es ist nicht geladen?«, japste er. Ganz offensichtlich bekam er kaum noch Luft.

Gregorio trat zu ihm, nahm ihm rasch sein Gewehr ab. »Nein, ich würde niemals schießen. Ganz sicher nicht auf Menschen und auch nicht auf Tiere. Niemals. Aber du, du hast meinen Hund angeschossen. Wo ist er?« Er rief in die Dunkelheit: »Vinc?«

Bandini zeigte abfällig in eine Richtung. Gregorio und auch Jessy rannten sofort dorthin.

Neben einem Zitronenbaum lag der Dobermann, fiepte leise. »Ich bin so froh, dass du lebst«, flüsterte Gregorio Jessy zu. Sie sahen sich kurz an, widmeten sich dann aber sofort Vinc. Gregorio untersuchte ihn vorsichtig. Jessy leuchtete ihm dabei mit ihrem Handy. Aber sie konnten kein Blut entdecken.

»Da, sein Ohr!« Jessy hatte das Loch in seinem Ohr entdeckt.

»Oh je«, entfuhr es Gregorio. »Da hast du ja noch mal Glück gehabt, alter Junge. So ein Ohr-Piercing ist ja in, vielleicht erhört dich Bella jetzt endlich«, scherzte er erleichtert.

»Ganz bestimmt.« Wie zärtlich er mit dem Hund umging, durchfuhr es Jessy. Sie hatte so eine Angst gehabt um Vinc, aber vor allem um Gregorio. Mit einem Mal wurde ihr klar, dass sie es nicht ertragen hätte, wenn er von Bandini ... sie konnte nicht daran denken.

Vinc, der wohl vor allem vor lauter Schock da gelegen hatte, rappelte sich jetzt auf, ließ sich von Gregorio und Jessy streicheln. Dabei berührten sich auch ihre Hände. Und es fühlte sich wundervoll an.

Im Hintergrund hörten sie Rosella auf Bandini einschimpfen, der sich kaum dagegen wehrte, ganz offensichtlich war er wieder zur Besinnung gekommen. Kurz darauf hörte man Schritte im Kies knirschen und er verschwand in Richtung der Rosenhecke, dorthin, wo Jessy den Zaun zum

Nachbargrundstück geflickt hatte. So ein Mist, ganz offenbar hatte er ihren Drahtflicken niedergetrampelt oder zerschnitten. Dann hörten sie seine Stimme erneut drohend rufen: »Ihr werdet mich noch richtig kennenlernen!«

Rosella in ihrem Morgenmantel trat zu den beiden, bückte sich zu Vinc, fasste ihn aber nicht an. »*Dio mio*, lebt er noch?«

»Ja, zum Glück.«

»Du armes Kerlchen.« Sie sah Gregorio an. »Gut, dass er noch lebt. Dein Vater hat ihn sehr geliebt.« Tränen drängten sich in ihre Augen.

Gregorio stand auf, legte seinen Arm um seine Mutter und drückte sie. »Es wird alles gut, Mamma, dafür sorge ich.«

Jessy fühlte sich fehl am Platz. Und sie fühlte sich schuld an der ganzen Eskalation. Hatte sie Bandini zu sehr gereizt? Sollte sie doch abreisen und sich in diese Familienangelegenheiten nicht weiter einmischen?

Doch als habe Gregorio ihre Gedanken gelesen, sagte er zu ihr: »Und auch dir wird Bandini nichts tun. Von diesem Kerl lassen wir uns nicht einschüchtern. Und mein Entschluss, dass er unser Land nicht bekommt, steht nur noch fester. Ich hoffe, du bist nach wie vor dabei? Du hilfst mir sehr.«

»Ach, jetzt doch?«, konnte sich Jessy nicht verkneifen und lächelte. »Obwohl ich eine Frau bin?«

»Oder gerade deshalb.« Er lächelte auch. Jessy zögerte einen Moment. Wie konnte sie ihm diese Bitte abschlagen. »Natürlich. Wenn ihr das beide möchtet?«

Damit wandte sie sich auch an Rosella. Die nickte. »Sì. Sì, sì. Aber jetzt gehen wir alle endlich schlafen.«

* * *

Am nächsten Tag mied Jessy Gregorios Nähe. Sie jätete Unkraut zwischen den Buchsbäumen, beobachtete ihn aus der Ferne.

Einerseits zog es sie nach dieser Nacht noch mehr zu ihm hin, auf der anderen Seite stand Magdalena zwischen ihnen und würde vermutlich um ihn kämpfen. Jessy war keine Frau, die einer anderen den Mann wegnahm.

Bella blieb die ganze Zeit an ihrer Seite, wie um sie nach dieser aufregenden Nacht zu beschützen. Vinc streunte durch den Garten, als ob er bereits alles vergessen hätte. Schmerzen schien er zum Glück keine zu haben, sein zerfetztes Ohr hatte Gregorio getapt.

»Um ein Haar hätte Bandini ihn erschossen«, sagte Jessy zu Bella. »Einfach so. Wie kann ein Mensch nur so grausam sein? Pass bloß auf dich auf, Süße.« Kater Pino strich plötzlich an ihrem Bein entlang. Sie streichelte ihn. »Und du hast dich heute Nacht auf deinem Streifzug sicher auch mächtig erschreckt.«

Die Sonne stand hoch und Jessy spürte die Anstrengung vom Harken und Jäten in ihren Armen. Zeit für eine Mittagspause.

In dem Moment kam ein etwas zerdellter kleiner Fiat angefahren. Offenbar hatte jemand das Tor mit dem Drücker geöffnet. Gregorio hatte es mittlerweile repariert. Paula stieg aus, warf ihre langen Haare zurück und trat strahlend zu Jessy. »*Ciao, come stai?*«

»Du hier?«

Paula winkte Gregorio kurz zu, der weiter hinten im Garten stand und auch die Hand zum Gruß erhob.

»Ich dachte, ich guck mal, was ihr so treibt. Muss ja schließlich auf dich aufpassen, wo du Bandini hier so nah bist. Du hast doch jetzt Mittagspause oder darfst du keine machen bei deinem Sklaventreiber Gregorio?« Sie hielt etwas in Alufolie Eingepacktes in der Hand.

Jessy lachte. »Doch, doch. Das ist total lieb von dir, aber ich pass schon auf mich auf. Und ich hab Bella. Und den Kater und Vinc.« Sie zeigte zu dem Dobermann. Paula folgte ihrer Armbewegung und erschrak. »Vinc, was ist denn mit dir passiert?«

»Erzähl ich dir gleich in Ruhe. Bandini hat hier gestern noch rumgeballert und auf ihn geschossen.«

»Was, das kann ja wohl nicht wahr sein?!« Paula folgte Jessy in Richtung Gästehaus, regte sich auf. »Ihr Armen, ihr müsst ja tausend Tode gestorben sein.«

Die beiden Frauen setzten sich auf die kleine Terrasse in den Schatten des Sonnenschirms, umgeben von rot blühenden Geranien und Kirschlorbeerbüschen. Jessy erzählte von der gestrigen Nacht, holte frische Zitronenlimonade mit Pfefferminze aus der Küche, und dazu aßen sie die toskanischen Antipasti-Köstlichkeiten, die Paula aus dem Restaurant mitgebracht hatte. Eingelegte Zucchini, Artischocken, Auberginen, Paprika. Dazu ein Ciabatta und Pecorino-Käse, außerdem Thymianhonig. Es schmeckte köstlich.

Nachdem sie sich über Bandini und die mögliche Gefahr, die von ihm ausging, unterhalten hatten, waren sie sich einig, dass er sich, wenn er nicht gerade zu viel Vino getrunken hatte, sicher im Griff hatte. »Hoffentlich«, stellte Jessy fest. »Ich will Menschen immer eine zweite Chance geben und nicht nur das Schlechte vermuten. Ich habe Gregorio und Rosella auch davon abgehalten, die Carabinieri zu holen.«

»Das ehrt dich, aber ob es auch schlau war, weiß ich nicht so recht. – Übrigens hab ich Luigi vorhin auf dem Marktplatz getroffen und er meinte, er trennt sich endgültig von seiner Frau.«

»Das hat er dir auf dem Marktplatz erzählt?«

»Na ja, natürlich erst, nachdem wir uns unterhalten hatten und er mich wieder so angesehen hat.«

»Dann soll er es doch einfach tun. Ich meine, sich trennen. Und dann wieder ankommen.«

Paula nickte ernüchtert. »Du hast vollkommen recht. Ich falle immer wieder drauf rein.«

»Nein, wer weiß. Aber ich hab solche Sprüche bei meinen Freundinnen auch schon so oft gehört. Ich will einfach nicht, dass er dir wehtut.«

Paula zwirbelte eine Haarsträhne um den Finger. »Er tut mir schon weh. Da drin.« Sie klopfte auf ihr Herz. »Aber lassen wir das. Ich kann es selbst nicht mehr hören.« Sie sah sich auf dem Grundstück um. Die Blumen dufteten, Bienen umschwärmten sie.

»Ihr müsst alles tun, damit Bandini das alles nicht bekommt und zu einem Disneyland für Reiche macht.«

»Das tun wir.«

»Kennst du die toskanischen Dörfer, die zu Luxus-Resorts umgebaut werden? Okay, Tourismus ist im Prinzip gut für die Region, aber ich finde, es nimmt allmählich überhand. Es gibt Reisekonzerne, die ein ganzes Dorf in der Toskana gekauft und sehr viel Geld hineingesteckt haben, um es umzubauen.«

»Wirklich?«

»Dort soll es Gourmet-Restaurants und Bars geben, aber eben alles nicht so richtig original. Ich glaube, viele Leute, die die Schönheit der Toskana genießen möchten, wollen kein künstlich hochgezogenes Ding.«

»Kann ich mir auch nicht vorstellen. Aber ist ja alles Geschmacksache. Jedenfalls wäre es eine Sünde, wenn man Bandini hier so etwas aufziehen ließe.«

»Ja, das darf nicht passieren«, pflichtete ihr Paula bei.

»Es gibt viele Promis, die die Toskana so lieben, wie sie ist. Die in der Toskana einen zweiten oder dritten Wohnsitz haben. Kein Wunder, so malerisch wie hier alles aussieht.«

»Welche denn?«

»Sting, der Sänger, soll zum Beispiel einen haben, auch der Schauspieler Anthony Hopkins, Designer, ach, da gibt es einige.«

Paula steckte sich eine Olive in den Mund. »Weshalb ich auch noch da bin, was ist jetzt eigentlich mit dieser Elizabeth, die dir so ähnlich gewesen sein soll? Ich finde das ja spannend, so alte Geschichten. Hast du schon mehr herausgekriegt?«

Jessy hatte ihr von den im Garten gefundenen Tonscherben erzählt. »Leider nicht wirklich. Ich wollte noch in der Bibliothek weitersuchen, dazu bin ich gestern aber nicht mehr gekommen. Vielleicht fällt mir ja etwas auf. Magst du mitsuchen?«

»Klar, ich liebe alte Familiengeheimnisse.«

Ehrfürchtig folgte Paula Jessy in die Bibliothek. Sie hatten sich von Gregorio das Okay geholt, sich hier in der Mittagspause ein wenig umzusehen. Paula erklärte, Gregorio schon lange zu kennen, wie man sich hier eben kannte im Ort, aber sie war noch nie in dieser genialen Villa gewesen. »Man kommt sich wirklich vor, wie zurückgebeamt in frühere Jahrhunderte. Cool, dass fast nie etwas groß renoviert wurde.«

Jessy pflichtete ihr bei. Sie betrachteten die alten Bucheinbände, zogen immer mal wieder Bücher heraus, blätterten sie durch, fanden aber keinen Zettel oder sonstigen Hinweis, der sie weiterbringen konnte. Staub flirrte in der Luft, Jessy musste hin und wieder niesen.

»Wäre ja auch zu einfach gewesen.« Jessy sah auf die Uhr. »Ich denke mal, ich sollte im Garten weitermachen. Der Banktermin ist vorgezogen worden.«

»Ja, ich muss auch zurück. Schade, aber die gute Elizabeth hat ihr Geheimnis ziemlich sorgfältig gehütet. Wenn es denn ein Geheimnis gibt.«

Im Hinausgehen zeigte Jessy ihrer Freundin Paula noch den Chatroom, in dem die feinen Damen früher den neuesten

Klatsch ausgetauscht hatten. Paula sah sich amüsiert um. »Dass es so etwas damals gab. Cool, dieses lange Sofa. Da hatten ja jede Menge Damen Platz.«

Probeweise setzte sie sich auf das Sofa, die Hände rechts und links abgestützt, und grinste. Jessy ließ sich neben ihr nieder, sah nachdenklich vor sich hin. Ihr Blick fiel auf die alte Kommode. Sie stand leicht schief, wie ihr jetzt aus dieser Perspektive auffiel. Oder täuschte sie sich? Das alte Möbel hatte sich über die Jahre wohl verzogen. Aber nein, jetzt bemerkte Jessy, dass zwischen dem Aufsatz und dem Rumpf der Kommode etwas steckte. Sie stand auf, bückte sich dorthin und nestelte mit den Fingern daran herum.

»Was machst du denn da?« Paula war ebenfalls aufgestanden und neben sie getreten.

»Da steckt doch irgendwas drin und deshalb ist das so schief.«

»Was soll denn da stecken?«

»Keine Ahnung.« Jessy hob den Aufsatz an und zog ein Papier heraus. Es sah alt und vergilbt aus und war wie ein Brief zusammengefaltet. Sie faltete ihn auf. »Es ist ein Brief! An einen Enzo.« Sie sah auf den Absender. »Unterschrieben von Elizabeth.« Aufgeregt blickte sie Paula an. »Zweimal ein Name mit E. Die Nachricht auf den Tonscherben kann also auch von diesem Enzo stammen.«

»Bingo.« Paula überlegte. »Aber wieso ist der Brief nicht abgeschickt worden?«

»Keine Ahnung. Er ist in Englisch.« Jessy nahm das Papier, las, während Paula über ihre Schulter sah:

> *Mein Liebster, mein Enzo,*
> *deine Stimme fehlt mir wie der Frühling im Winter. Ich sehne mich danach wie nach dem Gesang der Vöglein am frühen Morgen. Immer*

wenn ich durch meinen geliebten Garten schreite,
klopft mein Herz, weil ich die Natur, aber vor
allem dich so liebe.

Unsere Treffen sind seit seiner Rückkehr in so
weite Ferne gerückt, dass ich verzweifeln könnte.

Wenn ich meinen Mann ansehe, denke ich
an deine Schönheit, deine Jugend. Ich hätte mich
nie auf diese Hochzeit einlassen dürfen, aber ich
war jung und naiv, und alle sagten mir, ich solle
nicht so rebellisch sein, die Liebe werde kommen,
Lord Russel sei ein intelligenter Mann, der mir
Bildung nahebringen könne. Das hat mich
gereizt, aber ohne Liebe ist es nichts. Die Liebe ist
gekommen, dank dir. Aber zu spät. Mein liebster
Enzo, ich habe Schande über meine Familie
gebracht, meine Mutter weint jede Nacht und
ich auch.

Es gibt nur eine Lösung. Wir werden fliehen.
Wenn du das auch möchtest. Dafür müsstest aber
auch du für immer mit deiner Familie brechen.
Bitte nimm dir Zeit für deine Entscheidung und
lass mir eine Nachricht zukommen. Lege deine
Antwort bitte in die Schatulle und vergrabe sie
an der verabredeten Stelle.

Im Herzen für immer Dein,
Elizabeth

Jessy und Paula sahen sich mit großen Augen an. »Sie wollte fliehen, ihren Mann verlassen, wegen eines Enzo. Aber sie hat es dann wohl doch nicht getan, zumindest nicht mit diesem Brief, sonst läge er nicht hier. Gregorios Mutter hat erst kürzlich erwähnt, dass sie hier im Haus gestorben sei. Als Lady Russel, als Gattin eines viel älteren Mannes.«

»Die Arme. Hat sich in jemanden verliebt, der jung und knackig war, und hier musste sie mit einem alten Sack leben«, stellte Paula fest.

»Sag mal.« Jessy musste schmunzeln. Paula hatte oft so eine erfrischende Art, die Dinge auf den Punkt zu bringen, das hatte sie in der kurzen Zeit, die sie sich kannten, schon festgestellt.

»Jetzt wissen wir, was die Nachrichten auf den Tonscherben bedeuten. Sie haben als Kurznachrichten gedient, um sich heimlich zu verabreden mit Enzo. WhatsApps im 19. Jahrhundert sozusagen. Da sie in ihrem Garten lagen, waren sie dann eher von ihm. Unterzeichnet mit E. wie Enzo. Und ich dachte, sie stammten von Elizabeth.«

»Könnte sein. Trotzdem wissen wir jetzt noch nicht, warum deshalb Unheil über der Familie liegen soll.«

»Damals war die Ehe erst recht noch heilig und eine Scheidung kam nicht infrage.«

Paula nickte. Aber auch Jessy hatte das Gefühl, es müsste mehr dahinterstecken als nur eine heimliche, verbotene Liebe. Sie hätte es so gern gewusst, fühlte sich, als ob sie eine Amazon-Prime-Serie geguckt hatte, deren nächste Staffel noch nicht zu haben war.

Die Freundinnen traten ins Freie. Jessy musste weiterarbeiten und auch Paula hatte zu tun. Sie verabschiedeten sich herzlich.

»Da die Ehe heute nicht mehr ganz so heilig ist, meinst du, ich soll Luigi heute Abend treffen?«, fragte Paula plötzlich nach. »Ich meine, ich bin in ihn verliebt, obwohl ich ihn kaum kenne. Und er in mich.«

»Das ist das Seltsame an der Liebe. Dass man einen Menschen lieben kann, nach nur einem Blick, nach nur wenigen Stunden.« Jessy dachte an Gregorio, den sie sofort sehr anziehend gefunden hatte, mehr als das, im Nachhinein. Aber er hatte ganz sicher noch Gefühle für Magdalena.

»Triff Luigi. Vielleicht merkst du ja dann, ob er wirklich der Richtige ist, um den es sich zu kämpfen lohnt.«

»Und du? Kämpfst du um Gregorio?«

Jessy schüttelte sofort den Kopf. »Das ist etwas anderes.«

»Wieso das denn?«

Jessy zuckte die Schultern. »Luigi will dich. Aber ich hab keine Ahnung, ob Gregorio mich wirklich will.«

Die Arbeit im Garten ging schleppend voran. Am liebsten hätte sie Gregorio sofort von dem Liebesbrief oder besser gesagt nicht abgeschickten »Fluchtbrief« von Elizabeth an Enzo erzählt, aber er schien nicht da zu sein, auch seinen Wagen konnte sie nirgends sehen. Jessy hatte an den Stellen, wo die Tonscherben lagen, nachgesehen, ob hier noch mehr vergraben war, ob es sich hier um die »verabredete Stelle« gehandelt hatte. Aber sie war nicht fündig geworden.

Sie atmete den Duft der Zitronen ein, diesen Duft, den sie mit Gregorio verband und ihr Leben lang verbinden würde. Sie versuchte, einen Terrakottatopf mit einem Zitronenbäumchen zu verrücken, da er zu nah am Weg stand. Sie merkte, dass sich ihre Muskeln inzwischen an die körperliche Tätigkeit gewöhnt hatten. Im Blumenladen hatte sie nie so stark zupacken müssen, sich aber dennoch oft abends viel schlapper und leerer gefühlt als nach der schweren Gartenarbeit in Italien. Hier in der Toskana bekam sie viel Sonne und frische Luft – den eigenen Körper zu spüren tat gut.

* * *

Die Abendsonne senkte sich auf die Weinberge, die umsäumt von Zypressen malerisch vor ihm lagen.

Gregorio fuhr mit seinem Wagen die kleine Straße entlang, die zu ihrem Familienbesitz führte. Vor dem Tor der

Villa bremste er ab, öffnete es dank des neuen Türöffners per Knopfdruck und rollte hindurch. Schon von Weitem konnte er Jessy sehen, die auf Bella einredete und sie am Kopf streichelte. Was für eine ungewöhnliche Frau, dachte er wieder. Bisher hatte er keine wie sie kennengelernt. Nicht in London, nicht in Berlin, und schon gar nicht in Italien. Magdalena war anders, wie natürlich jede Frau einzigartig war. Magdalena war leidenschaftlich, aber nicht so sensibel und einfühlsam, wie Jessy es zu sein schien.

Diese verschwand gerade im Gästehaus. Ging sie ihm aus dem Weg oder hatte sie sein Kommen nicht bemerkt?

Er parkte den Wagen vor der Villa, holte die Einkäufe heraus und trug sie ins Haus, in die alte Wohnküche. Dort befüllte er den Kühlschrank und machte sich daran, für seine Mutter einen Gemüsekuchen zu backen. Sie liebte ihn, den toskanischen Zitronenauflauf, bestehend aus Kartoffeln, Fenchel, Brokkoli und natürlich Zitrone. Er hasste Bandini dafür, dass er seiner Mutter und Jessy Angst einjagte. Seiner Mutter, die gerade erst ihren Mann verloren hatte, die sich in ihrer Trauer verlor. Noch nie hatte er sie so zerbrechlich gesehen, noch nie so innerlich einsam. Diese sonst so stolze, starke Frau, die zwar ihrem Mann immer das Gefühl gegeben hatte, der Padrone zu sein, die aber für ihren Sohn wie eine Löwin kämpfte. Zumindest manchmal. Er liebte sie über alles und kein Mensch dieser Welt durfte ihr wehtun. Dass Bandini wirklich auf ihren Hund geschossen hatte, zeigte ihm, wozu dieser Bauer fähig war. Da klingelte es am Tor. Gregorio ging zu der Videosprechanlage, die sein Vater vor einigen Jahren installieren lassen hatte. Er schaltete die Kamera ein und da stand sie. Magdalena. In ihrer ganzen Schönheit. Er vergaß jedes Mal, wie schön sie war. Mit ihrem langen, dunklen Haar, den braunen Augen mit dem leidenschaftlichen Blick, ihrem zarten, bronzefarbenen Gesicht. »*Ciao, come stai?*«, fragte sie. Wie es ihm ging? Was wollte sie hier?

»*Bene*. Was gibt es?«, fragte er zurück.

»Wollen wir das über diese Anlage besprechen?«

»Nein, natürlich nicht.« Er drückte auf den Türöffner. Sie trat ein, hielt irgendetwas in der Hand, wie er sehen konnte. Offenbar war sie zu Fuß vom Nachbargrundstück gekommen. Früher hatte sie immer den Weg durch die Rosenhecke genommen, früher …

Nach wenigen Minuten stand sie vor der Eingangstür der Villa. Groß, schlank, mit einer Auflaufform in der Hand, die sie mit einem grün-weiß karierten Küchenhandtuch abgedeckt hatte. Ihr Kleid umschmeichelte ihre Figur. »Ich habe dir etwas zu essen gemacht.«

»Wieso das?«, entfuhr es ihm.

Magdalena trat von einem Bein auf das andere. »Dein Lieblingsauflauf. Toskanisches Huhn.«

»Ich esse kaum noch Fleisch.«

»Oh, das wusste ich nicht.«

»Kein Problem.«

»Kann ich reinkommen?«

Noch nie hatte er diese stolze Frau so kleinlaut gesehen.

»Natürlich. Bitte.«

Er bedeutete ihr gestisch, einzutreten. Magdalena ging vor zur Küche, Gregorio folgte ihr. Wie sehr hatte er diese Frau begehrt, wie sehr geliebt, wie sehr sich nach ihrer Zuneigung gesehnt.

In der Küche stellte sie die Auflaufform auf den großen Küchentisch, drehte sich zu ihm um und flüsterte: »Es tut mir leid, was mein Vater getan hat.«

»Woher weißt du …?«

»Er hat es mir gebeichtet, noch gestern Nacht, als er so betrunken war.«

»Er hat meine Mutter in Todesangst versetzt. Und Jessy.«

Magdalena zuckte bei der letzten Namensnennung etwas zusammen, schüttelte entschuldigend den Kopf. »Er wollte sie nicht töten, ganz sicher nicht, er wollte allen nur einen Schrecken einjagen. Aber es ist natürlich unverzeihlich, dass er mit seinem Gewehr hier auftaucht und um sich schießt. Gregorio, bitte, verzeih ihm, es ist ...«

»Was?«

»Es ist der Alkohol. Seit Mamma tot ist, trinkt er jeden Tag. Ich habe ihm schon ein paarmal gesagt, dass er zu einem Dottore soll. Aber er will davon natürlich nichts hören.«

»Welcher Trinker will das schon.«

»Es muss aber sein. Nicht, dass doch noch ein Unglück geschieht. Der Alkohol macht aus ihm einen unberechenbaren Mann. So kenne ich ihn nicht.«

»Ich schon.«

»Gregorio, bitte.«

»Bitte was?«

»Bitte, zeige ihn nicht bei den Carabinieri an.«

Gregorio verstand. Deshalb war sie da. »Darum hat mich Jessy auch schon gebeten.«

Magdalena trat einen Schritt auf ihn zu. Stand nun ganz nah vor ihm, sah ihn mit ihren schönen Augen an. Er roch ihren Duft, ihr Haar, das nach Oliven und Sonne roch, und plötzlich öffnete sich die Küchentür und Jessy stand da. Starrte ihn und Magdalena an und ihrem Blick entnahm er, dass sie sich erneut bestätigt fühlte.

»Es ist nicht, wie es aussieht«, wollte er schon sagen, aber dieser Satz hätte noch mehr zerstört.

Jessy schloss die Tür leise wieder, sodass Magdalena gar nichts mitbekommen hatte.

»Gregorio. Bitte.«

Gregorio atmete durch. »Nein, ich zeige ihn nicht an. Er kann einem leidtun. Aber bitte bring ihn dazu, dass er sich helfen lässt.«

»Ich versuche es. Ich gebe mein Bestes.« Sie lächelte ihn erleichtert an. »Möchtest du mir keinen Cappuccino anbieten? Und von meinem Auflauf probieren?« Gregorio zögerte. »Wenn du mir noch etwas versprichst?«

»Und was?«

»Mach ihm noch klar, dass er auf den Kauf unseres Familienbesitzes verzichten soll. Ich bin zurück, ich will das alles hier erhalten. Mamma möchte auch nicht mehr verkaufen. Es darf auf keinen Fall ein Golfplatz mit Luxus-Resort errichtet und unser einzigartiger Garten, der Lebensraum für so viele Tiere ist, zerstört werden.«

Magdalena sah ihn mit ihren dunklen Augen an. Ihr Blick wurde verführerisch. Sie trat einen weiteren Schritt auf ihn zu. Wieder roch er ihren Duft, der ihm jahrelang den Verstand geraubt hatte. »Und was ist mit uns?«, flüsterte sie und er konnte nicht anders, als auf ihre sinnlichen Lippen zu starren und sich zu erinnern, wie prall und weich sie sich anfühlten.

* * *

Gregorio und Magdalena standen sich nackt in der Wohnküche gegenüber. Er fing an, ihren schlanken, grazilen Körper zu streicheln, sodass sich ihre Brustwarzen aufstellten. Schöne Brüste, Knospen aus bronzener Haut. Gregorio wurde immer erregter, zog sie leidenschaftlich zu sich, küsste ihren Hals, ihre Brust, hob sie hoch, setzte sie auf den großen Küchentisch und spreizte ihre langen Beine.

Jessy wachte auf, fühlte sich wie gerädert nach diesem Traum, rieb sich die Augen. Es hatte sich so real angefühlt. Hieß das, dass es sich so ereignen würde?

Sie erhob sich seufzend, reckte und streckte sich. Die Sonne schien durch die Ritzen der Vorhänge. Jessy stand auf, ging ins Bad und machte sich frisch. Wie immer folgte ihr Bella bis vor die Tür. »Echt blöd, dass ich gleich in die Villa in die Küche muss, nur um mir einen Kaffee zu machen und ein wenig Obst zu essen.« Aber es gab keine Kochgelegenheit in ihrem Zimmer.

Am liebsten wäre sie Gregorio heute gar nicht begegnet, und Lust, weiter nach Elizabeths Geschichte zu forschen, hatte sie jetzt auch nicht mehr. Sollte er sich doch selbst um das Geheimnis seiner Familie kümmern. Im nächsten Moment hatte sie ein mulmiges Gefühl im Magen, dachte wieder an Bandini. Der war unberechenbar, er hatte sie bedroht und nach dem Vorfall vorgestern, nachdem er wirklich auf den armen Vinc geschossen hatte, traute sie ihm auch zu, das Gewehr gegen sie zu erheben. Denn sie war es in seinen Augen, die sein Golfplatzprojekt gefährdete, obwohl das ja Quatsch war. Wenn sie nicht hier gewesen wäre, hätte Gregorio vermutlich doch noch einen anderen Gartenhelfer gefunden. Und was, wenn sie kündigte und abreiste? Ihn immer wieder mit Magdalena zu sehen, tat einfach nur weh. Sie musste auch an sich denken. Wie hatte ihre liebe Oma immer gesagt: »Fang nie etwas mit deinem Chef an. Wenn es nichts wird, verlierst du auch noch deinen Job, Mädchen.« Ihre lebenskluge Oma, sie vermisste sie plötzlich wieder so sehr. Ihr hätte es auch gut gefallen hier in der Toskana, genau wie ihrer Mutter. Jessy schnappte sich ihr Handy und rief diese an. Die Mailbox ging ran, was ungewöhnlich war um diese Zeit. Jessy sprach darauf. »Mam? Ich bin's. Ich wollte gerade einfach nur deine Stimme hören. Sonst alles gut, ich hoffe bei dir auch? Tschüsstschüss, brauch jetzt erst mal einen Kaffee.«

Als sie die Tür zur Wohnküche in der Villa öffnete, stellte sie erleichtert fest, dass sie alleine war. Doch im selben Moment trat Rosella von der gegenüberliegenden Türe ein, als hätte sie auf sie gewartet.

»*Buongiorno.*« Ihre Stimme schnarrte, klang beinahe etwas erkältet.

»*Buongiorno.*«

»*Come stai?* Konntest du schlafen?«, fragte Rosella milder als erwartet. Die Erlebnisse der Nacht hatte die beiden Frauen einander nähergebracht, Rosella hatte ihr sogar das »Du« angeboten. Sie schien ihre Skepsis Jessy gegenüber abgelegt zu haben. Vielleicht aber auch nur, weil sich Gregorio und Magdalena, ihre Traumschwiegertochter, wieder angenähert hatten. Vielleicht lagen sie ja in diesem Moment zusammen in seinem Bett, nackt wie in ihrem Traum. Allein die Vorstellung bereitete Jessy ziemlich üble Laune. Aber sie versuchte, sich zusammenzureißen. Rosella nahm das Angebot, auch einen Espresso zu bekommen, dankend an. Vermutlich hatte sie die kleine Espressokanne selten selbst betätigt. Lebenslang eine Köchin zu haben, klang verrückt. Wie Gregorio ihr erzählt hatte, hatte er das Kochen von der Köchin Lisbetta gelernt, einer korpulenten, herzlichen Person. Sie war auch so eine Art Kindermädchen für ihn gewesen.

Rosella saß still und in sich gekehrt am Küchentisch, nahm die Espressotasse dankend an und schüttelte den Kopf. Der Geruch des frischen Kaffees durchströmte den Raum. »Er mag kein besonders guter Mensch sein, aber das hätte ich Antonio niemals zugetraut.«

»Bandini war ziemlich betrunken … Vielleicht lag es auch daran.«

»Er hat schon immer gern getrunken, kein Wunder, bei unserem köstlichen Chianti hier überall. Aber dass er so die Kontrolle verliert.«

»Ja, es ist beängstigend. Weil, es kann wieder passieren.«

Jessy saß ihr jetzt gegenüber. Gregorio hatte kein frisches Brot gebacken, wie sonst immer, was ein weiteres Indiz dafür war, dass er bereits die Nacht mit oder bei Magdalena verbracht hatte. Jessy fiel ein weiterer Spruch ihrer Großmutter ein. »Alte Liebe rostet nicht.« Und an den alten Sprüchen war meist etwas dran. Wieder einmal hatte sie sich in den falschen Kerl verliebt.

Sie trank den letzten Schluck Espresso, stand abrupt auf. »Die Arbeit ruft.« Sie schnappte sich noch eine Handvoll Erdbeeren, die in einer blauen Schale auf dem Tisch standen.

»*Ciao.*« Und damit verließ sie den Raum.

Im Gehen steckte sie sich eine Erdbeere nach der anderen in den Mund, warf die Strünke ins Gebüsch. Die ersten selbst geernteten Früchte schmeckten köstlich. Sie wuchsen im Nutzgarten hinterm Haus, Jessy hatte sie gestern noch gepflückt. Wieder zu Hause würde ihr so ein Obst- und Gemüsegarten fehlen. Frisch, unter der Sonne gereift, schmeckte alles am besten und es machte einfach Spaß, zu sehen, wie die Natur erblühte, wie alles wuchs. Jessy wurde sich bewusst, wie sehr ihr all das hier bereits ans Herz gewachsen war. Wenn sie jetzt abhaute, zurück nach Deutschland, würde sie damit einen Fehler begehen? Sollte sie sich nicht besser erst davon überzeugen, dass Gregorio wirklich noch etwas für Magdalena empfand? Mehr als für sie?

Wie aus dem Nichts kommend, stand plötzlich Gregorio hinter ihr. Sie war so in ihren Gedanken gefangen gewesen, dass sie seine Schritte nicht gehört hatte.

»Jessy?«

Langsam drehte sie sich zu ihm um, wusste, dass er ihr sofort ansehen würde, dass etwas nicht stimmte.

»Möchtest du mit mir in den nächsten Garten fahren? Der Chianti-Skulpturenpark ist nicht weit weg, du sollst ihn für das Konzept sehen. Ihn will ich auf jeden Fall in unsere Gartentour aufnehmen.«

»Unsere?«, entgegnete sie ernst.

»Ja, unsere.« Wieder sah er sie so intensiv an.

»Ich weiß nicht.« Sie drehte sich wieder um, harkte weiter den Boden um. Ihre Oma hatte auch immer gesagt: »Willst du gelten, mach dich selten.« Jessy hatte diesen Spruch bisher nie beherzigt, weil sie immer viel zu schnell Nähe und Herzlichkeit einforderte. Aber vielleicht sollte sie endlich mal auf ihre kluge Oma hören.

»Jessy, es geht mir nicht um das Konzept. Ich würde mich sehr freuen, wenn du mitkommst. Ich bin gern mit dir zusammen.«

Ein Lächeln huschte über ihr Gesicht. Dann machte sie wieder eine ernste Miene, drehte sich erneut zu ihm und sagte möglichst gleichgültig: »Ich überlege es mir.«

10. Kapitel

Die Fahrt verlief zunächst schweigend, dann aber erzählte Jessy Gregorio von dem Brief von Elizabeth an einen Enzo. Auch er fand es höchst spannend, wusste aber nicht, wer das sein konnte.

Gregorio sah sie an. »Wie könnten wir mehr über ihn herausfinden?«

»Ich weiß es nicht.« Sie gab sich spröde. »Welcher Park war das jetzt noch mal, zu dem wir fahren?«

Gregorio erwiderte zunächst nichts, dann atmete er durch.

»Es handelt sich um einen Skulpturenpark, eine Dauerausstellung zeitgenössischer Skulpturen, eingebettet und verschmolzen mit der Natur. Ich schätze, das ist das, was du liebst, genau wie ich, hab ich recht?«

Jessy, auf dem Beifahrersitz, sah ihn nur kurz an, sah dann wieder aus dem Fenster. »Wieso glaubst du eigentlich, mich zu kennen?«

Er zuckte die Schultern.

Und wie sie das liebte. Kunst und Natur. Grüne Wiesen wechselten sich mit Weinhängen ab, am Horizont standen die so typischen Zypressen. Aber sie zeigte ihm ihre Begeisterung nicht.

Gregorio fuhr auf einer kleineren Straße einen Hügel hinauf und redete weiter. »Der Park entstand aus einer Privatinitiative der Eheleute Giadrossi, die beide Kunstliebhaber sind und Künstler aus aller Welt eingeladen haben, hier in der Toskana ein Kunstobjekt zu installieren.«

»Diese Eheleute haben offenbar sehr viel Geld, wenn das ihr Hobby ist.«

»Vermutlich. Wenn man durch das Chianti fährt, kommt man im Traum nicht darauf, dass sich mitten in der Natur ein Garten mit solch grandiosen Kunstwerken befindet.«

»Stimmt. Hier in der Gegend vermutet man vor allem Wein und Oliven.«

»Auf dem Gelände gab es früher Wildschweine. Es ist sehr hügelig und mit Bäumen bewachsen. Landwirtschaft hätte man hier eh nicht gut machen können. Jeder Künstler hat zunächst den Wald besichtigt und erst dann einen Vorschlag für eine Skulptur, die genau an die Stelle passt, gemacht. Der Wald, die Geräusche der Tiere, das Licht, das alles lässt die jeweilige Skulptur noch besser zur Geltung kommen. Du bist so schweigsam.«

Jessy war jetzt wirklich gespannt auf diesen Garten, dessen Beschreibung so außergewöhnlich klang. Aber sie wollte es noch nicht zugeben und zuckte nur mit den Schultern.

Sie fuhren einen schmalen Weg hoch, der bereits von Kunstwerken gesäumt war. Eines gefiel Jessy besonders. Eine riesige Frauenfigur, die sich in eine hohe Zypresse bückte. Man sah also nur ihre langen Beine und ihren nach vorn gebeugten Oberkörper, den Kopf hatte sie in der Zypresse versteckt. Genauso ein Mann ein paar Meter weiter. Er trug einen Anzug, versenkte seinen Kopf in eine weitere Zypresse. Humor schienen die Künstler hier zu haben.

Kurz darauf kamen sie am Parkplatz an. Auch hier gab es schon Kunstobjekte. Figuren, eine nachgebildete Menschenschlange, die vor einem Kartenhäuschen stand. Bunte Streben, die über den Parkplatz reichten. In einem

Containerhäuschen musste man Eintritt bezahlen, hier war auch der Designshop des MoMA, des Museum of Modern Art in New York, dem einzigen in der Toskana.

Jessy sah sich um, Bestseller des MoMA New York konnten hier erworben werden. Eine weiße Schale, in deren Mitte sich ein Hügel mit einem kleinen Haus darauf befand, stach ihr sofort ins Auge. Es war eine wundervolle Schale etwa für Oliven. Gregorio plauderte kurz mit einer Angestellten und ließ sich die App nennen, die man am Handy herunterladen konnte und mit der man eine geführte Tour durch diesen außergewöhnlichen Kunstgarten bekam.

Jessy lud sich diese App namens »Chiantipark« herunter und hörte fasziniert zu. Inzwischen konnte sie ihre Begeisterung kaum noch verbergen. Gregorio schien wirklich genau zu wissen, was ihr gefiel.

»Ganz schön modern, hätte man hier mitten im Chianti gar nicht vermutet«, stellte sie fest.

»Du ahnst gar nicht, wie modern wir hier sind«, entgegnete er. Sein Blick streifte sie.

Die App konnte man sogar auf Deutsch anhören und natürlich auch in vielen anderen Sprachen. Es ging los mit der blauen Brücke, aus blauen Glasbausteinen, in Italien hergestellt, die bereits zur Biennale in Venedig ausgestellt worden war und an eine Brücke Venedigs erinnerte. Jessy lauschte fasziniert, folgte dabei Gregorio in den Garten. Die Natur sah hier noch sehr ursprünglich aus, man konnte sich genau vorstellen, wie einst Wildschweine herumgerannt waren, und genau das machte den Charme aus. Natur und Kunst. Die in die Natur integrierten Kunstwerke hätten genauso gut in einem bekannten Museum irgendwo in der Welt stehen können. Niemals hätte Jessy hier moderne Kunst, die sie wirklich beeindruckte, vermutet. Seltsam, dass dieser Garten so wenig bekannt zu sein schien. Oder hatte nur sie bisher nichts davon gehört? Doch

Gregorio gab ihr recht, dass es noch einer der Geheimtipps der Toskana war. Und er das einerseits gut fand, andererseits wollte er genau wie sie das Augenmerk der Menschen auf die Gärten dieser Welt lenken. Darauf, wie wichtig es war, diese zu erhalten, zu hegen und zu pflegen und noch mehr von ihnen anzulegen.

Sie gelangten zu einem Amphitheater, das die natürliche Neigung des Geländes ausnutzte. Das minimalistische Bühnenbild bestand aus weißem Carrara-Marmor und schwarzem afrikanischem Granit. Die Silhouetten einiger berühmter Persönlichkeiten, wie Charly Chaplin und Alfred Hitchcock, saßen als Zuschauer herum. »Hier finden auch Konzerte statt, das könnten wir bei uns auch anbieten«, schlug Gregorio vor.

Er hatte es wieder gesagt. »Uns.«

Gab es ein »uns«? Jessy konnte wie immer nicht an sich halten, drehte sich aufgewühlt zu ihm und warf es ihm geradeheraus an den Kopf. »Wieso sagst du immer ›uns‹, küsst mich und triffst dich trotzdem mit Magdalena? Sag es doch einfach, dass du sie noch liebst, dann weiß ich wenigstens Bescheid!«

Überrumpelt sah er sie an. Die Stimme aus seiner App erzählte weiter über das Amphitheater. Ansonsten Stille. Er drückte auf Pause, schüttelte den Kopf.

»Ich liebe sie nicht mehr.«

Jessys Herz begann wieder zu schlagen, so vorsichtig wie ein junger Vogel, der das erste Mal das Nest verließ. Konnte sie ihm das glauben? Sie merkte, ihr Vertrauen Männern gegenüber war durch all ihre Erfahrungen der letzten Jahre, aber vor allem durch ihren Vater, der sich seit der Trennung von ihrer Mutter so distanziert benahm, aufs Empfindlichste gestört.

»Woher soll ich wissen, dass das stimmt?«, entfuhr es ihr.

Gregorio griff sich verzweifelt mit beiden Händen ins Haar. »Was muss ich tun, damit du mir glaubst?«

»Ich weiß es nicht«, flüsterte sie. »Nichts. Es liegt an mir. Entschuldige. Lass uns weitergehen.«

Sie folgten dem Weg, betrachteten die Kunstwerke, die so verschieden und wunderschön aussahen und wirklich perfekt in diesen Garten passten. Dazu hörten sie die Informationen der App, sahen sich immer wieder an, berührten sich aber nicht.

Egal was sie ihn fragen würde, sie würde jedes Mal denken, er sagte es nur, um sie zu beruhigen. Sie ärgerte sich über sich selbst.

Nachdem sie den Rundgang beendet hatten, fühlte sich Jessy erfüllt von der einzigartigen Stimmung in diesem Garten voller Kunst. Und Gregorio war es ähnlich ergangen, wie er sagte, jedes Mal, wenn er hier gewesen war. Ihre Ex-Freunde hätte dieser Garten ganz sicher nicht so beseelt. Jessy beschloss, sich den Rundgang per App zu Hause auf jeden Fall noch einmal in Ruhe anzuhören. Toll, was die Technik heutzutage ermöglichte.

Während sie zum Auto gingen, erzählte er ihr, wann genau der Banktermin anstand.

»Und an dem Termin nächste Woche, da muss das Konzept stehen. Das heißt, es wäre toll, wenn du bis dahin den Text schreiben könntest. Und nein, ich habe dich nicht nur wegen des Konzeptes in den Skulpturenpark mitgenommen, sondern ich wollte wirklich Zeit mit dir verbringen. Und es war wunderschön.«

Sie betrachtete seine Hände, schluckte, ging nicht darauf ein.

»Wenn mein Text nicht gut ist, bekommt ihr den Kredit nicht und müsst doch an Bandini verkaufen?«

»Es wird ein guter Text werden, das weiß ich. Wenn es trotzdem so kommt, liegt es nicht an dir. Wir haben schließlich auch einen Finanzplan dafür. Und die Gartenbegehung gibt es ja auch noch. Wenn alles wieder prächtig aussieht, wird der Banker einsehen, dass man dieses Stück Natur so erhalten muss. Und dann kann er sich die Gartentour auch viel besser vorstellen.«

»Hoffentlich.«

Gregorio fuhr fort. »Antonio ist mit den Jahren noch verbohrter und aggressiver geworden, ich hoffe, er hat ein Einsehen.«

Unvermittelt sagte er noch: »Magdalena war da, um sich für ihren Vater zu entschuldigen«.

»Du musst mir nichts erklären.«

»Das will ich aber. Und sie hat mir mein früheres Lieblingsessen mitgebracht. Das erzähle ich nur für den Fall, dass es meine Mutter erwähnt. Es hat keine Bedeutung für mich.«

Jessys Mund wurde trocken. Von wegen keine Bedeutung. »Siehst du, sie kämpft um dich«, platzte es aus ihr heraus.

»Das weiß ich nicht. Sie ist vermutlich einfach nur nett. Und hat ein schlechtes Gewissen wegen des Angriffs ihres Vaters auf dich und auf meinen Hund.«

Jessy verdrehte innerlich die Augen. Männer! Sie sahen nur, was sie sehen wollten. Dass Magdalena an Gregorio hing, konnte man unschwer auf den ersten Blick erkennen. Und welche Frau bereitete schon das Lieblingsessen ihres Ex-Freundes ohne Hintergedanken zu. Jessy war zwar meist naiv, was Liebesdinge anging, aber das hatte sie nun definitiv durchschaut. Nur kam sie gegen dieses Romeo-und-Julia-Ding nicht an. Eine Bandini und ein Russo – es war eine Liebe gegen alle Widerstände gewesen. Was hatte wirklich zum Ende ihrer Beziehung geführt? Ein Vielleicht-Kuss oder gab es da mehr? Ihr Herz schlug wild. »Sie hat noch Gefühle für dich, dass du das nicht siehst«, entfuhr es ihr.

Gregorio sah sie an und wurde nun auch vehementer. »Aber ich nicht für sie. Jetzt lass uns fahren.«

Verwirrt stieg sie auf den Beifahrersitz seines Wagens, verschränkte die Arme vor sich und kaum waren sie losgefahren, platzte es erneut aus ihr heraus. »Dass man mit dir nie normal über alles reden kann. Immer tust du so, als sei alles gut. Immer willst du den Schein wahren, wie deine Mutter, wie deine Eltern, die die letzten Jahre vor allen so getan haben, als gebe es keine Probleme. Und jetzt sieh dir den Garten an.«

»Ich bin nicht wie meine Eltern«, antwortete Gregorio sauer. Er fuhr rasant an den mit Wein bewachsenen Hängen vorbei, ein Huhn am Wegesrand flatterte auf.

»Und wieso regt es dich dann so auf, wenn ich das sage? Weil ich recht habe.«

»Hast du nicht. Magdalena geht es nicht gut, seit dem Tod ihrer Mutter ist ihr Vater nicht mehr er selbst, sagt sie. Ich meine, er war früher schon mit Vorsicht zu genießen, aber seitdem er Witwer ist, lässt er sich gehen. Einmal ist ihm sogar die Hand gegen seine Tochter ausgerutscht.«

»Das tut mir leid. Trotzdem bin ich mir sicher, dass sie weiter um dich kämpft.«

Gregorio trat mitten auf einer Landstraße hart auf die Bremse. Jessy wurde leicht nach vorne in den Gurt geschleudert. Zum Glück kam gerade kein Auto hinter ihnen. »Selbst wenn«, sagte er nun fest und sah sie an. »Es ist zu viel geschehen.«

»Und was?«, rutschte es ihr heraus.

Er zögerte. »Gibst du niemals auf?«

»Aufgeben ist keine Option, hat meine Oma immer gesagt.«

Er musste kurz lächeln, fuhr aber ohne etwas dazu zu sagen weiter.

Sobald sie auf dem Parkplatz der Villa angekommen waren, öffnete Jessy die Tür, bedankte sich, dass er ihr diesen besonderen Garten gezeigt hatte, stieg aus und ging ohne ein weiteres Wort zu dem Geräteschuppen, in dem sich die Harken befanden. Sie musste ihre Anspannung herauslassen und was gab es da Besseres als Gartenarbeit. Bella und Vinc kamen einträchtig zu ihr und die Harmonie der beiden Hunde stand so im Kontrast zu der Stimmung zwischen Jessy und Gregorio, dass Jessy fast lachen musste. Fehlte nur noch Kater Pino. Aber der schien irgendwo anders herumzustreunen. Sie schnappte sich eine Harke, ging zu dem Fleck, den sie zuletzt bearbeitet hatte, und harkte, was das Zeug hielt. Wie gut es tat, seinen ganzen Frust rauszulassen. Sie verstand ihre Oma immer besser, die behauptet hatte, ein Garten tue Leib und Seele gut, sei gut für die Gesundheit, nicht nur wegen der frischen Luft und des Obsts und Gemüses.

Für einen Moment hielt Jessy inne, sah in den Himmel. Eine einzelne, besonders flauschige Wolke stand genau über ihr. Ob das ein Zeichen war? Jessy hatte seit dem Tod ihrer Großmutter öfter das Gefühl gehabt, dass sie ihr Hinweise sandte, dass sie über sie wachte und immer in ihrer Nähe war. Zumindest fühlte es sich gut an, das zu glauben. Man fühlte sich nicht so alleine in bestimmten Momenten. In Momenten wie diesem.

Jessy beobachtete Gregorio, diesen attraktiven Mann, der gerade ins Haus ging. Ein paar Kunstobjekte wollte er auch in seinem Garten installieren. Nicht in dem Renaissanceteil, aber im hinteren Teil auf der Rückseite der Villa. Hier sollten die Steine mit Aufschrift liegen, um die Menschen zum Nachdenken anzuregen. Das Konzept musste bald stehen, Jessy nahm sich vor, heute Abend endlich den ersten Textentwurf zu schreiben. Bisher hatte sie vor einem weißen Blatt gesessen und es war ihr schwergefallen, zu formulieren.

Sie beschloss, sich jetzt auf dieses Gartenprojekt zu konzentrieren, nicht weiter über Gregorio und Magdalena nachzudenken. Was brachte es schon? Sie wollte negativen Gedanken keinen Raum geben, ihrem Nicht-vertrauen-Können auch nicht. Erst recht nicht in dieser wunderschönen Umgebung. Sie atmete durch, betrachtete die zarten Blüten an einem der

Zitronenbäumchen, schnupperte daran und schloss die Augen. Aber sofort dachte sie wieder an ihn, an seinen Duft, der gerade im Auto wieder so präsent gewesen war. Würde sie jetzt nie wieder eine Zitrone aufschneiden können, ohne an ihre Zeit in der Toskana zu denken? Bella kam zu ihr, schmiegte sich an sie und Jessy kraulte ihren Nacken. »Ja, du spürst immer, wenn ich traurig werde. Allein der Gedanke, dass wir in ein paar Wochen wieder in der Stadt, in München, sind und nicht mehr hier in der Natur, macht mich traurig. Obwohl ich Mam auch ganz schön vermisse.« Sie nahm rasch ihr Handy heraus und checkte ihre Nachrichten. Ihre Mutter hatte sich seit ihrem Anruf auf die Mailbox nicht zurückgemeldet. Musste sie sich Sorgen machen? Nein, sie war eine erwachsene Frau. Aber ungewöhnlich war es schon, auch ihre Nachrichten waren diese Woche spärlicher ausgefallen als sonst. Jessy schrieb ihr eine Nachricht, sah an den blauen Balken, dass ihre Mutter sie las. Ungeduldig wartete Jessy auf die Antwort. Sie sah, dass Mam schrieb, aber bei ihr dauerte das immer eine Weile. Mit der neumodischen Technik stand sie auf Kriegsfuß, wie sie immer sagte. Endlich.

Jessy las: Es gibt aufregende Neuigkeiten, erzähle ich dir später. Kuss, Mama.

Wie konnte Mam sie nur so auf die Folter spannen? Sehr ungewöhnlich für ihre Mutter. Normalerweise platzte sie auch immer sofort mit allem heraus. Es musste also etwas wirklich Außergewöhnliches sein.

Den Rest des Tages ging Gregorio ihr aus dem Weg. Oder sie ihm.

Jessy arbeitete im Garten weiter, versuchte, sich ganz auf das Hier und Jetzt, auf die Pflanzen zu konzentrieren. Als sie an der Rosenhecke vorbeikam, sah sie den niedergetrampelten Zaun, den sie erst notdürftig geflickt hatte. Sie nahm sich vor, ihn morgen erneut zu reparieren, zuvor musste sie mit Gregorio sprechen, ob man nicht einen stabileren Draht oder eben ein neues Zaunstück kaufen konnte.

Ihr Telefon klingelte. Endlich, Prinz Harry. »Mam, was ist denn los?«

»Ich weiß auch nicht, wie ich es dir sagen soll.«

»Sag es doch einfach. Wie immer.«

Gespannt hielt Jessy den Atem an. Was konnte das sein?

»Ich … also ich war doch vorige Woche mit Helga beim Kaffeeklatsch bei Christa …«

»Ja?«

»Ja, und da kam der Cousin von Christa dazu. Weil er gerade in der Nähe war.«

»Und?«

»Ja, und das ist ein ganz netter Mann.« Ihre Mutter hielt den Atem an.

Jessy ahnte etwas. »Wie nett ist er denn?«

»Sehr nett«, erwiderte ihre Mutter auflachend. Wie ein Schulmädchen, das seinen Freundinnen von ihrem ersten Kuss erzählte.

»Mama!« Jessy musste unwillkürlich grinsen. Sie freute sich für ihre Mutter, der die Trennung so lange Zeit so zugesetzt hatte. »Erzähl, was magst du denn besonders an ihm?«

»Ach, Liebes, du bist die Erste, die so etwas fragt. Helga hat sofort gefragt, was er beruflich gemacht hat. Ich finde, das ist doch völlig egal. Erst recht, wenn man eh schon in Rente ist.«

»Das stimmt. Also, was macht ihn so toll für dich?«

»Er ist eine Seele von einem Menschen. Er hat ein richtig großes Herz, hat einen Hund, der ist sein Ein und Alles …«

Sofort war er Jessy sympathisch.

»Ich kann mich so gut mit ihm unterhalten und er mag die Natur genauso wie ich. Eine kleine Wohlfühloase hat er meinen begrünten Balkon genannt.«

»Das klingt toll, Mam, das klingt richtig toll.«

»Und wie geht es dir, mein Kind? Entschuldige, wenn ich mich die letzte Woche kaum gemeldet habe. Ich komme mir vor wie ein junges Ding. Und ich mache genau das, was ich früher bei meinen Freundinnen nicht gut fand. Ich vernachlässige meine Lieben, nur weil ich einen Mann kennengelernt habe.«

»Ach, Mam, das ist doch nicht schlimm. Ich freu mich riesig für dich.«

»Das ist schön. Aber ich bin vorsichtig. Man weiß ja nicht, ob wirklich etwas daraus wird.«

»Das weiß man nie. Genieß es einfach.«

»Mach ich. Er macht mir den Hof und mehr ist ja erst mal nicht. Und weißt du …« Ihre Stimme wurde leiser. »Er ist so anders als Papa. Das finde ich gut. Ich meine, Papa ist ja auch ein guter Mensch, aber ich will gar nicht vergleichen, deshalb ist es prima, dass alles ganz anders ist. Verstehst du, was ich meine?«

»Ja, sehr sogar.«

»Und wie geht es denn jetzt dir, mein Schatz?«

»Mir? Im Prinzip alles okay.«

»Na, und was gehört nicht zum Prinzip?«

Jessy grinste. Ihrer Mutter konnte sie nichts vormachen.

»Hach. Mein Chef. Ich hab dir ja von ihm erzählt.«

»Ja, das hast du.«

»Er hat noch eine alte Liebe im Kopf.«

»Ach herrje. Kommt Zeit, kommt Rat.« Das sagte sie immer, wenn sie nicht weiterwusste.

»Ja, das ist so. Dann halte mich auf dem Laufenden, Mam. Und genieß jede Sekunde, versprochen?«

»Mach ich. Und du auch in diesem schönen Garten. Ich hab ja wieder eine Doku gesehen, über die geheimen Gärten in Lucca, das ist doch nicht so weit von dir da, oder?«

»Nein, so wahnsinnig weit ist das nicht. Siena ist am nächsten, aber nach Lucca und Florenz ist es nur eine gute Stunde.«

»Und diese Villen in der Toskana, also das wusste ich nicht, dass es da so viele gibt.«

»Ich auch nicht. Gregorio hat mir erzählt, dass im 16. Jahrhundert viele betuchte Händler diese Villen gekauft haben, als Statussymbol und weil es hier landschaftlich so wunderschön ist. Die Villen und Gärten sind wirklich bezaubernd. In vielen stehen Statuen aus Carrara-Marmor, es gibt Wasserspiele und … ach, ich gerate ins Schwärmen. Ich hoffe so sehr, dass durch diese Gartentour, die wir anbieten wollen, die Villa und das Anwesen von Gregorios Familie gerettet werden können.« Ihre Mutter wusste natürlich längst, um was es ging.

»Ich bin mir sicher, dass ihr es schafft, Liebes.«

So schön, dass sie ihre Tochter immer bestärkte. Das hatte sie schon immer getan. Vom Chianti-Skulpturenpark erzählte sie ihr jetzt auch noch und ihre Mutter bekam eine sehnsuchtsvolle Stimme, als sie nachfragte, das konnte Jessy hören. »Dieser Garten klingt auch traumhaft. Ich liebe ja moderne Kunst, wie du weißt. Konrad nicht so. Er reist auch nicht gern. Leider. Aber es macht mir nichts aus. Ich bin zufrieden, das weißt du ja. Zuhause ist es auch schön. Mach viele Fotos, dann sind wir so gut wie dabei.«

»Auf jeden Fall mache ich das.«

»Hat sich Vati eigentlich mal gemeldet?«

»Nein, hat er nicht.«

»Soll ich mal mit ihm reden?«

»Nein, bitte nicht. Das muss schon von ihm selber kommen. Sonst ist es ja nicht echt. Außerdem hab ich es ihm ja alles schon gesagt. Er versteht es einfach nicht.«

»Du hast recht. Seit das alles herauskam, mit dieser anderen, kann ich nur noch ganz schwer jemandem vertrauen«, fügte ihre Mam leise hinzu. »Konrad hat das schon zu spüren bekommen.«

»Geht mir genauso.«

»Wirklich? Ach herrje.«

Jessy seufzte. »Wir zwei, was? Ich wollte Papa heute Abend mal anrufen, mal sehen. Gerade ist mir doch nicht mehr danach.«

»Ach, Mäuschen, das renkt sich alles wieder ein, du wirst sehen. Erhol dich gut in diesem Garten, das ist jetzt das Wichtigste, weißt du? Dass du zur Ruhe kommst, auf dich achtgibst.«

»Ich versuch es, Mam. Hab dich lieb.«

»Ich dich auch.«

Die beiden verabschiedeten sich und Jessy sah einen Moment vor sich hin. Auf sich achtgeben sollte sie, genau das, was Gregorio wichtig war. Dann bückte sie sich, knipste mit ihrem Handy ein Bild von dem Zitronenbaum im Terrakottatopf neben sich. In Großaufnahme die Zitronenblüten, die sie so sehr faszinierten. Sie wusste, ihre Mutter, von der sie die Liebe zu Blüten hatte, und die wiederum von ihrer Großmutter, liebte diese zarten weißen Blütenblätter genauso wie sie.

»Was machst du da?«, hörte sie plötzlich Gregorios Stimme neben sich. So sehr hatte sie das Fotografieren dieser Blüten gefangen genommen, dass sie seine Schritte nicht gehört hatte.

Sie stand auf. »Fotos, für Instagram.« Dort hatte sie einen Account, gefüllt mit wunderschönen Blumen- und Gartenfotos. »Aber auch für das Konzept für die Bank«, fiel ihr ein.

»Gute Idee.« Er sah sie an, suchte nach Worten, öffnete dabei leicht seine Lippen, diese sinnlichen Lippen, die sich so richtig und gut angefühlt hatten. Doch er schüttelte schließlich nur wortlos den Kopf, drehte sich wieder um und machte sich auf den Weg in Richtung Villa. Ihm ging es genauso schlecht wie ihr, das sah sie ihm an. Weil sie ihm nicht glaubte, nicht vertraute, es einfach nicht schaffte. Verdammt! Wie tief der Vertrauensverlust durch ihren Vater in ihr saß. Wie viel mehr musste ein Mann ihr jetzt seine Liebe beweisen.

Wieso sagte Gregorio es nicht einfach, schoss es ihr durch den Kopf. Dass er sich in sie verliebt hatte, wenn dem so war? Weil er es nicht wirklich fühlte?

Am Abend brütete Jessy über dem Text für das Konzept. Sie hatte ihren Kugelschreiber im Mund, formulierte, formulierte wieder um und war einfach nicht zufrieden. So viel hing von diesem Konzept für die Bank ab, es musste richtig gut werden. Gregorio hatte ihr gebeichtet, dass er im Formulieren nicht gerade ein Meister war, er konnte organisieren, kochen, managen, kannte sich mit Tieren und Pflanzen aus, aber in Italienisch hatte er als Kind schon immer schlechte Noten gehabt.

Jessy sah sich zwar auch nicht als begnadete Texterin, aber sie hatte es nun mal versprochen und musste da jetzt durch. Sie hatten ausgemacht, dass sie den Text auf Deutsch formulierte und er ihn dann ins Italienische übersetzte. So gut war ihr Italienisch nun auch nicht. Wobei sie merkte, dass es die letzten Wochen immer besser geworden war. Wie schnell das ging! Zumindest wenn man sich auf eine Sache einließ. Immer wieder las sie Bella ihren Entwurf vor, die aufmerksam zuhörte und immer zu lächeln schien. »Alles super?« Jessy lächelte, strich ihr über den Kopf. »Du bist toll motivierend.«

11. Kapitel

Das Mondlicht schien in ihr Zimmer und wieder flog ein zerknülltes Blatt in den Papierkorb in der Ecke. Jessy hatte sich das Texten so einfach vorgestellt, aber die Wörter klangen einfach nicht harmonisch. Bella neben ihr fiepte leise, was Jessy wunderte. So lange war es doch nicht her, dass sie im Garten ihr Geschäft gemacht hatte. Sie dachte daran, jetzt endlich ihren Vater anzurufen, aber Bella lief immer wieder unruhig zur Tür, als wolle sie ihr etwas sagen, und fiepte dort. Jessy legte den Stift weg, stand auf, zog sich eine Strickjacke über, nahm den Leckerlibeutel mit den Tüten und öffnete die Tür. Sofort schoss Bella hinaus, ganz entgegen ihrer sonstigen Art, und verschwand in der Dunkelheit des Gartens. Jessy musste sich erst mal an das Dunkle gewöhnen, kniff ihre Augen zusammen und rief nach Bella. Doch kein Hund kam. Auch nicht Vinc, nach dem sie nun ebenfalls Ausschau hielt. Seltsam.

Ein Käuzchen rief. Der Garten sah bei Nacht wirklich unheimlich aus, da es hier keinerlei Beleuchtung gab. Auch in der Villa brannte kein Licht mehr. Gregorio und Rosella schienen also schon zu schlafen.

»Bella!! Hiiiier!«

Jessy horchte, aber kein Tatzengetrappel kam näher. Sehr ungewöhnlich. Normalerweise hatte Bella in der Nacht auch ein bisschen Angst, zumindest kam es Jessy bei ihren spätabendlichen Gassigängen in München immer so vor.

»Hiiiier!«, versuchte sie es erneut.

Wieder kein Hund.

Jessy überlegte kurz, ob sie eine Taschenlampe besaß, aber sie hatte keine, musste also ohne Licht in den dunklen Garten hinein.

Immer wieder rief sie nach Bella und Vinc, aber keiner der Hunde gab irgendeinen Laut von sich. Ein Schauer überlief sie und die gruseligsten Szenarien brannten sich in ihren Kopf. Was, wenn Bandini gleich hinter einem Gebüsch hervorspringen und sie überwältigen würde? Gegen diesen massigen, großen Mann hatte sie keine Chance, das hatte sie bereits auf dem Parkplatz, als er sie gepackt hatte, bemerkt.

»Mist, mein Handy«, fiel ihr ein. Sie hatte es in ihrem Zimmer liegen lassen, dabei wäre das doch die perfekte Taschenlampe gewesen. Mittlerweile befand sie sich aber schon mitten im Park. Vielleicht brauchte Bella ja schnell ihre Hilfe und sie würde kostbare Zeit verlieren, wenn sie zurücklief. Da hinten stand jemand. Jessy zuckte zusammen. Der Mann stand ganz still, wie sie jetzt auch. Ihr stockte der Atem. Er machte keine Bewegung und auch ihre Arme und Beine fühlten sich wie gelähmt an. Ihre absolute Horrorvorstellung. Nachts alleine in einem Park im Dunkeln, ein Mann, der sie beobachtete und jede Sekunde angreifen würde.

Doch nichts geschah. Da fiel es ihr ein. Hier stand eine Statue, ein griechischer Adonis, der ganz sicher nicht gleich über sie herfallen würde. Jessy atmete erleichtert durch. Sie ging tapfer weiter. Äste knackten unter ihren Füßen, Kieselsteine raschelten. Aber keine Hunde weit und breit. Inzwischen machte sie sich die größten Sorgen. Ihr wurde flau im Magen. Sie dachte an Bandini. Hatte er seine Drohung wahr gemacht? Wie Gregorio vermutet hatte, hatte Bandini bereits Verträge mit Baufirmen geschlossen, weil er dachte, das mit dem Kauf und dem Golfplatz sei alles in trockenen Tüchern. Vielleicht saß er jetzt in der Bredouille und reagierte deshalb so über?

Sie ging im Dunkeln den Weg entlang, der zur Limonaia führte und da sah sie es. Ein Licht, ein flackerndes Licht drang aus der Limonaia. Hatte dort jemand eine Kerze angezündet? Gregorio? Sie wollte gerade nach ihm rufen, da wurde ihr schlagartig klar, dass es keine Kerze sein konnte. Dass es sich um ein größeres Feuer handelte, in der Limonaia brannte es!!

»Nicht!«, drang es aus ihrem Brustkorb, sie rannte los. Was, wenn die Hunde da drin waren?

Jessy rannte um ihr Leben, aber sie fühlte sich wie in einem Traum. Ihre Beine fühlten sich schwer an, als hätte sie Wasser in den Beinen, als käme sie nicht vom Fleck. Sie zitterte am ganzen Leib. Wo war der nächste Gartenschlauch, schoss es ihr durch den Kopf, wie konnte sie das Feuer löschen? Gab es einen Feuerlöscher? Aber wo befand sich der?

Kies spritzte auf, als sie vor der mittlerweile lichterloh brennenden Limonaia stoppte. Fieberhaft sah sie sich um, entdeckte einen Wasserhahn, an dem das Schlauchsystem für die nahe gelegene Buchsbaumhecke montiert war. Sie rannte dorthin, versuchte mit aller Kraft, das Verbindungsstück der Sprenkleranlage abzudrehen, um mit dem Schlauch normal löschen zu können. Aber sie war zu schwach, ihre Finger rutschten ab. Da hörte sie ein klägliches Bellen, es kam aus der Limonaia. Bella. Ihr Herz stand still. Mit der Kraft der Verzweiflung schaffte sie es endlich, das Gewinde zu bewegen, dabei liefen ihr Tränen über die Wange. Sie öffnete fieberhaft den Wasserhahn, sodass das Wasser lief, zerrte den Schlauch zur Limonaia, versuchte, mit den Füßen die alte Holztür einzutreten, aus der dicker Rauch drang. Die Hunde fiepten jetzt erbärmlich. Jessy schaffte es nicht, ließ den Schlauch fallen, rannte zurück, um Anlauf zu nehmen, rannte auf die Holztür zu, versuchte erneut, sie mit einem Fuß einzutreten. Sie knarzte nur, nach wie vor drang Rauch heraus. Wieder nahm Jessy Anlauf, warf sich jetzt mit ihrem ganzen Körper dagegen, sodass es in ihrer Schulter knackte, aber dafür gab die Holztür jetzt nach und fiel mitsamt Jessy um. Hitze und dichter Qualm umgaben sie. Und sie sah Bella und Vinc reglos auf dem Boden liegen. Zum Glück beschränkte sich das Feuer noch auf den hinteren Teil der Limonaia, aber der Rauch hatte Vinc schon bewusstlos werden lassen und auch Bella lag nur noch flach atmend mit offenen Augen da. Jessy rannte hin, versuchte, sie aufzuheben, aber 28 Kilo stemmte man nicht so einfach. Also zog sie die Hündin hinaus, legte sie draußen ab, rannte wieder hinein, umfasste Vinc, dem die Zunge seitlich heraushing, wollte ihn ebenfalls nach draußen zerren, da sah sie, dass ein Stück entfernt auch Bandini wie ohnmächtig am Boden lag. »Oh Gott!«, entfuhr es ihr. In einem Kraftakt bugsierte sie auch Vinc an die frische Luft, prüfte kurz, ob er atmete, und rannte wieder hinein. Hilflos stand sie vor diesem massigen, schwer betrunkenen Mann, der wie ein auf den Rücken gefallener Käfer dalag und nicht mehr hochkam. Auch er hatte sicher schon eine Rauchvergiftung, atmete schwer. »Stehen Sie auf, Bandini, sonst ersticken Sie!«

»Lass mich einfach liegen«, lallte er.

»Nein, das werde ich nicht tun.« Sie nahm seine riesige, teigige Hand, versuchte, ihn hochzuzerren, aber er schien sich verletzt zu haben, stöhnte auf, konnte sich nicht groß bewegen. Überfordert sah sie ihn an. Dann rannte sie wieder hinaus, zerrte den Gartenschlauch herein und hielt mit dem Wasserstrahl auf die Flammen. Zum Glück gab es in der Limonaia, die aus Stein gebaut war, kaum brennbares Material und so schaffte sie es tatsächlich, den Brand zu löschen. Aber der Qualm war dicht und die Gefahr einer Rauchvergiftung groß. Sie hatte eine Idee, bückte sich zu ihm, durchsuchte seine Taschen. »Wo ist Ihr

Handy, Sie haben Gregorios Nummer doch sicher eingespeichert, oder?«

Bandini nickte unter Schmerzen, deutete auf seine Jackentasche. Jessy fischte es heraus – zum Glück musste sie keine PIN eingeben – und wählte Gregorios Nummer. »Geh schon ran.« Dabei trat sie zu den Hunden, sah, dass Vinc erwacht war, und auch Bella schien es zum Glück gut zu gehen.

Es dauerte lange, dann nahm Gregorio ab, er klang verschlafen. »Bandini, jetzt reicht's langsam. Es ist mitten in der Nacht …«

»Gregorio, ich bin's, Jessy.«

Seine Stimme wurde sofort sanfter, aber auch alarmierter. »Du? Wieso hast du sein Handy? Was … Wo bist du? Was … Jessy?«

»Ruf bitte einen Krankenwagen. Die Limonaia hat gebrannt, Bandini war drin, er ist verletzt.«

»Was?! Um Himmels willen. In Ordnung. Und ich bin gleich da.«.

Sie legte auf. Bandini lag wimmernd im Gebäude, hustete ob des Rauches. Sie ging hinaus, streichelte kurz die Hunde, gab ihnen je ein Leckerli, das sie in der Tasche ihrer vorher rasch übergeworfenen Strickjacke fand. Sie ging wieder zu Bandini, der nun klarer wirkte, stellte sich breitbeinig und sauer vor ihn. »Sie haben den Brand gelegt, richtig?«

Er sagte nichts, drehte seinen Kopf zur Seite, wirkte ernüchtert.

»No.«

»Wie nein?« Sie folgte seinem Blick. Dort in der Ecke lag ein Stück Plastikhülle – ein typischer Rest einer Leberwurst.

Aufgebracht fuhr sie ihn an: »Sie haben die Hunde mit Wurst angelockt?«

»Ich habe ein paar Zipfel ausgelegt, dumm, wie sie sind, sind sie hier reingerannt.«

»Dann wollten sie die Hunde hier einsperren und sie dann bei lebendigem Leib verbrennen lassen?!«

»No! Ich habe in die Wurst ein leichtes Mittel getan, um sie zu betäuben. Sie sollten denken, dass die Hunde tot sind. Aber dann ist mir diese verdammte Öllampe umgekippt. Genau in die vertrockneten Zitronenblätter da.«

Jessy versuchte, wieder herunterzukommen. »Dass sie tot sind? Wozu? Was haben Sie mit dieser Aktion bezweckt?«

»*Ihnen* Angst einjagen. Damit Sie endlich abreisen. Dann hätte Gregorio klein beigegeben, da bin ich mir ganz sicher. Dieser Waschlappen. Erst durch Sie tut er so stark.«

»Er hätte nicht aufgegeben. Und er ist auch ohne mich stark. Sie kennen ihn überhaupt nicht richtig.«

Bandini fuhr sich übers Gesicht.

»Sie haben meiner Magdalena den Mann weggenommen«, sagte er jetzt leise. »Mein Mädchen ist zutiefst verletzt. Wissen Sie, wie das für einen Vater ist?«

Verblüfft sah Jessy ihn an. Er war vielleicht ein schlechter Mensch in vielerlei Hinsicht, aber offenbar doch ein mitfühlender Vater.

»Ich habe niemandem den Mann weggenommen«, stellte sie klar.

Da hörte sie Gregorios Stimme hinter sich. »Das hat sie nicht. Magdalena hat es sich selbst zuzuschreiben, dass ich mich von ihr getrennt habe.« Vinc stand neben ihm, auch Bella kam jetzt zu Jessy getrottet. Sie kniete sich zu ihr, umarmte ihre Hündin. Dabei blickte sie Gregorio an. Ihre Blicke trafen sich. Er sah sie sehnsüchtig an, trat einen Schritt auf sie zu. »Ich liebe sie nicht mehr, das weiß ich jetzt sicher. Als du von dem Brand erzählt hast, habe ich mir sofort solche Sorgen gemacht. Das hätte auch anders ausgehen können.«

»Sie hat das Feuer gelöscht. Und deinen Köter gerettet«, gab Bandini zu.

»Und Sie habe ich auch gerettet«, konnte sich Jessy nicht verkneifen.

»Sì, sì. Sie sind eine Heldin.« Es klang trotzig.

»Na ja, das hätte ja jeder getan«, milderte sie das Lob ab.

»Nein, das hätte nicht jede getan«, versicherte Gregorio. »Du bist die mutigste und großherzigste Frau, die ich kenne.« Dieser Blick.

»Verdammt, meine Schulter«, wimmerte Bandini jetzt, der versuchte, sich auf die linke Seite zu rollen.

»Wo bleibt denn der Krankenwagen?«, hakte Jessy nach.

»Das dauert hier etwas länger als in München.«

»Jetzt hilf mir doch endlich hoch, Russo. Pronto.« Bandini klang wehleidig.

Gregorio und Jessy sahen sich an. »Wenn du ganz nett ›bitte‹ sagst, Antonio, und versprichst, dass du uns ab jetzt in Ruhe lässt.«

»*Per favore*«, brummte der mürrisch.

Gregorio zögerte kurz, dann gab er sich einen Ruck, und gemeinsam mit Jessy schaffte er es, Antonio auf die Beine zu bekommen. Der ging unter Schmerzen hinaus in die Dunkelheit, wankte in den Park, in Richtung Rosenhecke, durch die er offenbar gekommen war.

Jessy zitterte ein wenig, auch wenn die Anspannung jetzt von ihr abfallen musste.

»Ich passe auf euch auf.« Gregorio zog Jessy einfach in seine Arme, drückte sie fest und flüsterte. »Wenn dir etwas passiert wäre …«

Obwohl sich ihr Verstand immer noch gegen ihn sträubte, weil sie nicht wusste, ob sie ihm vertrauen konnte, beruhigte sich ihr Körper, genoss seine Wärme, seine Kraft. Dieser Mann fühlte sich so gut an. Was hatte er gesagt, er liebte Magdalena nicht mehr? Wenn sie das doch nur glauben könnte.

Er löste sich von ihr, hielt sie an den Schultern fest und sah ihr in die Augen. »Bitte glaube mir. Ich werde ab jetzt besser auf dich aufpassen und auf Bella.«

»Bandini ist zu allem fähig. Jetzt erst recht. Und du kannst nicht immer da sein. Ich werde abreisen.«

»Nein!« Es kam schnell und laut und aus tiefstem Herzen. »Tu das nicht. Bitte. Menschen wie er dürfen nicht durchkommen mit ihren Drohungen.«

»Ich weiß«, erwiderte sie seufzend. Dann musste sie lachen. »Er lag da wie ein dicker Käfer auf dem Rücken.«

Gregorio musste jetzt auch lachen und zog sie wieder an sich. »Du bist eine unglaubliche Frau.«

»Unglaublich verrückt, würde ich sagen.«

»Ja, unglaublich verrückt, aber genau das sind nicht so viele, glaube mir.«

»Du musst es ja wissen«, neckte sie ihn.

Er drückte sie noch fester an sich. Sie roch seinen Atem, schloss die Augen. Es fühlte sich so verdammt richtig an. Sie löste sich sanft von ihm.

Er ließ es zu, hielt sie von sich, um ihr in die Augen zu sehen. »Ich danke dir«, sagte er. »Du hast unsere Limonaia gerettet. Sie ist mehrere hundert Jahre alt. Es wäre zu traurig gewesen, wenn sie niedergebrannt wäre.«

»Ja, das wäre es. Vermutlich wäre sie aber gar nicht abgebrannt. Sie besteht ja nicht aus Holz. Es war also keine Heldentat.«

»Du bist sehr bescheiden.«

»Ich bin so erzogen. Wir hatten nie viel. Und das war nie wichtig. Wir sind reich, weil wir uns haben, hat mein Vater immer gesagt.« Jessy schluckte, Tränen traten ihr in die Augen, denn ihr Vater fehlte ihr so sehr in diesem Moment.

»Was ist?«, fragte er einfühlsam nach.

»Mein Vater, er fehlt mir.« Sie blinzelte die Tränen weg. »Wir hatten jetzt länger kaum Kontakt. Meine Familie und Bella, sie sind das Wichtigste auf der Welt für mich.« Sie lenkte ab. »Ich mache mir wirklich Sorgen um Bella. Bandini wird unberechenbar, wenn er betrunken ist.«

Gregorio nickte, dachte nach. »Vor allem wird er ausrasten, wenn der Banktermin nächste Woche gut läuft und er fürchten muss, dass uns der Banker nach der Gartenbegehung den Kredit gibt. Dass aus seinem Golfresort samt Ferienanlage nichts wird.«

Jessy biss sich auf die Lippen. »Was können wir tun?«

»Wie wäre es, wenn ich uns eine leichte Pasta mache und wir dabei überlegen?«

»Jetzt, um diese Uhrzeit?«

»Wieso nicht? Italiener essen spät, das weißt du doch. Ich habe noch selbst gemachte Pasta, die muss ich nur in kochendes Wasser werfen.«

Sie lächelten sich an. »Selbst gemachte Pasta, du bist unglaublich. Und es klingt ziemlich verlockend.«

»*Sì, andiamo?*«

Gregorio nahm die Tagliatelle Spinaci, die er für seine Mamma selbst gemacht hatte, ließ die grünen Bandnudeln in das kochende Wasser sinken. Neben ihm stand sein Glas Wein, daneben Jessy, die an ihrem Weinglas nippte und ihn beobachtete. Bella lag zu ihren Füßen und ließ sie beide nicht aus den Augen.

»*Amore* geht durch den Magen«, dachte Gregorio. Das wussten die Italiener, und er hoffte, dass das bei einer Deutschen auch klappen würde. Viel lieber als hier am Herd zu stehen, hätte er sie jetzt gespürt. Ihren Körper, ihre wohlgeformte Figur. Ihre Brüste. Ihm wurde heiß. Der Wasserdampf perlte auf seiner Stirn. Jessy trug ein enges T-Shirt, das ihre Brüste erahnen ließ, sie stand sehr nah bei ihm, um ihm beim Kochen über die Schulter zu schauen.

»Pastasoße bekomme ich nie so richtig gut hin«, sagte sie gerade. »Du hast da bestimmt ein paar Ideen.«

»Oh ja, die habe ich.« Wenn sie wüsste, was er sich mit ihr alles vorstellen konnte. Wie zufällig trat er noch einen Schritt näher zu ihr, berührte immer wieder ihren Arm oder ihre Hüfte, und jedes Mal kribbelte es in seinem Magen. So lange hatte er dieses Gefühl nicht mehr gespürt, sich so sehr danach gesehnt. Er beschloss, eine einfache, aber sehr köstliche Pastasoße aus Zucchini, Ricotta, Parmesan, etwas Muskat, Olivenöl, Knoblauch und Basilikum zu bereiten. Dazwischen tranken sie roten toskanischen Vino.

»Was ist zwischen Magdalena und dir genau geschehen, dass du sie nicht mehr heiraten möchtest?«

Er sah ihr an, dass sie es fragen musste, dass sie sich nicht länger zurückhalten konnte. Und er wusste, die Wahrheit würde sie nicht befriedigen. »Das erzähle ich dir ein anderes Mal.«

»Wieso nicht jetzt?«

Sie würde nicht lockerlassen. Fieberhaft dachte er nach, wie er es ihr erklären konnte. Schweigend ließ er die Zucchini in dem Knoblauch-Olivenöl-Gemisch dünsten, zupfte Basilikumblätter dazu. »Magdalena und ich …« Er sog die Luft ein. »Wir waren wie … Feuer und Wasser. Sie war das Feuer …« Er lachte bitter auf. »Ein bisschen wie ihr Vater. Ich habe das unterschätzt.«

»Was meinst du damit?«

»Sie ist eine Bandini. Ich habe es zu spät erkannt. Dass sie diese, sagen wir mal, andere Seite in sich hat.«

»Andere Seite?«

»Ja, sie ist …, ich weiß auch nicht, wie ich es erklären kann. In ihrem Kern nicht so ein herzensguter Mensch wie du. Das klingt jetzt hart …«

»Du kennst mich kaum.«

»Ich weiß. Aber ich habe es bei ihr auch schnell gespürt, dass sie *nicht* so ist, habe es aber verdrängt. Zum Beispiel haben wir uns in Siena näher kennengelernt. Vorher als Kinder haben wir nie miteinander gespielt, weil unsere Familien ja seit jeher verfeindet waren und sind, aber in Siena sind wir uns mit siebzehn begegnet. Bei diesem Pferderennen, dem Palio, der zweimal im Jahr auf der Piazza del Campo stattfindet. Kennst du das?«

»Nein.«

»Der Wettkampf findet seit dem 13. Jahrhundert statt. Der schönste Platz in Siena wird abgesperrt und von Pferden und ihren Reitern dreimal umrundet, es ist ein Riesenspektakel. Auf den Platz kommt vorher eine Absperrung und eine dicke Sandschicht, um die Pferde und Reiter zu schützen. Wenigstens das. Ich finde, es ist sehr viel Trubel für die Pferde. Alle feuern sie an. Und da war damals eben Magdalena, in ihrer ganzen Leidenschaft …«

Er sah ihr an, dass sie sofort Bilder im Kopf hatte. Die schöne Magdalena mit ihren langen dunklen Haaren, wie sie voller Inbrunst die Reiter anfeuerte. Der junge Gregorio, der ihr fasziniert zusah. Mist. Das wollte er nicht. Er sagte nichts mehr. Rührte, gab den Ricotta dazu, dann den Parmesan, rieb etwas Muskatnuss darüber.

»Die armen Pferde«, platzte es aus Jessy heraus. Sie klang wütend und eifersüchtig.

»Ja, wie gesagt, es ist eine Tradition. Längst nicht so schlimm wie die Stierkämpfe in Spanien, aber besonders angenehm ist es für die Pferde sicher nicht. Doch was ich eigentlich sagen wollte, genau das ist der Punkt. Magdalena macht sich keine

Gedanken um die Tiere, so wie du … oder ich. Sie hat mich oft nicht verstanden, stellte mich dann als nicht männlich hin. Kein Kerl, wie ihn die Italienerinnen mögen. Und sie ist keine Frau, die ich in allen Facetten bewundern kann. Das habe ich erst mit den Jahren gemerkt. Verstehst du, sie ist eine tolle Frau, ohne Zweifel, aber es passt zwischen uns nicht. Und dann stirbt auch die Liebe mit der Zeit.«

Verblüfft hatte Jessy ihm zugehört. Er spürte, dass sie sich in ihn hineinversetzen konnte.

»Genauso ist es mir umgedreht mit Männern gegangen«, öffnete sie sich jetzt. »In jeder meiner bisherigen Beziehungen habe ich das Gefühl gehabt, zu sensibel zu sein, nicht ernst genommen, nicht wirklich geachtet zu werden deshalb«, sagte sie, trank ihren letzten Schluck Wein. Er schenkte ihr nach.

»Ja, siehst du, es ist kein gutes Gefühl.« Er nahm ihre Hand, aber sie entzog sie ihm und sagte leise: »Aber ich wollte bisher keinen der Männer heiraten.«

Er schluckte und es schmeckte bitter. »Dann hast du es früher erkannt als ich. Ja, es war ein Fehler, um ihre Hand anzuhalten, wir waren jung und lange verlobt«, fügte er leise hinzu. »Wir haben uns ja auch geliebt. Und vielleicht hat es mich dazu noch gereizt, weil Bandini und mein Vater sich so gegen diese Liaison sträubten. Ich war damals noch mehr Rebell als heute. Aber Fakt ist, irgendwann hat sich Bandini wie ein Fähnlein im Wind gedreht. Er hat sich ausgerechnet, dass diese Verbindung finanziell nicht schlecht ist, und seitdem akzeptiert er die Auflösung der Verlobung nicht mehr.«

»Der Mann ist verrückt.«

»Der Mann liebt seine Tochter über alles. Und das Geld, sein Ansehen im Ort, seine Ehre. In Italien zählt das sehr viel, die Ehre. Für ihn war die Auflösung der Verlobung eine Schande.«

Gregorio stellte zwei weiße Teller auf den langen Tisch. »Setz dich bitte.« Jessy tat es nachdenklich, Gregorio tat ihr Pasta und Soße auf und so aßen sie die Tagliatelle mit der Zucchini-Ricotta-Soße, sahen sich dabei immer wieder wie prüfend in die Augen und nahmen immer wieder einen Schluck Wein. Bella hatte sich unter den Tisch gelegt und schlief.

Jessys Gedanken fuhren Karussell – oder lag es an dem Vino? Die Pasta und die Soße schmeckten köstlich, aber Jessy dachte an Magdalena. Sie tat ihr leid. Ihre Ehre im Ort stand auf dem Spiel.

Jessy wurde klar, dass sie hier mitten in eine Beziehungsgeschichte geraten war, die kompliziert und noch nicht ausgestanden klang. Sie spürte, wie sie sich innerlich wieder zurückzog, so gern sie seine Hände berührt hätte. Zu oft war sie an Männer geraten, die zwar behaupteten, schon getrennt zu sein, es aber in Wahrheit nicht waren.

»Dann ist Bandini also nicht nur wegen des Grundstücks so in Rage, sondern er hat noch einen tiefer liegenden Grund. Die Ehre seiner Tochter.«

»Ja, um die geht es ihm vermutlich am meisten. Er hat wohl erst vor Kurzem von Magdalena erfahren, dass wir wirklich nicht mehr zusammen sind.«

»Dann wird er aber so schnell nicht aufgeben und wir sind vielleicht wirklich in Gefahr«, fiel Jessy ein. »Dann ist er zu allem fähig.«

»Ich nehme ihm auch nicht ab, dass er kein Feuer legen wollte.«

»Hm …« Sie dachte nach. »Weißt du was?«

»Was?«

»Es ist wichtig, endlich herauszubekommen, was es mit dieser alten Geschichte auf sich hat, von der dein Vater gesprochen hat.«

Gregorio wiegte den Kopf nach rechts und links. »Vielleicht hast du recht. Vielleicht müssen wir hier wirklich einmal komplett aufräumen – draußen, aber auch drinnen. Lass uns noch mal gemeinsam überlegen, was wir außer den Botschaften auf den Tonscherben im Garten und dem Brief noch haben. Aber zuerst sollten wir morgen deinen Text für das Konzept durchgehen. Uns bleibt kaum Zeit bis zur Präsentation. Der Garten selbst wird den Bankleuten dann in drei Wochen gezeigt.«

»In drei Wochen sind meine zwei Monate schon um?«

»Ja. Ich meine, da bist du dann zwei Monate hier.«

Jessy räusperte sich. »Ich bin jetzt wirklich müde. Pappsatt und müde. Was für eine Nacht!« Sie streichelte Bella über den Kopf, die neben ihr lag und kurz ein Auge öffnete.

»Ja. Schrecklich, was hätte passieren können.«

Seine Hand lag nur zwei Zentimeter neben ihrer Linken.

Ihr wurde schwummrig. Abrupt stand sie auf. »Du kochst so gut, ich habe noch nie einen Mann kennengelernt, der so lecker kocht. Und bäckt ... und ich habe zu viel Wein getrunken.« Sie bekam einen Schluckauf. Wie peinlich. Ehe ihr Gehirn es verhindern konnte, beugte sich ihr Körper zu ihm, ihr Mund näherte sich seinem Gesicht, seinen Lippen, doch sie schwankte und so drückte sie ihm den Kuss ... auf die Stirn. Schnell stellte sie sich aufrecht hin und ging, beschwingt, verwirrt, mit vollem Magen, in dem es dennoch flatterte wie in einem Schmetterlingshaus.

12. Kapitel

Die Morgensonne schien heute besonders hell. Jessy rückte die Sonnenbrille auf ihrer Nase zurecht, während sie gebückt im Garten stand und einen Buchsbaum schnitt. Ein bisschen schwummrig war ihr immer noch. Sie liebte Tiere, aber sie mochte keinen Kater. Oder doch, Kater Pino natürlich schon. Der hatte sich in der Nacht sogar an ihr Bein geschmiegt, als sie zu Bett gehen wollte. Ganz sicher hatte ihn das Feuer auch sehr erschreckt. Sie hielt inne, stützte sich auf, hatte definitiv zwei Gläser Wein zu viel getrunken gestern Nacht. Was ja auch kein Wunder war, nach dem Schock mit der in Flammen stehenden Limonaia, der Sorge um Bella und Vinc. Wo war Bella überhaupt? Nervös sah sie sich nach ihrer Hündin um, da entdeckte sie Bella, die immer noch im Schatten neben Vinc lag. Wie einträchtig die beiden Hunde da lagen. Wie einfach es unter Tieren sein konnte. Jessy dachte an die verworrene Situation mit Gregorio und Magdalena, an Bandini, der nur das Beste für seine Tochter wollte. Nämlich ihre Ehre wiederherstellen, der dabei aber weit über die Grenzen gegangen war. Wie konnten sich diese beiden Familien nur jahrelang so in einen Streit hineinsteigern, bei dem keiner mehr wusste, um was es einst ging? Zumindest die Russos wussten es laut Gregorio nicht. Oder wusste es Bandini? Jessy überlegte kurz, ihn zu fragen, verwarf den Gedanken aber wieder. Sie hätte ganz sicher keine zufriedenstellende Antwort bekommen.

Gregorio trat aus der Villa, ein paar ausgedruckte DIN-A4-Blätter in der Hand. Er hatte zwischenzeitlich ihren Text gelesen, den sie gestern Nacht noch beschwingt vom Alkohol geschrieben und ihm gemailt hatte, bevor sie zu Bett gegangen war. Jessy sah ihm gespannt entgegen.

Mit ernster Miene kam er auf sie zu.

»Ich war betrunken«, verteidigte sie sich. »Ich habe ihn erst so richtig fertig gekriegt, kurz bevor ich ins Bett gegangen bin.«

Jetzt lächelte er breit. »Deshalb ist der Text so locker flockig geschrieben: ›Traumhafte Gartentouren durch die bezaubernde Toskana‹, ›Ein Hochgenuss für alle Sinne – gekrönt mit Zaubereien aus der toskanischen Küche‹. Also, mich hast du komplett überzeugt.«

»Wirklich? Puh, aber dich kann ich eh leicht um den kleinen Finger wickeln«, neckte sie ihn jetzt gelöst.

»Stimmt.« Er trat zu ihr. Ganz nah. Sie spürte seinen Atem. Er nahm ihr sanft die Sonnenbrille von der Nase, setzte sie ihr auf den Kopf.

Jessy nahm sie spielerisch wieder aus ihrem Haar und setzte sie wie einen Schild zurück auf ihre Nase. »Dann können wir ja nächste Woche damit zur Bank.«

Er schmunzelte. Sie wandte sich wieder ihrer Heckenschere zu, bückte sich, lächelte dabei und schnitt die Buchsbäumchen weiter.

Dabei spürte sie seinen Blick auf ihrem Po, richtete sich wieder auf, drehte sich um. Tatsächlich. Er lächelte, und jetzt so versonnen, als hätte er die Sonne geküsst.

»Was?«

»Ich habe ein sehr gutes Gefühl. Ich meine, für unseren Termin.«

»Hoffentlich stimmt dein Gefühl.« Sie sagte es extra zweideutig, blickte ihm in die Augen. Noch ehe er reagieren konnte, drehte sie sich wieder um, ging in die Knie und arbeitete lächelnd weiter.

* * *

Während der Tage bis zum Banktermin lag ständig diese Anziehung in der Luft, wenn sie sich begegneten und kurz unterhielten. Jessy versuchte, standhaft zu bleiben, wehrte seine zaghaften Versuche, in ihrer Nähe zu sein, immer ab. Sie musste sich schützen, denn bald würde sie wieder in München leben und er hier – neben Magdalena.

Und dann war es endlich so weit: Sie hatte nichts an Klamotten eingepackt, was für einen Banktermin taugte. Aber Gregorio versicherte ihr, dass sie in dem geblümten Sommerkleid umwerfend aussehe.

Gregorio selbst hatte sich in Schale geworfen. Er trug ein Jackett, darunter eine Weste, alles in hellen Farben. Die Kette einer Taschenuhr ragte aus seiner Westentasche. Er sah aus wie ein Landlord. In der Hand hielt er eine Mappe. Galant öffnete er ihr die Tür seines Wagens.

»*Grazie.*« Jessy stieg ein. Dabei rutschte ihr Kleid etwas hoch. Sein Blick entging ihr nicht.

»Wenn dieser Typ das Konzept nicht gut findet und hier bald die Bagger anrollen sollen, erzähl ich ihm mal was vom Bienen- und überhaupt vom Insektensterben, dann …«

»Ganz ruhig, das Konzept ist gut«, unterbrach er sie.

»Soll ich vielleicht besser draußen warten?«

»Auf keinen Fall. Du bist authentisch, das kommt gut an und wird mir helfen.«

»Kann ich das jetzt als Kompliment nehmen?«

»Kannst du.«

Auf der Fahrt gingen sie die Präsentation und ihre Worte noch einmal durch. Jessy bekam Kopfweh vor Anspannung. Sie wollte diesen Garten unbedingt retten, hätte alles andere als erneutes persönliches Versagen genommen, wie ihr gerade bewusst wurde. Erst der Blumenladen von Wilma, dann Gregorios Garten ... Die toskanische Landschaft beruhigte ihre Nerven. Sanft flogen die grünen Hügel an ihren Augen vorbei. Die Zypressen am Horizont vermittelten ein Gefühl von Sicherheit. Sie dachte an Bella. Rosella hatte versprochen, ein Auge auf die Hunde zu haben, sie im Haus zu behalten. Denn Jessy wagte es nach Bandinis Drohung nicht mehr, ihre Hündin unbeaufsichtigt im Garten zu lassen. Zwar hatte sie mit Gregorio vorher den Zaun zu Bandinis Grundstück erneut geflickt, aber das war ja kein Allheilmittel, wenn Bandini ihnen erneut etwas antun wollte. Als Rosella von dem Brandanschlag erfahren hatte, hatte die zarte Frau am ganzen Leib gezittert und Bandini verflucht.

Endlich waren sie im Ortskern am Bankgebäude angekommen. Gregorio parkte, Jessy stieg aus, strich sich ihr Kleid glatt.

»Bereit?«, fragte Gregorio, der solche Termine offenbar gewohnter war als sie.

»Ja, aber warum wirkst du so entspannt?«

»Weil ich durch dich wieder gemerkt habe, was wichtig ist im Leben.«

Überwältigt sah sie ihn an. Er konnte verdammt charmant sein, dieser Halbitaliener.

»Lass es uns hinter uns bringen. Meine Füße kribbeln, das tun sie immer, wenn ich aufgeregt bin.«

Er lächelte, ließ ihr gestisch den Vortritt und sie betraten ein kleines Bankgebäude, fragten sich zu ihrem Bankberater durch.

Signor Deledda, ein kleiner Italiener mit Halbglatze, gab ihnen seine feuchte Hand. Er bat sie in sein Büro, zog sein Jackett aus, sodass man unter seinen Achseln die Schweißflecke am Hemd sah. Gregorio und Jessy setzten sich ihm gegenüber. Sie waren ein Team, durchfuhr es Jessy. Es fühlte sich gut an.

Gregorio ergriff das Wort, machte ein wenig Small Talk und er und Signor Deledda tauschten erst mal den neuesten Tratsch aus. Jessy saß ungeduldig daneben, wippte mit ihrem Fuß. Das Kribbeln wurde immer stärker. Da platzte es aus ihr heraus: »Können wir jetzt anfangen?«

Signor Deledda sah sie überrascht an. Und auch Gregorio warf ihr von der Seite einen kurzen Blick zu.

Sie räusperte sich. »Ähm, ich meine, Sie haben ja vermutlich nicht so viel Zeit und …« Jessy suchte nach Worten. Ihr Italienisch war zwar in den letzten Wochen deutlich besser geworden, aber jetzt, in diesem hochnervösen Zustand, setzten ihre Gedanken aus.

»Sì, sì.« Signor Deledda musterte Jessy wohlwollend, beziehungsweise eher ihren Ausschnitt, denn ihr Wickelkleid war, wie sie nach einem kurzen Blick nach unten sah, etwas auseinandergerutscht. Schnell zog sie es wieder zusammen. Gregorio runzelte die Stirn. Stimmt. Wieso ließ sie es nicht einfach so. Signor Deledda schien ihr Dekolleté zu gefallen. Gregorio öffnete seine Mappe, reichte ihr den Teil des Texts, den sie wie besprochen vortragen sollte. Jessy nahm das Papier angespannt entgegen. Präsentationen waren noch nie ihre Stärke gewesen, schon in der Schule nicht. Das konnte Gregorio bestimmt besser. Dummerweise hatten sie darüber nicht gesprochen, nur über ihre Texte.

Nachdem er den Anfang gemacht hatte und ihren Text tatsächlich beeindruckend präsentiert hatte, bedeutete er Jessy, wie abgemacht fortzufahren.

»*Va bene*«, fing Jessy bemüht lächelnd an und fuhr fort, Signor Deledda von den geplanten Gartentouren zu erzählen. Je mehr sie über die einzelnen Gärten, die sie mit Gregorio besichtigt hatte, berichtete, desto mehr geriet sie ins Schwärmen.

Da winkte Signor Deledda, dessen Blick an ihrem Ausschnitt haftete, ab.

»Was?«, horchte Jessy auf. »Was ist denn?«

Sie wechselte einen angespannten Blick mit Gregorio.

»Ich kenne unsere toskanischen Gärten«, erklärte Signor Deledda. »Seit meiner Kindheit.«

»Ja, Sie schon. Aber doch die Touristen nicht, die in die Toskana kommen. Die kennen nur den guten Wein, das Olivenöl, Töpfer-, Tango- und Kochkurse.«

Signor Deledda lachte auf. Ein hohes, meckerndes Lachen. »Sì, sì. Genau das. Immer das Gleiche.«

Gregorio schaltete sich ein. »Eben. Wir bieten etwas Besonderes. Geheimnisvolle, verborgene Gärten, jeder birgt seine Geheimnisse, jeder hat eine Geschichte zu erzählen. Und jeder ist ganz besonders und wunderschön.«

Er machte eine kurze Pause. Jessy ergriff leidenschaftlich das Wort. »Dazu bewahren wir die Natur, für die Pflanzen und Tiere. Wir schaffen grüne Oasen, um die Seele baumeln zu lassen. Erst recht mit Gregorios weisen Sprüchen auf den Steinen, die ich besonders toll finde. Wir tun etwas für das Klima, für unseren Planeten ...«

Signor Deledda sah Gregorio hilfesuchend an. »Typisch Frau«, sagte er leise, aber so, dass Jessy es verstand.

»Was soll denn daran typisch Frau sein?«, brauste sie auf, hielt ihren Ausschnitt wieder zu.

Gregorio sprang ihr zur Seite. »Paolo, ich bitte dich«, fing er an. Offensichtlich kannten sich die beiden schon länger. »Wir haben das Konzept zusammen erarbeitet. An der Begeisterung von Signorina Hauptmann siehst du, wie gut es einschlagen wird. Vor allem bei Deutschen, die ja besonders gern in die Toskana reisen.«

Signor Deledda schnaubte durch, wiegte den Kopf. »Ich weiß nicht.«

Alarmiert sahen sich Gregorio und Jessy an. Signore Deledda schien verschnupft zu sein. Warum auch immer. Hatte sie doch zu viel geredet? In Jessy kochte Wut hoch. Sie versuchte, sich zusammenzureißen, ließ Gregorio reden. Was bildete sich dieser kleine Kerl da überhaupt ein? Nur weil er Kredite vergeben durfte, fühlte er sich wie der Papst?

Gregorio schmierte ihm Honig ums Maul, erinnerte daran, dass ja noch die Gartenbegehung anstehe und diese ihn sicher überzeugen werde. Aber sie merkten beide, dass Signore Deledda aus irgendeinem Grund dagegen war. »Es gibt schon ein paar, die Gartentouren anbieten. Ihr braucht noch etwas Besonderes«, schloss er und stand auf. Gregorio und Jessy ebenfalls. Da fiel ihr ein: »Wir bieten noch zu dem leichten Lunch Kochkurse in der Limonaia an.«

»Bitte was?«, fragte Signor Deledda nach.

»Gregorio kocht vorzüglich. Ich habe noch nie so gute selbst gemachte Pasta gegessen. Oder sein Schokoladenkuchen, toskanischer Schokoladenkuchen, ein Traum.«

Sie sah Deledda an, dass sie ins Schwarze getroffen hatte. Man sah förmlich, wie ihm das Wasser im Mund zusammenlief. »Schokoladenkuchen?«

»Sì.« Gregorio nickte. »Der beste im ganzen Chianti.«

»Aber nicht besser als der meiner Mamma«, sagte Signor Deledda nun mit zusammengekniffenen Augen.

Jessy hielt die Luft an. Wenn es um die Rezepte seiner Mamma ging, durfte man sicher nichts dagegen sagen.

Aber Gregorio lächelte jetzt breit. »Das Rezept hat meine Mamma von deiner Mamma.«

Signor Deledda klatschte sich freudig auf die Schenkel. »Das gibt es ja nicht. Ich liebe diesen Schokoladenkuchen. Er ist wirklich ein Traum.«

»Das ist er.« Jessy grinste. Diese Italiener. »Sollen wir Ihnen die Tage einen vorbeibringen?«

»Sì, sì.« Deledda gab ihnen die Hand. Er geleitete sie hinaus. Aber dann wurde er wieder ernst und fand in die Rolle des Bankers zurück, der gern seine Macht ausspielte. »Ich werde mir euer Konzept noch mal durch den Kopf gehen lassen. So ganz überzeugt bin ich noch nicht, wie gesagt. Und dann kommt es ja noch auf den Garten an.« Er machte ein skeptisches Gesicht.

Irritiert ob dieser Wendung traten Gregorio und Jessy aus dem Bankgebäude. »Was hatte er jetzt plötzlich wieder?«, wollte Jessy unwohl wissen. »Habe ich es versaut?«

Gregorio schüttelte den Kopf, nahm Jessy einfach in den Arm. Sie spürte ihn, roch seinen Duft. »Du bist unglaublich«, flüsterte er in ihre Halsbeuge. Dann löste er sich von ihr. »Er ist ein kleiner Mann, der seine Macht demonstrieren muss. Aber er liebt Schokoladenkuchen.«

Jessy kicherte. »Schokoladenkuchen. Ich will jetzt sofort einen Schokoladenkuchen.«

13. Kapitel

Gregorio parkte den Wagen vor der Villa, da kam ihnen Rosella aufgelöst von der Haustür entgegen. Jessys Herz blieb stehen. Bella. Hatte Bandini ihr einen Besuch abgestattet? Sie stieg eilig aus, rannte auf diese zarte Frau zu, die mit der Hand fuchtelte, wie es nur Italienerinnen konnten.

»Da seid ihr ja endlich!«

»Ist was mit Bella?«, rief Jessy ihr entgegen?

»No, no. Sie ist in der Küche. Alles gut. Aber er war hier.«

»Er war hier?« Fassungslos drehte sich Jessy zu Gregorio um, der jetzt hinter ihr stand.

»Was wollte er, Mamma? Bist du in Ordnung?« Sofort ging er zu seiner Mutter, fasste sie sanft an den Armen und sah sie forschend an. Rosella hatte sich wieder etwas gefangen, nickte.

»Wie war der Banktermin?«, lenkte sie ab.

»*Bene*. Mamma, was hat er gesagt oder getan?«

Sie wand sich. »Er war nüchtern. Ich konnte den Dobermann gerade noch zurückhalten, sonst wäre er ihm an die Kehle gegangen.«

»Das vielleicht nicht. Aber er hätte ihm sicher eine Ansage gemacht. Kein Wunder, nachdem Bandini auf ihn geschossen hat.«

»Und Bella?«

»Lag friedlich unterm Tisch und hat mit dem Schwanz gewedelt.« Sie lächelte kurz, wurde dann wieder ernst. »Er meinte, jetzt kennen wir uns schon so lange. Er hat auf mich eingeredet, dass ich doch nachgeben solle. Weil wir angeblich keine Chance haben. Der Banker und er seien eng befreundet.«

»Das habe ich mir fast schon gedacht, so wie Deledda reagiert hat.« Gregorio fuhr sich übers Gesicht.

»Wie ist das Gespräch denn gelaufen?«

Gregorio erzählte Rosella Details aus ihrem Gespräch mit Deledda. »Einmal dachte ich, wir haben ihn. Aber dann ist er wieder umgeschwenkt.«

»Zu früh gefreut«, meinte Jessy frustriert.

Gregorio nickte. »Seit wann sind die beiden denn befreundet? Ich wusste das nicht.«

»Eine Hand wäscht die andere. Du warst lange fort, Junge. Hier im Chianti hat sich viel getan. Aber dass sie so eng sind, war mir auch nicht klar.«

Rosella seufzte. »Dass Magdalena aber auch nicht auf ihn einwirken kann.«

Als sie diesen Namen nannte, spürte Jessy sofort wieder ihre Eifersucht im Bauch. Sie verkündete, sie wolle weiterarbeiten, sich erst kurz umziehen und dann weiter umgraben. Gregorio versicherte ihr, sie könne sich den Rest des Tages freinehmen, sie habe ihm so viel beim Konzept geholfen.

»Okay, dann nehme ich mir frei«, entgegnete sie spontan. Gregorio sah sie verblüfft an.

Jessy drehte sich um und ging zum Gästehaus.

* * *

Paula hatte zum Glück heute Nachmittag auch frei und sich riesig über Jessys spontanen Anruf gefreut.

Die beiden Freundinnen saßen auf der kleinen Terrasse von Paulas Wohnung, tranken einen Espresso und ließen ihren Blick über die schöne Landschaft schweifen. Dazu knabberten sie Kekse. »Toskanisches Gebäck, wie findest du es?«

»Der Hammer. Fast genauso gut wie Gregorios Schokoladenkuchen.«. Bella lag neben ihr, sie nahm sie jetzt wenn möglich immer mit. Jessy hatte Paula über die Ereignisse der letzten Tage auf Stand gebracht und Paula hatte es wundervoll zusammengefasst: »Was haben wir? Einen Traummann, der sogar backen kann, aber leider noch irgendwie mit seiner früheren großen Liebe verstrickt ist, und Briefe von Elizabeth, die sich damals wie wir immer in den Falschen verliebt hat.«

»Wo bin ich da bloß hineingeraten? Dabei wollte ich doch nur ein paar Wochen hier arbeiten, einen wunderschönen Garten gestalten und erhalten.«

»Dafür kämpfst du ja auch. Was ich sehr bewundere.«

»Wirklich?«

»Ja, ich hätte schon längst aufgegeben.«

»Aufgeben ist keine Option mehr für mich, das habe ich hier gelernt. Außerdem brauche ich das Geld, meine Wohnung ist untervermietet und ...« Sie hielt inne.

Paula brachte es trocken auf den Punkt. »Und du hast dich hoffnungslos in Gregorio verliebt. Was ich verstehe. Er ist wirklich ein Schnuckelchen.«

»Oh Mann, ich fürchte, du hast recht.« Die Freundinnen nahmen sich in den Arm. Dann löste sich Jessy wieder und dachte nach, was nun zu tun sei.

»Gregorio hat mir gerade noch eine Nachricht geschrieben, dass ich morgen Signor Deledda trotzdem zwei Stücke Schokoladenkuchen vorbeibringen soll. Ich habe geantwortet, dass das doch jetzt keinen Sinn mehr hat und total nach Bestechung aussieht, aber er meinte, daran würde sich hier keiner stören.«

»Stimmt.«

Paula schmunzelte, knabberte an einem Keks.

»Was mir aber wirklich Sorge bereitet, ist Bella.«

»Wieso, Rosella passt doch auf sie auf, wenn du nicht da bist, hast du gesagt?«

»Ja, aber was könnte sie im Ernstfall wirklich ausrichten? Bandini ist so durchtrieben.«

»Ich glaube, er ist nur bauernschlau.«

»Wie auch immer, er macht mir Angst.« Jessy fügte hinzu. »Ich muss ihn irgendwie stoppen, er ist eine tickende Zeitbombe. Bloß wie?«

Paula überlegte. »Solche Leute hören eigentlich nur auf ihre Liebsten.«

Jessy horchte auf. »Das hat Rosella auch schon angedeutet. Das hieße, ich müsste mich mit Magdalena treffen, damit sie auf ihren Vater einwirkt.«

Paula sah sie an und nickte.

»Auf keinen Fall!«, konstatierte Jessy und verschränkte die Arme vor der Brust.

* * *

Die Sonne ging bereits unter, färbte den Himmel orange. Magdalena sah von Nahem leider noch schöner aus. Ihre ebenmäßige, gebräunte Haut schimmerte bronzefarben. Oder lag es am Licht der Kerzen? Musik drang aus der Box über ihr. Jessy war mit Paula in die Bar gefahren, in der sich Magdalena wohl öfter mit Freunden traf, und sie hatten Glück gehabt. Magdalena stand am Tresen, hatte sich gerade von einer Gruppe verabschiedet und war im Begriff zu gehen. Sie trug ein ärmelloses, blumiges Sommerkleid, das ihre schlanke Figur unterstrich. Die langen, dunklen Haare fielen ihr offen über die Schultern.

Als Jessy ihr mit Bella gegenübertrat, lächelte Magdalena erst Jessy, dann die Golden-Retriever-Hündin nett an.

Was muss sie mir auch noch sympathisch sein, durchfuhr es Jessy. Aber natürlich, sonst hätte sich Gregorio ja niemals in sie verliebt.

Jessy erklärte kurz, dass sie mit ihr über ihren Vater reden wollte, ob sie einen Moment Zeit habe.

»Natürlich. Es tut mir so leid, sag das Gregorio auch bitte noch mal«, erwiderte Magdalena honigsüß. »Der Brand hätte so schrecklich enden können. Für die Hunde und auch für dich und meinen Vater.«

Jessy nickte. Die Musik dröhnte in ihren Ohren.

»Wollen wir kurz rausgehen? Draußen ist es ruhiger«, schlug sie vor.

Sie traten hinaus ins Freie, die frische Luft tat gut. Am Nachthimmel funkelten ein paar wenige Sterne. Der Geruch von Rosmarin, der neben dem Eingang in Kübeln wuchs, stieg Jessy in die Nase.

»Mein Vater ist ein Dickkopf, aber er hat ein gutes Herz«, sagte Magdalena. »Meine Mutter hat immer auf ihn aufgepasst, aber seit ihrem Tod …«

Jessy runzelte die Stirn. »Herzensgut« war nicht gerade das, was ihr zu Bandini einfiel. »Das tut mir leid mit deiner Mutter. Aber ich glaube, jemand sollte auf ihn einwirken. Wer weiß, was sonst noch passiert.«

Magdalena verzog keine Miene. »Ich habe mir eine unbezahlte Auszeit in meinem Job genommen. So lange unterstütze ich ihn beim Olivenölverkauf. Dann kann ich Gregorio auch wieder öfter sehen …«

Magdalena blickte Jessy an und in ihren Augen blitzte so etwas wie Triumph auf.

»Verstehe.« Jessy überlegte kurz. »Dann rede doch bitte noch mal eindringlich mit deinem Vater. Was den Kauf des

Gartens und Grundstücks betrifft. Gregorio hat so wundervolle Ideen, er möchte das alles, was seiner Familie seit Jahrhunderten gehört, erhalten und bewahren. Und gerade in Zeiten, in denen immer mehr Natur zerstört wird, sollten wir uns alle dafür einsetzen, dass Gärten, dass Lebensräume für Pflanzen und Tiere, erhalten bleiben.«

Schweigend hatte Magdalena ihr zugehört. Sie wirkte angespannt. »Gregorio wird deine Einstellung sehr gefallen«, stellte sie fest. Und Jessy konnte in ihrem Gesicht sehen, dass auch sie mit Eifersucht zu kämpfen hatte. Was nützte einem dieses perfekte Aussehen, wenn man sich des Mannes, den man liebte, nicht sicher sein konnte? »Ihr werdet bestimmt gute Freunde werden, wenn wir erst verheiratet sind …«

Jessy blieb der Mund für einen Moment offen stehen.

»Um Gregorio geht es hier nicht«, stellte Jessy kämpferisch klar. »Ich würde es mir nie verzeihen, wenn dieser jahrhundertealte Garten platt gemacht werden würde, damit dort ein Golfplatz errichtet werden kann. Und ein paar schicke Feriendomizile.«

»Rosella hat einen Käufer gesucht, mein Vater hat das nötige Geld und eigene Visionen.« Magdalena klang distanzierter. »Er wollte den Russos einen Gefallen tun.«

»Das glaube ich jetzt mal nicht.« Jessy musste sich mittlerweile sehr zusammenreißen.

Magdalena überging diesen Kommentar. »Er hat schon sehr viel Zeit und Geld in dieses Projekt investiert. Allein die Architekten, die bereits alles für ihn geplant haben. Natürlich will er das nicht umsonst ausgegeben haben. Es gibt schon einige Verbindlichkeiten, Absprachen, da geht es auch um seine Ehre als Geschäftsmann.«

»Wenn Ehre für ihn so wichtig ist, sollte er sich auch privat wie ein Ehrenmann verhalten. Er hat bereits zweimal die Grenze überschritten. Vielleicht kannst du bitte auch deshalb noch mal mit ihm reden. Auf seine Tochter hört er bestimmt am ehesten.«

Magdalena sah für einen Moment in den Nachthimmel, dann wieder Jessy an. »Na gut. Ich kann es noch mal versuchen, aber versprechen kann ich leider nichts.«

»Danke, vielen Dank.«

Magdalena zögerte einen Moment: »Ich habe mich mit meinem Vater für Gregorio überworfen, weißt du. Damit wir heiraten können. Er hat mir das sehr übel genommen. Aber was tut man nicht alles aus Liebe. Gregorio genauso mit seinem Vater. Deshalb ist es auch etwas ganz Besonderes zwischen uns.«

»Verstehe.«

Magdalena lächelte sie falsch an, verabschiedete sich, ging zu ihrem Fahrrad, das an einem Kirschlorbeerbusch stand. Was für eine schlanke Taille sie hatte.

Jessy sah dieser schönen Frau einen Moment nach, atmete durch, machte sich auf zu Paula, die auf dem Parkplatz stand und auf sie wartete. Sie waren die kurze Strecke von Paulas Wohnung zu Fuß hergekommen und hatten beschlossen, dass Jessy heute bei Paula übernachtete. Sie hatte Gregorio schon eine Nachricht geschrieben, damit er sich keine Sorgen machte. Pass auf dich auf, hatte er sofort zurückgeschrieben.

»Und?«, riss die Freundin sie aus ihren Gedanken. Paula hatte sie schon vorgewarnt, dass Magdalena zwar nett wirke, man ihr aber beileibe nicht trauen dürfe.

»Ich verstehe trotzdem, dass Gregorio von ihr hin und weg ist«, erklärte Jessy gedämpft.

»Hin und weg *war*«, verbesserte Paula. Sie glaubte fest daran, dass er keine tiefen Gefühle mehr für Magdalena hatte, spätestens seit es Jessy gab. »Seit er die Frau kennengelernt hat, die genauso naturverrückt und crazy ist wie er«, hatte Paula gesagt.

»Sie scheint charakterlich wirklich einiges von ihrem Vater zu haben, früher hat man das nicht gemerkt, aber die letzten Jahre schon«, schickte sie jetzt noch hinterher.

Jessy nickte knapp. »Sie hofft immer noch, dass er sie heiratet.«

»Niemals.«

»Lass uns gehen. Ich bin müde. So richtig komme ich nicht weiter. Du hattest recht. Magdalena sieht mich als Konkurrenz, sie wird meiner Bitte bestimmt nicht mit Nachdruck nachkommen. Sie spricht höchstens für Gregorio noch mal mit ihrem Vater. Aber im Grunde geht es um das Vermögen ihrer Familie, das sich durch den Kauf vergrößern würde. Und um die Ehre ihres Vaters. Um ihre Ehre. Hinzu kommt verletzter Stolz, wenn Gregorio ihr klar macht, dass es wirklich zu Ende ist. Vermutlich redet sie also gar nicht mit ihrem Vater.« Jessy fühlte sich ganz wirr im Kopf.

»Ich mach dir gleich noch einen Tee. Du siehst aus, als ob dir etwas Warmes guttun würde.«

»Danke.« Jessy lächelte Paula an. So schön, hier so schnell eine Freundin wie sie gefunden zu haben. Jemanden, der sich Gedanken um einen machte, dafür sorgte, dass es ihr gut ging. Jessy fühlte Dankbarkeit, und dieses Gefühl schob ihre Eifersucht und ihren Ärger einen Moment beiseite. Wenigstens hatte sie es versucht. Trotzdem brauchten sie jetzt dringend einen Plan, wie sie Bandini, der sich benahm wie ein von einer Hornisse gestochenes Pferd, zügeln konnten.

14. Kapitel

Am nächsten Morgen fuhr Jessy mit Bella von Paula zurück zur Villa und als sie dort parkte, kam ihr Gregorio entgegen. Bella rannte sofort zu ihm, wedelte mit dem Schwanz, wackelte mit dem Hinterteil und freute sich, als wäre er ihr Herrchen. Gregorio streichelte die Hündin ausgiebig, sah dann erst zu Jessy auf. Voller Sehnsucht sah er sie an, unfähig, etwas zu sagen.

Jessy stand da, begann ihm von ihrer Begegnung mit Magdalena zu erzählen, wobei sie es so klingen ließ, als hätten sie sich zufällig vor der Bar getroffen.

»Sie denkt … sie denkt natürlich auch an ihr Vermögen, an ihren Vater, der Verbindlichkeiten eingegangen ist.«

»Weil er den Mund immer zu schnell zu voll nimmt. Es hängt jetzt alles an Signor Deledda, der leider korrupt ist, wie wir nun wissen.«

»Tja, dein Schokoladenkuchen wird uns nicht retten. Und ich habe jetzt auch keine Lust mehr, ihm welchen zu bringen und mir seine schmierigen Blicke anzutun.«

»Ich mache das. Ich möchte auch nicht mehr, dass du dort alleine hingehst.«

»Dann bleibt jetzt nur noch, den Garten wunderschön zu gestalten bis zur Gartenbegehung mit Signor Deledda.

Vielleicht fällt uns ja noch was ein. Hast du die Steine, die du mit Weisheiten darauf auslegen willst, schon bearbeitet?«

»Ich habe angefangen.« Er wirkte, als wollte er jeden Moment zu ihr gehen und sie umarmen. Aber gerade nach der Begegnung mit Magdalena wusste Jessy erst recht nicht mehr, wem sie vertrauen konnte. Magdalena, die so sicher schien, dass sie und Gregorio zusammengehörten, für immer und ewig, und die sicher alles dafür tun würde. Oder Gregorio, von dem sie nicht sagen konnte, ob er sich wirklich schon entschieden hatte – für Jessy. Wo er doch wusste, dass sie bald wieder nach München abreisen würde.

Jessy drehte sich rasch um, ließ ihn stehen und ging mit Bella zum Geräteschuppen, um schon mal Gartengeräte herauszuholen. Dann wollte sie sich rasch ihre Gartenklamotten anziehen und loslegen. In ihrem Kopf schwirrten die Gedanken umher, als habe jemand einen Bienenstock aufgescheucht. Sie spürte, wie ihr die Luft zum Atmen wegblieb.

Die Gartenarbeit tat Jessy wieder so gut. Langsam, nachdem sie eine große Fläche von Unkraut befreit hatte, ging ihr Atem wieder regelmäßiger, obwohl sie sich anstrengte, oder gerade deshalb. Gartenarbeit erdete, wie sie erneut feststellte, und Jessy beschloss, sich in München auf jeden Fall ein Stückchen Grün zu suchen, um es zu bepflanzen, um bei sich zu bleiben, auch in der Stadt. Ob es sich dabei erst mal nur um eine Baumscheibe handeln würde, wusste sie noch nicht. Sie hoffte auf mehr. Wollte ihrer ehemaligen Chefin Wilma anbieten, ihr im Schrebergarten zu helfen.

Von weitem sah sie Gregorio, der an einem Rosenbusch mit einem Spaten die Erde umgrub. Sie sah wieder weg.

»Jessy?« Seine dunkle Stimme ließ etwas in ihr klingen, weckte sie auf aus ihren tagträumerischen Gedanken.

Sie drehte sich um. Gregorio stand kurz darauf mit einer Schaufel in der Hand neben ihr. »Bella hat mal wieder in der Erde gebuddelt.«

»Wo ist sie?« Erst jetzt bemerkte Jessy, dass Bella nicht mehr neben ihr lag. Sofort machte sie sich Vorwürfe, nicht auf sie geachtet zu haben. Was, wenn Bandini wieder in der Nähe herumschlich?

»Da, bei dem alten Rosenbusch.« Er ging vor und Jessy folgte ihm. Bella stand vor dem Busch und buddelte in der Erde, wie sie es liebte. Dann sah sie ihr Frauchen erwartungsvoll an, buddelte weiter.

»Stopp!«, ermahnte Jessy. Bella hörte auf.

»In dem Fall darf sie.«

»Was wieso?«

»Ich habe etwas gesehen, das wirkt, wie wenn da etwas vergraben worden wäre.«

»Was?«

Jessy eilte hinter Gregorio her zu ihrem Hund. Tatsächlich. In dem gebuddelten Loch schien sich eine Schachtel oder Ähnliches zu befinden.

Der Duft der Rosen lag in der Luft.

Gregorio schob Bella sanft beiseite und stieß rings um das Fundstück mit der Schaufel in die Erde. Jessy und Bella sahen ihm zu. Er schaufelte und schaufelte. Jessy kniete sich hin, buddelte mit den Händen weiter und förderte schließlich eine Schatulle zutage, die vermodert und alt aussah. »Wow. Vielleicht ist das die, in der Elizabeth und Enzo sich ihre Briefe zukommen ließen.« Bella schnupperte daran.

»Mach sie auf«, sagte Gregorio ungeduldig. Er kniete sich ebenfalls hin und beobachtete gespannt, wie Jessy die Schachtel mühsam öffnete. Ein Briefkuvert lag darin. Die Zeit unter der Erde hatte ihm sichtlich zugesetzt.

»Ein Brief? Was da wohl drinsteht?« Aufgeregt sah sie ihn an und starrte dann wieder fasziniert in die Schatulle.

Gregorio griff nach dem Kuvert, aber Jessy hielt ihn am Arm zurück. »Warte.« Sie spürte seine Haut. »Wenn er aus dem 19. Jahrhundert ist, zerfällt er vielleicht bei deinen grobmotorischen Bewegungen. Ich mach das besser«, neckte sie ihn.

»Wenn du wüsstest, wie behutsam und einfühlsam diese Hände sein können«, konterte er lächelnd.

Sofort hatte sie Bilder im Kopf. Gregorio nackt neben ihr auf einer Wiese, wie er sie zärtlich streichelte, wie er ihren ebenso nackten Körper mit seinen Händen erforschte und …

»Jessy?«, hörte sie seine Stimme.

»Was? Ja, natürlich.« Sie nahm vorsichtig den Brief heraus, drehte ihn um und darauf stand tatsächlich: »Elizabeth Russel«. Und die Adresse der Villa.

Aufgeregt, aber behutsam öffnete Jessy das Kuvert und zog ein gefaltetes Papier heraus. Nachdem sie es entfaltet hatte, sah sie auf den Absender: »Enzo«. Sie überlegte kurz und reichte ihn Gregorio. »Für dich.«

»Wieso?«

»Er ist von Enzo an deine Urur-was-auch-immer-Großmutter. Es geht um deine Familie. Er ist für dich.«

Gregorio nahm ihn andächtig, setzte sich auf die Wiese vor dem Rosenbusch. Jessy tat es ihm gleich. Und auch Bella legte sich neben sie und ließ sich kraulen.

Die Sonne blitzte durch die Blätter des Rosenbuschs, das Gras duftete. Gregorio übersetzte den in Englisch abgefassten Brief mit seiner tiefen Stimme, durch die Jahre in London beherrschte er diese Sprache fast perfekt. Jessy beobachtete sein feines Gesicht dabei, seine vollen Lippen, die sich sanft bewegten.

Meine liebste Elizabeth,

endlich habe ich einen Weg gefunden, dir durch einen hoffentlich vertrauenswürdigen Boten eine Nachricht zukommen zu lassen. Ich bete, dass dich diese Zeilen erreichen werden. Ich weiß nicht, ob ich dir all dies zumuten kann, aber ich ahne, dass sie dich belogen haben, dir vielleicht sogar gesagt haben oder noch sagen werden, ich sei ums Leben gekommen. Genau so fühle ich mich. Denn ohne dich bin ich kein Mensch, ohne deine Stimme zu hören, deinen Duft zu atmen, deinen Liebreiz zu spüren.

Dein Mann ist sicher ein guter Mann, ich möchte nicht schlecht über den Lord reden. Ganz sicher will er das Beste für dich und das Kind. Es muss schmerzlich sein für einen Mann, kein Kind zeugen zu können. Noch schmerzlicher zu wissen, dass das Kind unter deinem Herzen also nicht sein Kind sein kann.

Gregorio hielt inne, horchte auf. »Es war nicht sein Kind? Also ihr Kind war kein Russel?«

»Lies weiter.«

Und dass es dann auch noch von mir, einem Bandini, einem Mann aus einer einfachen Olivenbauernfamilie ist, hat ihn vermutlich rasend gemacht.

Gregorio sah alarmiert auf. »Meine Wurzeln sind halb Bandini?«

Jessy sah ihn ebenso entsetzt an, legte ihm dann aber beschwichtigend die Hand auf den Arm. »Weiter, lies weiter.«

Anders kann ich mir diese perfide Aktion nicht erklären, die sich die feinen Herren ausgedacht haben. Leider muss ich sagen, dass dein Herr Vater ebenso gegen mich intrigiert hat. Sie haben mich abgefangen, in der Nacht, in der wir flüchten wollten. Vermutlich haben sie einen Brief oder Nachrichten an mich von dir gefunden, anders kann ich es mir nicht erklären. Du musst gedacht haben, ich wollte nicht kommen, es tut mir so schrecklich leid. Ich befinde mich seit Wochen im Gefängnis in Florenz und ich fürchte, ich werde hier etliche Jahre verbringen müssen. Meine geliebte Elizabeth, bitte glaube mir, dass ich nichts getan habe. Lord Russel und dein Vater behaupten und haben Beweise dafür kreiert, dass ich einen schweren Raubüberfall mit Todesfolge gemacht haben soll. Du weißt, wie friedliebend und ehrlich ich bin. Niemals im Leben hätte ich so etwas getan. Nur leider sprechen Beweise, die ausgelegt wurden, dagegen.

Ich werde dich lange nicht mehr in den Arm nehmen können, sie werden dich nicht zu mir lassen. Bitte versuche es nicht und bringe dich in deinem Zustand nicht in Gefahr. Ich werde unser Kind nicht aufwachsen sehen. Das und dass wir unsere Liebe nicht leben dürfen, zerreißt mir das Herz. Aber mache dir keine Sorgen, ich halte durch, für euch, damit ich euch irgendwann in die Arme schließen und für euch sorgen kann.

Denn die Wahrheit wird ans Licht kommen und dann müssen dein Vater und Lord Russel dafür bezahlen, was sie uns beiden angetan haben. Auch wenn es in Geld nicht aufzuwiegen ist.

Bitte sage unserem Kind, dass ich es jetzt schon so sehr liebe und mich auf den Tag freue, an dem es Papa zu mir sagt.

Dein dich liebender Enzo, für immer, zusammen im Herzen.

Gregorios Hände zitterten, als er den Brief sinken ließ. »Dann sind wir gar keine Russels oder Russos, sondern halb Bandini ...«

»Deshalb sind eure Familien seit Jahrzehnten zerstritten, das ist also das Geheimnis.«

Gregorio fuhr sich durchs Haar, stand abrupt auf und ging vor ihr aufgewühlt auf und ab.

»Dann hat mein Vater das gewusst, das war es, was er meiner Mutter auf dem Sterbebett noch von Elizabeth, seiner Urururgroßmutter, erzählen wollte.«

Gregorio schüttelte sich. »Bandini. Ob er es weiß? Vermutlich nicht, sonst hätte er schon längst etwas gesagt. Ich werde mit Mamma reden. Sie wird außer sich sein, ich hoffe nur, dass ihr Herz das mitmacht.«

Jessy stand mit einem unwohlen Gefühl auf. »Das hoffe ich auch sehr. Soll ich mitkommen?«

»Nein!« Es klang harsch.

»Okay, es tut mir leid, ich werde solange im Garten weiterarbeiten. Vielleicht hätte ich doch nicht weiterforschen sollen«, flüsterte sie noch.

Er erwiderte nichts darauf, nickte nur mit ernster Miene. »Vielleicht.« Ihm fiel etwas ein. »Wollte mein Vater etwa deshalb partout nicht, dass ich Magdalena heirate – weil wir entfernt verwandt sind?«

»Unsinn, das spielt nach so vielen Generationen keine Rolle mehr. Aber der Hass auf die Bandinis schon.«

Gregorio überlegte. »Wenn Bandini das erfährt, meint er bestimmt, erst recht einen Anspruch auf unseren Familienbesitz zu haben.«

Fassungslos sah Jessy ihn an. »Ja, natürlich. Oh nein, dann war es wirklich nicht gut, es herauszufinden.«

Gregorio sah sie fast wie in Trance an. »Ja.« Dann folgte Stille. »Ich ... brauche Zeit ... ich rede jetzt mit meiner Mutter.«

Jessy spürte förmlich, wie er sich innerlich von ihr distanzierte, und es fühlte sich an, als drücke ihr jemand die Kehle zu und nehme ihr die Luft zum Atmen. Was hatte sie getan?

15. Kapitel

»Bandini?! Dein Ururgroßvater soll ein Bandini gewesen sein?!«
Rosella fasste sich ans Herz, atmete schwer. Sie saß im grünen
Salon in einem samtbezogenen antiken Stuhl. Sie hielt den
Brief aus der Schatulle, die Jessy und er im Garten ausgegraben
hatten, in der Hand. Sie zitterte. Er nahm ihn ihr ab, kniete
sich zu ihr.

»Mamma, bitte bleib ruhig. Dein Herz.«

»Wie soll ich da ruhig bleiben? In dir fließt Bandini-Blut, in
meinem Sohn. Und in deinem Vater floss es auch!«

Er stand auf. »Dann wusstest du es also nicht. Und Vater?
Kann er es gewusst haben? War es das, was er dir auf dem
Sterbebett erzählen wollte?«

»Was? Nein. Ich meine … bestimmt auch.«

»Auch? Wie meinst du das?«

Rosella zögerte. Er sah ihr an, dass sie das nicht hatte sagen
wollen. Seine Mutter wandte ihr Gesicht von ihm ab, stand auf,
ging gebückt, als hätte sie eine schwere Last zu tragen, zu dem
Spiegel, der über einer antiken Kommode hing, und betrachtete ihr Gesicht. Tonlos begann sie zu erzählen, von den letzten
Stunden seines Vaters, davon, dass er all die Jahre nicht davon
gesprochen hatte, weshalb er Gregorio nicht hatte annehmen
können, wie er sollte. Seinen einzigen Sohn. »Er hat mir auf

dem Sterbebett gesagt, dass er all die Jahre glaubte, dass du nicht sein Sohn warst.«

»Was?«

Gregorio ging zu ihr, nahm ihre zarte rechte Hand in die seine und sah ihr erschüttert in die Augen. »Er war nicht mein Vater?«

»Doch, *naturalmente*!«

Gregorio verstand jetzt gar nichts mehr. »Wie? Er war doch mein Vater?«

»Sì, so wahr ich Rosella Russo heiße. Ich schwöre beim Grab meiner Mutter, Gott hab sie selig.«

»Und … wie kam er darauf, dass es nicht so sein könnte?«, fragte er vorsichtig nach.

Hatte seine Mutter einen Liebhaber gehabt und sein Vater davon erfahren?

»Weil er *stupido* war. Entschuldige, ich weiß, so redet man nicht über die Toten, erst recht nicht über seinen eigenen Ehemann.« Sie bekreuzigte sich. »Aber er hat sich da in etwas hineingesteigert all die Jahre und jetzt, wo ich die Geschichte von Elisabetta, also dieser Elizabeth damals, kenne, weiß ich auch, warum.«

»Mamma, bitte eins nach dem anderen. Ich verstehe nicht.«

»Das habe ich auch lange nicht, mein Sohn. Wie er dich so hat behandeln können. Aber jetzt wissen wir es endlich.«

»Mamma, bitte rede. Wie kam Vater darauf, dass ich nicht sein leiblicher Sohn sein könnte?«

Sie seufzte. »Unser Nachbar Bandini. Also Antonio Bandini. Er war in jungen Jahren ein stattlicher Kerl. Groß, muskulös und braun gebrannt. Er war deinem Vater schon immer ein Dorn im Auge. Auch weil Bandini ein Auge auf mich geworfen hatte.«

»Auf dich?«

»Sì. Ich war einmal jung und schön.«

240

»Das wollte ich damit nicht ausdrücken. Du bist immer noch wunderschön, ich bin sicher, du hattest viele Verehrer.«

»Die hatte ich. Und Bandini war einer davon. Und er war unser Nachbar. Und sehr hilfsbereit. Ich muss gestehen, anfangs, kurz nach unserer Heirat, als ich hier in die Villa einzog und noch niemanden kannte, fand ich ihn sehr nett … und attraktiv. Ähnlich muss es dieser Elizabeth damals gegangen sein mit Bandinis Vorfahren Enzo. Und da dein Vater diese Familiengeschichte kannte, auch wenn er mit mir nie darüber geredet hat, hat er vermutlich gedacht, dass sich die Geschichte wiederholte. Dass ich etwas mit einem Bandini hatte und du dessen Sohn bist.«

Gregorio ließ seine Mamma reden. Seine Mamma, die ganz sicher wunderschön gewesen war als junge Frau.

»Aber ich war deinem Vater immer treu, das musst du mir glauben. Heilige Muttergottes, wenn ich gewusst hätte, dass er das all die Jahre von mir dachte …« Ihre Hände zitterten. Gregorio nahm die andere auch noch in seine und drückte sie fest.

»Mamma, bitte beruhige dich. Ich glaube dir. Und Vater hätte es ganz sicher auch getan, wenn er mit dir darüber geredet hätte. Wenn du die Chance gehabt hättest, es ihm ebenso zu versichern wie mir. Wenn er dich so gesehen hätte. Aber wie immer hat er geschwiegen. Wie es in unserer Familie üblich war, Dinge zu verschweigen. Es bringt Unglück. Du siehst, was daraus wird.«

Aufgewühlt zog er seine Mutter in die Arme und dachte über all das nach. Sein Vater hatte ihn nie so geliebt wie ein echter Vater, weil er in seiner blinden Eifersucht dachte, sein Nachbar, Antonio Bandini, sei sein Erzeuger. Ein Olivenbauer. Seine ganze Kindheit, Jugend, sein ganzes Leben wäre anders verlaufen, wenn dieses alte Familiengeheimnis aus dem 19. Jahrhundert nicht immer im Kopf seines Vaters herumgespukt wäre und ihn in diese Eifersucht und den Hass auf die Bandinis getrieben hätte. Wenn er nichts gewusst hätte von Elizabeth und Enzo Bandini damals. Wenn es diesen Familienkrieg nicht seit damals gegeben hätte – obwohl die Familien verwandt waren. Wie absurd das alles war.

Rosella löste sich sanft von ihm und einen Moment sagte keiner etwas. Rosella dachte angestrengt nach.

»Gregorio, es tut mir unendlich leid, dass du die Liebe deines Vaters nie ganz spüren durftest.«

Bitter bestätigte er. »Tja, mir auch. Was für ein alter Idiot.«

»Gregorio! *Per favore.* Ich hoffe so sehr, dass du deinem Vater irgendwann vergeben kannst.« Sie sah ihn eindringlich an.

Gregorio zuckte aufgewühlt die Schultern. »So einfach ist das nicht. Du weißt, wie mir ein Vater all die Jahre gefehlt hat. Ein Vater, der mich liebt wie ich bin, der mich akzeptiert und stolz auf seinen Sohn ist. Stolz darauf, dass er die Natur liebt.«

»Ich weiß«, flüsterte sie. »Und ich fürchte, ich hätte mehr vermitteln müssen.«

»Das hast du versucht. Es hat nur leider nichts gebracht und wir wissen jetzt, weshalb er so verbohrt war.«

»Dennoch. Ich leide mit dir, mein Sohn.«

Gregorio warf ihr einen dankbaren Blick zu, fühlte sich aber immer noch wie unter Schock. Er ging ein paar Schritte im Raum umher, fuhr sich durchs Haar. Die Gedanken und Erinnerungen an seinen Vater wirbelten in seinem Kopf umher. Wie oft hatte er an sich gezweifelt, dass etwas mit ihm nicht in Ordnung sei, wie oft hatte er sich gefragt, warum er für seinen Vater nicht liebenswert sei. Dabei hatte sich alles nur im Kopf seines Vaters abgespielt. Weil er nie gelernt hatte, über seine Gefühle zu reden, hatte dieses Familiengeheimnis zu einem tragischen Missverständnis geführt. Fakt blieb aber eines: dass sie mit den Bandinis seit vielen Jahren verwandt waren und sie alle jetzt irgendwie damit umgehen mussten.

Auch wenn diese Verwandtschaft bis ins 19. Jahrhundert zurückging und es für eine Heirat mit Magdalena keine Rolle mehr gespielt hätte. Wie sehr hatte sich sein Vater gegen diese Verbindung gesträubt, wie viele Steine hatte er ihnen in den Weg gelegt. Aber auch da hatte sein Vater überreagiert. So entfernt verwandt sie waren, hätte es biologisch keine Probleme gegeben. Und dennoch hatte es ihre Liebe sehr belastet.

»Kannst du deinem Vater vergeben?«, fragte Rosella noch einmal mit leiser Stimme.

Gregorio sah sie an und versuchte, in sich hineinzuhorchen. Mit einem Mal wurde ihm klar, dass auch er es nie wirklich gelernt hatte, über Gefühle zu reden, auch nicht von seiner Mutter. Denn diese entstammte als Principessa aus Rom einem edlen Haus, in dem ein jeder die Contenance zu wahren hatte. Vermutlich erklärte das auch, warum er es nie geschafft hatte, eine längere, glückliche Beziehung zu führen, obwohl er sich dies im Grunde wünschte.

»Ich versuche es, Papa zu vergeben. Er hat ganz sicher sehr gelitten unter diesem Verdacht, dass ich nicht sein Sohn bin. Wenn ich mir das vorstelle, wenn ich an seiner Stelle gewesen wäre. Im Grunde tut er mir sehr leid dafür.«

Rosella bekreuzigte sich und nickte. »Ich bin so froh, dass du so ein warmherziger Charakter bist. Nur wenn man anderen vergibt, kann man auch seinen Frieden mit sich selbst schließen. Und das ist wichtig, glaube mir. Ich wünsche es mir so sehr, dass endlich wieder Frieden einkehrt in unserer Familie, gerade auch im Verhältnis zu den Bandinis. Nachdem ich ihm damals klipp und klar gesagt hatte, dass es nichts wird zwischen uns, hat Antonio Maria geheiratet, die Tochter des Müllers. Ich habe mich immer ein wenig verantwortlich gefühlt, als ich gehört habe, dass er nicht wirklich glücklich war in seiner Ehe. Dabei scheint er sie doch mit den Jahren auf eine besondere Weise geliebt zu haben. Warum sonst verliert er jetzt derart den Halt?«

»Ja, es ist nicht schön, hoffentlich fängt er sich wieder. Magdalena macht sich große Sorgen, auch dass sie die letzten Jahre so viel in Florenz war, um zu studieren und zu arbeiten.«

»Das arme Mädchen. Sie war mir immer sehr sympathisch und damals habe ich es bedauert, dass ihr euch getrennt habt. Aber ich habe irgendwann auch gespürt, dass deine Liebe zu ihr nachgelassen hat.«

»Ja, das hat sie.« Gregorio beschäftigte nach wie vor noch etwas: »Hättest du es mir wirklich nicht gesagt, dass Vater das all die Jahre gedacht hat?«

»Ich weiß es nicht. Vielleicht nicht. Weil ich mich geschämt habe. Weil ich befürchtet habe, dass du mir nicht glaubst, weil von so einer Geschichte immer etwas hängen bleibt. Bandini war ein begehrter Junggeselle damals. Das halbe Dorf war hinter ihm her. Durch die Arbeit im Olivenhain besaß er Muskeln, war braun gebrannt und hatte ein unverschämt ansteckendes Lachen.«

»Wir reden aber schon von Antonio Bandini?«

»Sì.«

Sein Blick fiel auf den Brief von Elizabeth.

»Wenn Elizabeth gewusst hätte, was ihre verbotene Liebe für Folgen haben würde«, sagte Gregorio bitter. »Und was wohl aus Enzo wurde? Wieso hat er, nachdem er irgendwann aus dem Gefängnis freikam, nicht sein Kind geholt?«

16. Kapitel

Paula leckte an ihrem Zitroneneis und schüttelte den Kopf. »Die Bandinis sind mit den Russos verwandt?! Das ist echt ein Knüller.«

»Du erzählst aber niemandem davon, das hast du versprochen!«

»*Naturalmente, no!* Wieso hat Gregorios Vater eigentlich keinen Vaterschaftstest machen lassen?«

»Vermutlich Angst vor der Gewissheit.«

Die Freundinnen sahen sich an. »Traurig, wirklich traurig die Geschichte«, stellte Paula fest.

Jessy hielt ihre Eiswaffel in der Hand, ging mit Paula weiter angespannt durch den kleinen Ort. Was hatte sie mit ihren Nachforschungen nur angerichtet?

Die Geranien in den Terrakottatöpfen vor den Eingängen blühten, eine weiß-graue Katze huschte an ihnen vorbei. Jessy schmeckte das Zitroneneis auf ihrer Zunge und dachte an Gregorio. Wie musste es ihm jetzt gehen? Paula hakte nach: »Meint ihr, dann hat Bandini Anrecht auf das Land der Russos?«

»Keine Ahnung. Irgendwie wohl schon. Manchmal sollte man die Vergangenheit wohl doch ruhen lassen. Vielleicht war jetzt alles umsonst und er bekommt den Garten sogar von Rechts wegen für seine Baupläne.«

»Warte es erst einmal ab. Ein Gutes hat das Ganze jedenfalls. Im Ort wird endlich wieder Frieden einkehren. Hoffentlich. Du hast ja keine Ahnung, wie diese ewige Feindschaft zwischen den Familien hier immer für Unruhe gesorgt hat.«

»So schlimm?«

»Oh ja. All die Jahre. Italienisches Temperament haben beide. Auch wenn bei den Russos Engländer mitgemischt haben.«

Jessy schleckte erneut an ihrem Eis. »Es muss schrecklich für Gregorio sein, ein verpasstes Leben mit dem Vater. Er tut mir so leid.«

»Ja, sehr traurig. Aber ich bin jetzt mal gespannt, was Gregorio mit dieser Info anstellt.«

Einen Moment gingen sie schweigend und Eis schleckend weiter durch den Ort. Jessy beobachtete in einiger Entfernung einen Vater, der liebevoll mit seinem kleinen Mädchen umging, es sich auf die Schultern setzte und herumhopste wie ein Pferd. Der Mann war schlank, sehr groß, hatte breite Schultern. Ein attraktiver Italiener, der sicher Sport machte. Das Mädchen lachte. Paula hatte ihre Waffel aufgegessen, hakte sich bei Jessy ein und flüsterte: »Übrigens, das ist Luigi.«

»*Der* Luigi?«

»Sì. Mein Noch-nicht-Luigi. Komm, ich will ihm vor der Kleinen jetzt nicht begegnen.« Sie zog Jessy um eine Häuserecke.

»Entschuldige, dass ich dich noch gar nicht nach ihm gefragt habe. Gibt es etwas Neues?«

»Kein Thema. Nein, gibt es nicht.«

»Er sieht nett aus.«

»Sì. Neulich meinte er, wenn er sich trennt, zieht er erst mal wieder zu seiner Mamma.«

Die Freundinnen sahen sich an und Paula verdrehte erst die Augen, lachte dann. Sie erklärte, sich spröde geben zu wollen.

»Soll er erst mal zu seiner Mamma ziehen. Und dort herausfinden, was er wirklich will.«

»Na ja, eine Wohnung zu finden, ist vermutlich auch hier nicht so einfach.«

»Stimmt. Zumal er sicher ordentlich Unterhalt zahlen müsste. Mir tun bei so was immer die Kinder leid.«

»O ja. Magst du denn Kinder sehr?«

»Bambini sind das Glück dieser Welt. Und wenn ich keine eigenen bekommen kann, wer weiß, würde ich mich über andere freuen.«

»Das finde ich toll. Und ich drücke die Daumen.«

»Ich mag Luigis Tochter. Lara. Ich kenne sie ein wenig. Und sie tut mir schon lange leid. Den ganzen Tag zu hören, wie sich die Eltern streiten, muss furchtbar sein. So oft hab ich seine Frau herumzetern hören, wenn ich an ihrem Haus vorbeigekommen bin.«

»O weh.« Jessy dachte an ihre Eltern, die sich nie gestritten hatten. Die still und leise auseinandergegangen waren. Jedes Paar ging anders mit Unstimmigkeiten um.

»Na ja, jedenfalls werde ich Luigi heute Abend treffen.«

»Ich dachte, du gibst dich spröde?«

»Tu ich ja auch. Zu mir nach Hause nehme ich ihn gewiss nicht mit. Ich habe ihm mehrmals gesagt, er soll sich nicht wegen mir trennen. Es ist so eine große Verantwortung. Er meinte letztens, er halte es nicht mehr aus. Und die Kleine hat schon Symptome entwickelt.«

»Was für Symptome?«

»Sie nässt wieder ein.«

»Ach herrje. Wenn sich die Eltern nicht mehr verstehen, ist das für alle Beteiligten schlimm. Egal in welchem Alter.«

Jessy sah nachdenklich vor sich hin.

»Noch eine Kugel Zitroneneis?«, fragte Paula. »Ich bin mir sicher, zwischen dir und deinem Vater, das renkt sich wieder ein«, setzte sie noch hinzu. Wie gut sie Jessy bereits kannte.

»Von alleine offenbar nicht. Und ich habe schon mehrfach versucht, mit ihm zu reden. Ich drücke mich davor, ihn anzurufen, wie ich merke, weil ich genau weiß, was er sagen wird.«

Paula sah sie kurz mitleidig an, trat dann zu dem Eisverkäufer, der Gelato aus einem alten Fiat heraus verkaufte. Sie kannte ihn, schäkerte kurz mit ihm und kam mit zwei neuen Waffeln mit Zitroneneis wieder zurück. »Wenn dir das Leben eine Zitrone gibt, mach Limonade daraus. Oder Zitroneneis.« Sie grinste. »Massimos Eis ist das beste im ganzen Chianti. Genieß es, solange du es bekommst.«

»Kann er nicht München in seine Runde einschließen? Dieses Eis werde ich definitiv auch vermissen. Oder du bringst mir immer welches. Wenn du mich in München besuchen kommst. Du hast es versprochen.«

»Klaro, ich komme, darauf kannst du wetten.« Paula hakte sich bei Jessy wieder unter, die Sonne schien und Jessy hatte den Geschmack von Zitrone auf ihrer Zunge. Wieder dachte sie an ihren Vater, mit dem sie früher ein Mal die Woche Eis essen gewesen war. Und wie ihr gerade auffiel, am liebsten Zitroneneis. Jeden Donnerstag, wenn er sie vom Handball abholte, das sie damals so euphorisch gespielt hatte. Sie waren dann immer durch den Englischen Garten spaziert und Jessy hatte sich vorgestellt, eine feine Dame zu sein, die durch ihren Park wandelte. Ähnlich wie sie sich Elizabeth vorstellte, in langem Kleid, wie man es im 19. Jahrhundert trug. Jessy liebte den Englischen Garten in München, überhaupt Gärten, schon seit sie denken konnte. Seit ihre Oma immer von ihrem grünen Paradies geschwärmt hatte, seit sie Wilma im Schrebergarten beim Obstpflücken geholfen hatte, und jetzt die Gärten der Toskana. Jeder, den ihr Gregorio bisher gezeigt hatte, besaß auf seine Weise einen ganz besonderen Zauber. Und wie Gregorio erzählt hatte, gab es noch so viele mehr zu entdecken. Insofern schade, dass ihre Zeit hier in der Toskana bald zu Ende ging. Die zwei Monate waren wie im Flug verstrichen und hatten nicht nur ihr, sondern auch Bella, die hier auf dem Land noch ausgeglichener wirkte, sehr gutgetan. Auch mit Vinc und Kater Pino hatte sie mittlerweile innige Freundschaft geschlossen. Nur zwischen Gregorio und ihr gab es jetzt wieder diese Distanz.

Nach dieser Pause ging Jessy in sich gekehrt im vorderen Renaissancegarten an die Arbeit, kehrte die Erde weg, die beim Umgraben auf die Wege gefallen war, und sah immer wieder traurig zur Villa hinüber. Der Duft der Zitronen wehte zu ihr. Kein Wunder, dass das Zitroneneis hier in Italien so gut schmeckte, wo die Pflanzen und ihre Früchte von der Sonne verwöhnt wurden. Jessys Blick blieb auf der Villa hängen. Wie hatte wohl Rosella reagiert? Vermutlich wünschte sie sich Jessy lieber heute als morgen nach Deutschland zurück. Sie hatte zwar den Eindruck gehabt, das Herz der Principessa etwas erwärmt zu haben, aber sicher war sie sich nicht. Durch ihr aristokratisches, kühles Auftreten sah man dieser Frau nicht an, was sie von einem dachte. Bella kam angetrottet und schmiegte sich an Jessys Beine.

»Na, Süße, unsere Tage hier in der Sonne sind gezählt. Vermutlich müssen wir sogar früher abreisen. Rosella ist bestimmt stinksauer, dass ich das alles ausgegraben habe, dass ihr Sohn Gregorio mit Bandini, diesem Stinkstiefel, verwandt sein soll.«

Die Hündin legte sich seufzend auf den Boden und Jessy kehrte weiter den Weg. Plötzlich fing Bella an, mit dem Schwanz zu wedeln, stand auf und lief den Weg entlang in Richtung Limonaia. Gregorio kam von dort, blieb einen Moment stehen, streichelte mit einer Hand den Hund, blickte Jessy an, kam dann auf sie zu. Jessy hielt die Luft kurz an, stützte sich auf dem Besen ab und betrachtete diesen gut aussehenden Mann. Wieso war ihr das am Anfang nicht aufgefallen, wie perfekt er aussah? Oder war er nur perfekt in ihren Augen? Für sie? Aber was brachte es ihr, wo sie bald abreisen würde?

Sie konnte seinen Blick nicht deuten. Wut? Enttäuschung?

Gregorio kam näher, trat wortlos zu ihr, nahm ihr den Besen aus der Hand, lehnte ihn an eine Hecke und sah sie ernst an.

Er sagte nichts.

Sie fuhr sich mit den Händen durch ihr Gesicht, spürte die Sonne darauf. »Wirst du es Bandini sagen?«, flüsterte sie.

»Ich gehe jetzt zu ihm. Mamma wollte erst, dass wir es ihm nicht sagen. Aber ich bin für die Wahrheit. Dann sehen wir weiter.«

Er drehte sich wieder um, ging in Richtung Rosenhecke und bog dort den Zaun auseinander, um hindurchzuschlüpfen.

* * *

Gregorio hatte den Garten der Bandinis so viele Jahre nicht betreten. Er sah dank eines Gärtnerbetriebes, den sich Bandini etwas kosten ließ, gepflegt aus. Durch ihr ökologisches Olivenöl hatten die Bandinis seit Jahren gut verdient und mit dem Geld ihr Haus immer weiter ausgebaut. Es sah nicht so edel aus wie die alte Villa der Russos, eher neureich modernisiert, aber die vielen Blumen in diesem Garten gaben dem Anwesen eine eigene Note. Magdalena hatte die Blumen von Gärtnern anpflanzen lassen, sie selbst liebte die Arbeit im Garten nicht sehr. Ob sie wohl zu Hause war? Gregorio hoffte, ihr jetzt nicht auch noch zu begegnen. Der Gang zu Antonio fiel ihm schwer genug. Den Brief von Elizabeth hatte er kopiert und trug die Kopie in seinem Jackett bei sich. Wie genau sie mittlerweile verwandt waren, konnte Gregorio nicht sagen, aber dass sie dieselben Vorfahren hatten, machte sie zu einer *famiglia*.

Gregorio trat auf die helle Eingangstür zu, über der eine Videokamera installiert worden war. Antonio ließ sein gesamtes Anwesen überwachen, da er keine Hofhunde mochte und sich vor Einbrechern fürchtete. Wie Magdalena Gregorio einmal verraten hatte, hatte er einfach Angst vor Hunden, wollte das aber natürlich nicht zugeben. Vermutlich deshalb hatte er auch auf Vinc geschossen, wie sie sagte. Eher aus Panik als aus kalter Berechnung.

Aber ein Antonio Bandini durfte natürlich keine Schwäche zeigen und so schoss er eben um sich.

Gregorio drückte auf die Klingel und eine etwas alberne Melodie erklang. Kurz darauf Antonios mürrische Stimme aus der Lautsprecheranlage.

»Was willst du hier, Russo?«, fauchte er Gregorio an, den er drinnen auf dem Bildschirm sah.

»Mit dir reden. Kann ich reinkommen?«

Es tat sich nichts. Würde er ihn etwa nicht einlassen? Doch dann summte es und die Tür öffnete sich wie durch Zauberhand. Antonio mochte technische Spielereien und hatte sein ganzes Haus damit versehen, wie Gregorio von Magdalena wusste.

So gut wie nie hatte er das Haus der Bandinis damals betreten, als sie ein Paar gewesen waren, denn das hätte Antonio niemals erlaubt. Nur wenn die Eltern nicht zu Hause waren, sonst hatten sie sich immer im Gartenhaus getroffen, das sich weit hinten im Park befand und in dem sie sich auf einer Chaiselongue ungestört lieben konnten. Kurz wurde Gregorio sentimental, als er an diese unbeschwerte Zeit dachte.

Er betrat den modern eingerichteten Flur, der ganz in Weiß gehalten war und so völlig anders aussah als der Eingangsbereich ihrer Villa, der einen in vergangene Jahrhunderte katapultierte.

Eine Tür im hinteren Bereich ging auf und Antonio stand da. Er sah ungepflegt und müde aus. »Was willst du?«

»Kann ich vielleicht erst mal reinkommen?«

Antonio zog die Augenbrauen hoch. Er bat Gregorio widerwillig hinein und erklärte, dass sein Dienstmädchen heute frei habe und es deshalb nur Vino gebe. »Mitten am Tag? Nein, danke.« Gregorio setzte sich Bandini gegenüber. »Es geht nicht um unser Grundstück. Es geht um unsere Familie. Mein Vater hat, bevor er starb, eine Andeutung gemacht.«

Bandini schnaubte durch. »Aha. Und welche?«

Gregorio erzählte ihm, dass er deshalb Nachforschungen angestellt und was er alles herausbekommen hatte. Er vermied bewusst, Jessys Namen zu nennen, um sie zu schützen. Gregorio schloss: »Es ist also so, dass das Kind von Elizabeth damals von Enzo Bandini war.«

»Von Enzo?« Antonios Miene war immer fassungsloser und wütender geworden und plötzlich stand er auf, ging in Richtung Kamin, wo ein Gewehr stand, wie Gregorio jetzt sah. »Stopp, mach dich nicht unglücklich!«

Aber Bandini hatte es schon gegriffen und angelegt. »Das bin ich schon. Jetzt auch noch mit euch blutsverwandt, euch Pack!«

Gregorio stand der Schweiß auf der Stirn. Diesem Mann traute er zu, in seiner Rage abzudrücken.

»Antonio, warte!«, rief er. In dem Moment ging die Tür auf und Magdalena trat ein, starrte ihren Vater blass an.

»Papa, hör sofort auf!«

Durch seine Tochter wieder zur Besinnung gekommen, ließ Antonio das Gewehr sinken.

Gregorio und Magdalena sahen sich in die Augen.

»Es tut mir leid«, sagte sie leise. »Papa, du brauchst Hilfe. Und Menschen um dich herum, du vereinsamst hier, wenn ich nicht da bin.« Sie ging zu ihrem Vater, nahm ihn in den Arm und Antonio ließ es kurz geschehen. Dann schob er sie von sich.

Gregorio brachte auch Magdalena auf Stand, zeigte ihr den Brief von Elizabeth, erklärte ihr alles.

»Das heißt, auch wir sind blutsverwandt?«, stellte sie tonlos fest.

»Sì. Aber nur ein winziges bisschen. Es ist zu lange her, es hätte keine Rolle gespielt, wenn wir Kinder bekommen hätten.«

»Nein, hätte es nicht.«

»Magdalena.« Er trat auf sie zu. »Du bist mir sehr wichtig. Ich würde mich freuen, wenn wir Freunde bleiben könnten.«

Sie sah ihm in die Augen, schluckte. »Sicher, Gregorio.«

»Auf dich hört Antonio, nur auf dich.«

Magdalena nahm einen tiefen Atemzug, drehte sich erneut zu ihrem Vater. Unterstützt von Gregorio redete sie auf ihren Vater ein wie auf einen sturen Esel. Nach und nach erfuhren sie von ihm, dass er wusste, dass sein Vorfahr Enzo Bandini damals im Gefängnis gewesen war. Er hatte Schande über die Familie gebracht, weshalb man ihn besonders im Gedächtnis behielt und sich von Generation zu Generation Geschichten über ihn erzählte. Antonio wusste, dass seine Großmutter einmal gesagt hatte, Enzo sei im Gefängnis an Typhus gestorben. Und dass die Familie darüber erleichtert gewesen sei, weil er ihre Ehre im Dorf beschmutzt hatte.

»Deshalb hat er nie nach seinem Kind gesehen«, stellte Gregorio fest.

Bandini starrte verhangen vor sich hin. Gregorio trat zu ihm, fasste ihn am Arm an. »Antonio, sieh es positiv, dass wir irgendwie verwandt sind. Magdalena arbeitet oft in Florenz, ab jetzt hast du wieder Familie im Ort.«

Bandini überlegte. Seine Augen wurden zu Schlitzen: »Euer Garten gehört jetzt mir.«

»Das ist es, worüber ich mit dir auch reden wollte. Bevor wir unser Geld in Anwälte stecken, sollten wir uns einigen, schlage ich vor. Das Ganze ist sowieso schon längst verjährt. Aber was meine Familie Enzo Bandini damals angetan hat, indem sie ihn unschuldig ins Gefängnis stecken ließ, ist unverzeihlich. Deshalb bitte ich dich im Namen meiner Familie um Verzeihung. Ich möchte dir zum Ausgleich gern etwas Land schenken. Aber nicht unser halbes Anwesen, vor allem nicht unseren Renaissancegarten und die Villa, sondern hinten an den Zypressen und Pinien das weite Land, das auch an deines grenzt. Dort kannst du ein paar feine Luxusresorts bauen. Nur für einen Golfplatz reicht es nicht. Aber den braucht es auch nicht, wo unsere *famiglia* bald exklusive Gartentouren mit toskanischem Lunch und Olivenölverkostung anbietet. Da möchte ich dich nämlich gern einbeziehen. Bei deiner Olivenöl-Verkostung kannst du dann auch mit den Gästen über die Ölherstellung plaudern und kommst unter Menschen.«

Antonio hatte ihm mit gerunzelter Stirn zugehört.

»Papa, das ist doch wunderbar. Dann muss ich auch kein schlechtes Gewissen haben, wenn ich in Florenz bin, weil du unter Menschen kommst.«

»Wunderbar, wunderbar, gar nichts ist wunderbar. Lasst mich alleine, ich muss nachdenken«, herrschte er sie an. Gregorio folgte Magdalena nach draußen. Sie schloss die Tür, drehte sich zu ihm, stand ihm ganz nah, und ehe er reagieren konnte, berührten ihre Lippen die seinen.

17. Kapitel

Jessy saß auf dem Bett, betrachtete ihren Koffer, der neben dem Kleiderschrank stand. Bella saß zu ihren Füßen und sah sie mit großen Augen an. »Was meinst du, Bella, soll ich lieber gleich gehen, bevor ich bald noch mehr leide in München? Den Rest im Garten schafft Gregorio alleine. Mission erledigt. Was dieser Deledda dann entscheidet, liegt nicht mehr in meiner Hand.« Sie stand auf, holte den Koffer zu sich, schlug ihn auf.

Da klopfte es. Jessy und Bella sahen sich an. Zögerlich ging Jessy zur Tür und öffnete sie. Draußen stand Gregorio. Sein Blick fiel auf den Koffer. »Was machst du da?«

»Ich reise ab. Wir reisen ab.«

»Auf keinen Fall.«

Er sah sie an, seine Hand näherte sich ihrem Gesicht, ihr Herz schlug schneller. Sie spürte sanft seinen Daumen, der ihre Wange streichelte und an ihrer Lippe stoppte. Zärtlich fuhr er ihr darüber. »Du hast mein Leben gerettet, weißt du das eigentlich?«

»Ich habe was?«

Er zog seine Hand zurück, suchte nach Worten. »Kann ich reinkommen?«

»Natürlich.«

Bella wollte offensichtlich hinaus und Jessy ließ sie in den Garten. Dann drehte sie sich zu ihm, stand ihm unbeholfen gegenüber. In ihrem kleinen Gästezimmer gab es nur das Bett als Sitzgelegenheit für zwei. Jessy bedeutete ihm, sich zu setzen.

Gregorio tat es, sah sie intensiv an. »Bandini will es sich überlegen, auf den Golfplatz müsste er verzichten. Wir werden sehen.« Jessy hörte ihm zu. Aufgewühlt nahm er plötzlich ihre Hand und sofort durchfuhr Jessy ein Kribbeln. Die Nähe zu diesem Mann weckte ungekannte Sehnsüchte in ihr. »Was ich dir aber vor allem sagen wollte«, fuhr Gregorio fort, »du weißt nicht, wie verdammt weh es all die Jahre getan hat, zu glauben, mein Vater liebt mich nicht, weil ich seinen Ansprüchen nicht genüge, weil ich bin wie ich bin.«

»Du bist genau richtig, wie du bist«, sagte sie sanft. Wieso dachten so viele von sich immer das Gegenteil?

»Ich weiß. Ich weiß es *jetzt*. Dank dir. Weil er nicht mich, seinen Sohn, gesehen hat, weil er gelitten haben muss wie ein Hund. Weil er in mir ein Kuckuckskind gesehen hat, ausgerechnet von einem Bandini. Dabei bin ich das nicht. Das glaube ich meiner Mutter zu hundert Prozent. Es ist tragisch, für mich, aber auch für meinen Vater. Jetzt wo ich alles über unsere Familie weiß, jetzt kann ich endlich meinen Frieden mit ihm schließen. Und das fühlt sich gut an, befreiend.«

»Wie schön.« Sie sah es ihm an, wie frei er sich fühlte.

»Und was Magdalena betrifft«, redete er weiter, »sie konnte mich jetzt endlich loslassen. Ich habe es in ihren Augen gesehen. Und ich weiß jetzt noch sicherer, dass ich keine Gefühle mehr für sie habe. Nur noch freundschaftliche und das wird immer so bleiben. Sie ist eine wundervolle Frau. Aber ich kenne eine noch außergewöhnlichere.«

Er lächelte sie an und ihr Herz pochte so stark, dass sie Angst hatte, er könnte es hören. Sein Kopf näherte sich dem ihren und ihre Lippen fanden einander wie Magneten. Seine vollen Lippen pressten sich auf ihre, seine Hände umfassten ihr Gesicht. So hielt er für einen Moment inne, dann wanderten seine warmen Hände zärtlich ihren Rücken hinunter, umschlossen ihre Taille, während er sie immer sehnsüchtiger küsste und sie ihn. Sanft legte er sie auf dem Bett ab, beugte sich über sie, seine Küsse wurden immer leidenschaftlicher. Und auch Jessy überkam ein Kribbeln und Ziehen, eine Lust, die ihren ganzen Körper erfüllte. Ihre Hände glitten unter sein T-Shirt, strichen über seinen muskulösen Rücken, seine weiche Haut. Er hielt einen Moment inne, sah sie fragend an, und auf ihr Lächeln hin zog er sein T-Shirt mit einer Hand aus und sie tat es ihm gleich. Dann ihre Hosen, um einander an jedem Zentimeter ihrer Körper zu spüren. Jede Sinneszelle vibrierte. Noch nie hatte Jessy diese Gefühlsexplosion mit einem Mann erlebt, dabei war er noch nicht einmal in sie eingedrungen. Es war Liebe, tiefe, unglaubliche Liebe, Sinnlichkeit, Ekstase. Wie in Wellen gaben sie sich ihrer Leidenschaft, einander zu spüren, hin, dann wieder purer Zärtlichkeit, und irgendwann wünschte sie es sich so sehr, ihn in sich aufzunehmen, dass sie ihn noch enger zu sich zog und ihm signalisierte, bereit zu sein. Für einen Moment hatte sie das Gefühl, die Welt stände still.

* * *

Sie hatten die ganze Nacht zusammen verbracht, sich gespürt, geredet, sich immer und immer wieder geliebt. Dazwischen hatte er ihr Köstlichkeiten ans Bett gebracht, sie mit Schokoladenkuchen verwöhnt, sie angesehen und sich an sie geschmiegt.

Beschwingt ging Jessy am nächsten Morgen doch wieder an die Arbeit, die Hecke im hinteren Teil des Gartens zu schneiden. Bella lag neben ihr im Schatten und hechelte vor sich hin. Die Blumen dufteten heute stärker, die Sonne schien heller als sonst. Jessy beobachtete eine Biene, die sich auf eine Blüte setzte, und sagte zu ihr verträumt: »Er ist soo süß. Nicht so klebrig süß wie Honig, ich kann es gar nicht beschreiben. Er ist so fürsorglich.«

Gregorio trat unbemerkt auf sie zu, räusperte sich. »Ich muss weg.«

Sie konnte seinen Blick nicht deuten. Zurückhaltend, distanziert, ganz anders als noch vorhin in ihrem Bett.

»Was?«

»Ich muss ein paar Stunden weg«, sagte er nervös.

»Oh, wohin denn?«, fragte sie, trat zu ihm, zog ihn spielerisch an seinem Hemd zu sich, stellte sich ein wenig auf die Zehenspitzen und wollte ihn küssen, aber da er seinen Kopf gerade zur Seite drehte, um auf seine Armbanduhr zu sehen, verrutschte der Kuss und landete auf seiner Wange.

Schlagartig wurde ihr übel.

Sie spürte seine Distanz. Machte er einen Rückzieher? Jetzt wo er sie im Bett gehabt hatte, wie so viele Typen es taten nach einer Nacht? Die Übelkeit wurde stärker.

»Okay, verstehe«, erwiderte sie nüchtern.

»Bitte guck nicht so, Jessy. Ich erklär dir alles, wenn ich zurück bin.«

Hektisch drehte er sich um und ging eilig zu seinem Wagen.

Sie fühlte sich wie ein ausgewrungenes Handtuch, am liebsten hätte sie die Hecke komplett kurz geschnitten. Aber die Pflanze konnte ja nichts dafür – für ihre Naivität. Hatte man nicht immer davon gehört? Dass vor allem Italiener Jäger und Sammler waren, dass sie den Frauen den Kopf verdrehten, um sie zu erlegen? Jessy bückte sich zu ihrer Hündin, steckte ihren Kopf in deren Fell. Aber nicht einmal das konnte sie jetzt trösten. Sie spürte, wie die Tränen emporschossen. Rasch stand sie wieder auf, wischte sich über die Nase, zog ihr Handy heraus.

»Ich rufe Mam an«, sagte sie zu Bella. »Die hat es bestimmt schon die ganze Zeit gewusst. Naive Gartenhelferinnen verspeist der junge Lord zum Frühstück«, fügte sie bitter hinzu. Aber ihre Mutter ging nicht ans Telefon. Vermutlich traf sie ihren Verehrer Konrad. Hoffentlich meinte es der wenigstens ehrlich mit ihrer Mutter. Jessy sprach ihr auf Band, erzählte nicht, um was es ging, aber dass sie doch bitte zurückrufen solle. Dann überlegte sie kurz. Die Sonne schien, als wäre die Welt in Ordnung. »Paula, ich ruf Paula an.« Sie tat es, aber auch die Freundin nahm nicht ab.

Frustriert steckte Jessy das Handy wieder weg. Hecke schneiden war jetzt nicht das Richtige, sie musste umgraben, um ihre Enttäuschung rauslassen zu können.

Fast drei Stunden später stand sie schweißüberströmt mit der Schaufel in der Hand vor einem perfekt umgegrabenen Stück Land. Sie wischte sich mit dem Unterarm die Haare aus dem Gesicht. Von Gregorio hatte sie nichts mehr gehört, keine Nachricht, nichts. Aber nach der Gartenarbeit ging es ihr besser. Bella und Vinc lagen einträchtig im Schatten unter einem Baum. »Na, wenigstens ihr versteht euch«, murmelte Jessy. »Vielleicht gibt es ja wirklich eine gute Erklärung dafür, dass er gerade so knapp war.«

Bella kam jetzt zu ihr, als spürte sie, wie es Frauchen ging. Jessy streichelte sie. »Bella, das Leben ist manchmal traurig und seltsam und hat bittere Phasen für jeden von uns bereit.« Ihr Blick wanderte über den Garten. Sie atmete tief ein. »Aber im Großen und Ganzen ist es wunderschön, so schön wie die Zitronenblüten, und wenn du genau riechst, ist es herrlich duftend.« Sie strich Bella erneut über den Kopf und dann beugte sie sich über das Zitronenbäumchen neben sich, roch an einer Zitronenblüte und spürte, wie es in ihrem Bauch flatterte. So sehr fühlte sie sich zu Gregorio hingezogen, so sehr sehnte sie sich im Moment danach, von ihm in den Arm genommen zu werden.

So viel hatten sie gemeinsam in dieser kurzen Zeit schon hinbekommen, so viel gepflegter sah der Garten wieder aus. Der Banktermin stand bald an. Hoffentlich würde sich Bandini mit Luxusferienwohnungen an den Zypressen zufriedengeben, hoffentlich würde er nicht auf den Renaissancegarten, die deutlich bessere Lage an der Villa bestehen. Und selbst wenn er einwilligen würde, bräuchte Gregorio dringend diesen Kredit von der Bank.

Da klingelte ihr Handy. Paula. Endlich. Sie nahm ab und erzählte ihrer Freundin, was geschehen war.

»*Un momento*. Ihr habt gemacht Liebe und jetzt ist er auf und davon?«, fasste Paula zusammen.

»Genau.«

»Das ist normal.«

»Wie bitte?«

»Ich kenne es nur so. Das ist wie bei einem Gummiband. Zu viel Nähe – und weg.«

»Was? Nein. Ich finde das alles andere als normal und ich will so etwas Kompliziertes auch nicht.«

»Du hast recht. Ich auch nicht.«

»Was meinst du damit?«

»Luigi und seine Frau machen eine Paartherapie.«

»Oh.«

»Sì. Ich finde so was prinzipiell ja gut. Auch für die Kleine.«

»Soll ich kommen?«, fragte Jessy spontan.

»Das Gleiche wollte ich dich fragen.«

»Nein, das ist lieb. Ich meine, ich krieg das schon hin. Ich bin groß – und stark. Aber soll ich nicht …?«

»No. Wir müssen stark sein. Wenn es die meisten Männer schon nicht sind.«

Da hörte Jessy das Geräusch, wie wenn das große Tor an der Einfahrt sich öffnete. Von ferne sah sie seinen Wagen die Allee heranfahren.

In dem Moment verabschiedete sich Paula auch schon, sie musste arbeiten. Die Freundinnen versprachen, sich am Abend noch mal anzurufen.

Jessy legte auf und wischte sich schnell den Schweiß aus dem Gesicht, machte sich auf in Richtung ihres Zimmers. So derangiert musste er sie jetzt nicht sehen.

Gerade, als sie die Tür zum Gästehaus öffnete, ertönte eine ihr so vertraute Stimme vom Parkplatz. »Jessy! Liebes!«, hörte sie jemanden rufen. Ihre Mutter!

Sofort drehte Jessy sich um. »Mam, was … was machst du denn hier?«

Sie war aus Gregorios Wagen ausgestiegen und kam freudestrahlend auf Jessy zu. Gregorio stand an der offenen Fahrertür und beobachtete die beiden zufrieden.

Jessy rannte auf ihre Mutter zu und die beiden schlossen sich fest in die Arme. Wie gut und vertraut sie duftete, wie weich und perfekt sie sich anfühlte. Wie gut das tat. Jessy löste sich von ihrer Mama. »Wie kommt das denn? Ich meine, das ist so megatoll, wieso hast du nichts gesagt?« In dem Moment kam Bella angeflitzt, freute sich wie wahnsinnig, wedelte mit dem Schwanz, wackelte mit dem Hinterteil und ließ sich von Jessys Mutter, die sich zu ihr hinunterbeugte, streicheln. »Ach, Bellachen, ich hab dich doch auch so vermisst. Und meine Kleine erst.« Sie richtete sich wieder auf. »Das war Gregorios Idee. Er hat mich ausfindig gemacht, mich kontaktiert, meinte, du hast Sehnsucht nach mir, hat mir das Zugticket spendiert und mich eingeladen, dass ich hier eine Woche umsonst schlafen kann und dass er mich pünktlich am Bahnhof in Florenz abholt. Ein bisschen zu spät ist er gekommen, aber das verzeih ich ihm.« Sie zwinkerte Jessy zu und flüsterte. »Das ist ja wirklich ein ganz Netter. Und er ist so vernarrt in dich.«

Der Stein, der sich von Jessys Herz löste, fiel polternd zu Boden. Stürmisch umarmte sie ihre Mutter erneut.

»Jetzt kapiere ich auch, warum er so seltsam und nervös war.«

»Was?«

»Ach egal.« Sie sah zu Gregorio und der lächelte sie an. Beide gingen aufeinander zu, fielen sich in die Arme, lösten sich wieder, sahen sich in die Augen und küssten sich zärtlich.

Dann hielt Jessy inne. »Du Verrückter. Danke, danke, dass du das für mich getan hast.«

»Sehr gern. Ich hatte eigentlich noch eine Überraschung für dich geplant.«

»Noch eine?«

»Ja, aber es hat nicht so geklappt.«

»Er hat Vati auch noch eingeladen. Also erst mich gefragt, ob er das soll«, mischte sich ihre Mutter ein.

»Wirklich?«

Gregorio zuckte bedauernd mit den Schultern.

»Und er wollte nicht?«

Gregorio schüttelte mitleidig den Kopf.

Ihre Mutter versuchte, ihn in Schutz zu nehmen. »Vati reist ja nicht so gern so weit, das weißt du doch.«

»Mmhm. Und hier gibt es ja auch gefährliche Insekten.«

Gregorio fügte hinzu: »Ich glaube, er war ziemlich irritiert, dass dein Arbeitgeber ihn hierherholen wollte.«

Sie musste unwillkürlich lächeln, auch wenn sie sich fühlte, als hätte sie gerade eine Wespe gestochen. Die Ablehnung ihres Vaters tat für einen Moment verdammt weh, aber sie spürte, dass der Schmerz schnell nachließ. Dass sich in den letzten Wochen etwas getan hatte, dass es sich anfühlte, als wäre diese Verletzung etwas geheilt.

»Ich freue mich so, dass meine Mutter hier ist. Lieben Dank, Gregorio, sie hat sich so gewünscht, einmal in ihrem Leben in die Toskana zu reisen.«

»Und ich bin so was von hin und weg«, sagte diese überglücklich und sah sich auf dem Anwesen und in dem Garten fast ungläubig um.

»Mama, glaube mir, die echte toskanische Küche, also nicht die aus deinem Kochbuch, die ist noch viel köstlicher. Gregorio kann so gut kochen, da wird dir ganz schwindelig. Fast so gut wie du«, fügte sie an.

Ihre Mutter spitzte vorfreudig den Mund und Jessy und Gregorio mussten lachen.

Da trat Rosella aus dem Haus, kam irritiert und mit strengem Blick auf die Gruppe zu. Offenbar hatte Gregorio ihre Mutter nicht angekündigt, denn sie zog ihre Stirn in Falten.

»Oh je, das hab ich ganz vergessen«, entfuhr es Gregorio. Dann trat er auf seine Mutter zu. »Mamma, darf ich vorstellen, das ist Jessys Mutter, Signora Hauptmann, Inge. Ich habe ganz vergessen, dir Bescheid zu sagen, muss ich gestehen. Entschuldige. Ich habe sie eingeladen, dass sie eine Woche bei uns wohnen kann.«

»So, hast du das?« Rosella zog die Augenbrauen noch höher und Jessy und ihre Mutter warfen sich kurz besorgte Blicke zu.

Gregorio fügte rasch an: »Ich glaube, ich hatte gerade anderes im Kopf.« Er zwinkerte Jessy zu.

Rosellas Miene glich immer noch der einer Königin. »Gut«, sagte sie knapp. »Dann kümmere dich um deinen Gast. Ich habe Kopfschmerzen.« Sie gab Jessys Mutter kurz die Hand, drehte sich wieder um und ging hinein in die Villa.

»Himmel«, entfuhr es Inge. »Das versteh ich auch, ohne Italienisch zu können. Soll ich mir doch eine Pension nehmen?«

»Auf keinen Fall«, entgegnete Gregorio sofort. »Wenn sie Migräne hat, ist sie oft ganz in ihrer Welt.«

»Das verstehe ich. Migräne muss schrecklich sein. Sie isst auch zu wenig, kann das sein? Sie ist ja so dünn.«

»Ja, leider, seit dem Tod meines Vaters ist es noch schlimmer geworden. Ich koche, seit ich hier bin, für sie, aber jeden Tag schaffe ich das nicht«, erklärte Gregorio.

»Natürlich nicht, bei der vielen Arbeit hier.« Inge sah sich um.

»Komm, Mam, du kannst bei mir schlafen, oder, Gregorio? Im Gästehaus gibt es doch noch ein Zimmer.«

»Genau. Ich hätte dir zwar auch gern ein Zimmer in der Villa gegeben, Inge, aber so schlecht wie es meiner Mutter gerade geht …«

»Macht euch keine Umstände wegen mir, Kinder. Ich schlafe gern im Gästehaus.«

»Also gut, komm.« Jessy hob mit Leichtigkeit den schweren Koffer ihrer Mutter hoch, da man ihn auf den Kieselsteinen schlecht rollen konnte.

»Soll ich?«, bot Gregorio an. Doch Jessy schüttelte lächelnd den Kopf. Sie spürte, wie viel Kraft sie die letzten Wochen bekommen hatte, wie stark ihre Oberarme geworden waren. Aber vor allem, wie viel Kraft sie innerlich gewonnen hatte. Diese distanzierte Begrüßung von Rosella hätte ihr früher ein seltsames Bauchgefühl verursacht, aber jetzt wusste sie, dass die Menschen viel mit sich selbst ausmachten und das nach außen trugen. Rosella hatte ihren Mann verloren, dazu kam jetzt noch der physische Schmerz, die Migräne. Jessy hoffte sehr, dass sich die beiden Frauen, so unterschiedlich sie waren, verstehen würden. Rosella würde in ihrer Trauer um ihren Mann eine Gesprächspartnerin in ihrem Alter guttun und ihrer Mama nach der Trennung ebenso.

Gregorio verkündete, zur Begrüßung Pasta zu machen, und ging in Richtung Villa.

»Was ist denn mit deinem Konrad?«, wollte Jessy von ihrer Mutter wissen, während sie zum Gästehaus schlenderten. »Wollte er nicht mit?«

Ihre Mutter schüttelte den Kopf. »Es hat einfach nicht gepasst zwischen uns. Er wollte, dass ich ihm ständig seine Brille putze, ihm ein Bier hole, immer nur seine Sendungen gucke, und dann war er noch so wehleidig. Ganz anders als Vati.« Ihre Mutter verdrehte lächelnd die Augen. »Ich würde zu viel Kuchen essen, hat er dann auch noch gesagt. Nein, Liebes, wenn es nicht richtig passt, muss man nichts erzwingen. In meinem Alter sind viele Frauen alleine und machen sich das Leben schön. Meine Freiheit und eine gute Freundin sind mir lieber.«

Sie kamen am Gästehaus an und Jessy zeigte ihrer Mutter das Zimmer. Beeindruckt sah sich Inge um. »Herrlich, dieser Blick in den Garten, diese schönen, alten Möbel.«

»Dann warte mal ab, was dich in der Villa erwartet, du wirst umfallen vor Begeisterung.«

Die beiden lachten. »Ach, Herzchen, ich freu mich so, dass es dir wieder gut geht. Weil, das sehe ich dir an. Du hast rosige Wangen bekommen und deine Augen leuchten. Mehr will eine Mutter nicht für ihre Tochter.«

Nachdem sich ihre Mutter frisch gemacht hatte, führte Jessy sie durch den Garten zur Limonaia, vor der Gregorio einen Gartentisch und drei Stühle aufgebaut hatte. Hier servierte er seine selbst gemachte Pasta, dazu Mozzarella mit Tomate und Basilikum und frische Zitronenlimonade in einer Karaffe. »Ihr seid meine Testesser, hier werden wir bei den Gartentouren den leichten Lunch anbieten.«

»Ich liebe es, Testesserin zu sein.« Inge lachte und nach dem Zitronensorbet und einem Cappuccino legte sie sich die Hand auf den Bauch und schüttelte nur noch wortlos den Kopf.

»Du hast sie so weit«, flüsterte Jessy Gregorio grinsend zu. »Du hast sie dir erkocht.«

Rosella ging dem Gast auch noch am nächsten Tag aus dem Weg und nicht nur Inge, sondern auch Jessy machte sich Sorgen. »Ich nehme mir doch eine Pension. Wo ich nicht willkommen bin, bleibe ich nicht.«

»Nein, Mam, bitte, ich rede mit ihr.«

Wenig später klopfte Jessy vorsichtig an Rosellas Schlafzimmer. Erst hörte sie nichts, dann erklang Rosellas zarte Stimme. »Sì?«

»Rosella, ich bin es, Jessy. Kann ich bitte kurz reinkommen?«

Stille. Dann rief Rosella sie hinein. Die schweren Gardinen waren halb zugezogen. Die zierliche Frau saß auf ihrem Bett, im Morgenmantel, und stand nun auf.

»Was gibt es?«

»Wie geht es dir? Ist dein Kopfweh besser geworden?«

Rosella wiegte den Kopf, ging zu einem Samtsessel, setzte sich hinein. Unschlüssig blieb Jessy in der Tür stehen. Dann trat sie einfach näher. »Brauchst du irgendetwas? Kopfschmerztabletten oder so?«

»Nein.«

»Stört es dich wirklich, dass meine Mutter im Gästehaus wohnt?«, platzte es aus ihr heraus.

Rosella sah auf, sagte nichts.

Jessy trat noch näher. »Ihr habt beide eure Männer verloren, vielleicht tut es euch gut, euch zu unterhalten.«

Rosella nestelte an dem Ärmelaufschlag ihres Morgenmantels.

»Vielleicht.«

Jessy spürte, dass ihr etwas ganz anderes durch den Kopf zu gehen schien. »Was ist mit dir?«, hakte sie nach.

Rosella seufzte. »Du wirst Gregorio überreden, mit nach München zu gehen. Frauen haben diese Macht über ihre Männer.«

»Was? So ein Unsinn. Gregorio entscheidet selbst, was er möchte.«

»Du möchtest bei deiner Mutter sein. Ich habe gesehen, wie eng euer Band ist. Du würdest sie niemals jahrelang alleine lassen. Wie er mich.«

Jessy spürte, wie sehr Rosella der Weggang ihres Sohnes verletzt hatte. »Gregorio ist nicht gegangen, weil er dich nicht genug geliebt hat. Sein Vater hat ihn abgelehnt, aber das war sicher nicht der einzige Grund, weil Gregorio auch seinen Vater geliebt hat. Sehr sogar. Rosella, Kinder ziehen hinaus in die Welt. Das hat nichts damit zu tun, dass sie ihre Eltern nicht lieben.«

»Manche Kinder bleiben aber.«

»Ja, mag sein. Aber es gibt Menschen, die die Welt kennenlernen möchten, die das brauchen, für ihren inneren Frieden. Genauso wie mir diese Reise so gutgetan hat. Ich glaube, wenn ich in der Stadt geblieben wäre, hätte ich mich weiter so gefühlt, so unruhig und unzufrieden, wie so viele meiner Freunde und Bekannten. Und das hat noch nicht mal etwas mit der Stadt zu tun. So kann man sich überall fühlen. Wenn man nicht angekommen ist, bei sich.«

Jessy setzte sich einfach Rosella gegenüber. »Gregorio hat mich gelehrt, wie wichtig es ist, auf sich zu achten. Um zufrieden und glücklich zu sein. Um sich selbst zu achten. Du hast einen sehr klugen Sohn, Rosella.«

»Das weiß ich.« Endlich umspielte ein Lächeln ihre Lippen. »Einen guten, sehr klugen Sohn.«

»Und ich werde ihn dir nicht wegnehmen. Ich freue mich, *noch* eine Familie gefunden zu haben. Denn Familie ist das Wichtigste auf der Welt, zumindest für mich. Familie kann man sich nicht aussuchen. Und wenn der eigene Vater keine Sehnsucht nach einem hat, muss man das akzeptieren.«

Sie hielt inne, dachte an ihren Vater, spürte wieder, dass es weniger wehtat. Dass sie akzeptiert hatte, dass er sein neues Leben mit dieser Frau führen wollte, in dem sie weniger Platz hatte als zuvor. Vielleicht hatte die Arbeit im Garten diese Verletzung ja wirklich geheilt oder zumindest abgemindert.

Rosella sah sie nun mit ihren dunklen Augen an. »Ich wusste lange nicht, warum Gregorios Vater ihn so behandelt hat. Seinen einzigen Sohn. Und es tut mir leid, dass dein Vater keine Zeit mehr für dich hat.«

»Das muss es nicht. Er ist mein Vater und wird es immer bleiben. Er ist jetzt glücklich. Das freut mich für ihn. Und meiner Mutter geht es mittlerweile ja auch wieder gut. Die beiden haben sich in all den Jahren auseinandergelebt und es lange selbst nicht gemerkt. Vermutlich war es das Richtige, dass beide ein neues Leben anfingen.«

»Ja, das ist es oft. Du bist eine besondere Frau.«

»Danke, Rosella.«

»Ich freue mich, dass du nun zu unserer Familie gehörst. Das tust du doch? Egal ob wir unser Anwesen verkaufen müssen, wenn wir den Kredit von der Bank nicht bekommen?«

Empört sah Jessy sie an. »Ich bitte dich, das denkst du nicht wirklich von mir, oder?«

Rosella schüttelte schnell entschuldigend den Kopf. »Ich freue mich, dass er dich gefunden hat.« Jessys Bauch fühlte sich plötzlich ganz warm an. Sie nahm Rosellas Hände. Diese zarten, immer kühlen Hände, und wärmte sie. »Meine Mutter freut sich darauf, dich kennenzulernen. Ich habe ihr erzählt, was du für eine tolle Frau bist. Wenn deine Kopfschmerzen besser sind, kannst du sie ja vielleicht ein wenig herumführen, oder?«

Rosella lächelte. »Meine Kopfschmerzen sind schon besser.«

»Do you speak English?«, wandte sich Rosella an Inge.

Erleichtert beobachtete Gregorio seine Mutter. Früher hatte sie oft eine Eiskönigin sein können, wenn ihr etwas nicht passte, aber irgendetwas hatte sich bei ihr geändert.

»Yes«, erwiderte Inge entwaffnend. Die beiden Frauen konnten wirklich nicht unterschiedlicher sein. Die bodenständige Inge neben seiner edlen Mutter. Aber die beiden Frauen lächelten sich jetzt vorsichtig an. Sie hatten einen sprachlichen Nenner im Englischen gefunden. Wenn auch das Englisch von Jessys Mutter nicht besonders britisch klang, eher bayrisch. Irgendwie ging es, mit Händen und Füßen. Rosella bat Inge, ihr zu folgen. »Ihre Tochter hat hier sehr viel geholfen«, sagte sie und zeigte auf den Garten, der wieder gepflegt aussah. »Und ich muss zugeben, ich habe es ihr am Anfang nicht zugetraut.«

»Du kannst alles, was du wirklich willst, habe ich ihr immer schon gesagt. Als kleines Mädchen wollte sie dann Löwendompteurin werden.« Inge lachte. »Gut, dass sich ihr Berufswunsch geändert hat.«

Gregorio trat zu Jessy, die gerade mit einem Besen abgefallene Zitronenblüten vom Weg fegte. »Für den Banktermin muss es picobello aussehen«, erklärte sie fest.

»Es ist perfekt. Mein Leben ist jetzt schon perfekt.« Er nahm ihr den Besen aus der Hand, lehnte ihn an eine Statue, einen nackten römischen Adonis, legte seinen Arm um Jessy und führte sie in den Nutzgarten, in dem Jessy für die Bienen und andere Insekten Wildblumen ausgesät hatte.

Dort drehte er sich zu ihr, nahm ihr Gesicht zwischen seine Hände und legte seine Stirn an ihre. Sein Atem ging schnell.

»Ich … habe noch nie eine Frau kennengelernt wie dich, die ein so großes Herz besitzt. Und seit ich deine Mamma kurz kennengelernt habe, weiß ich auch, von wem du es hast. Was für eine liebe Frau.«

Jessy lächelte, ihr Herz klopfte aufgeregt, sie brachte kein Wort über die Lippen.

Gregorio fuhr fort: »Du hast so viel für mich getan, wie noch nie jemand auf der Welt. Du ahnst nicht, wie sehr mich die Ablehnung meines Vaters von Kind auf verletzt hat. Wie sehr meine Seele aber in der kurzen Zeit bereits geheilt ist, seit ich dank dir weiß, was für ein Geheimnis dahintersteckte. Ich danke dir, dass du auf dein Gefühl gehört hast, dass du weitergeforscht hast für mich. Und ja, die eigene Geschichte hat immer mit der Gegenwart zu tun.«

»Ich habe es wirklich vor allem für dich getan«, flüsterte sie. Er küsste sie sanft, so sanft, als berührte sie ein Schmetterlingsflügel. Dann sah er sie wieder an, sehr ernst.

»Signor Deledda hat mich angerufen, er hat den Termin abgesagt. Er meinte, er hat es sich anders überlegt, lehnt unser Konzept ab, will also auch zu keiner Gartenbegehung kommen, das sei Zeitverschwendung.«

»Was?« Fassungslos sah Jessy ihn an.

»Ich weiß nicht, was er hat, vermutlich steckt Bandini dahinter, der sich auch immer noch weigert, mit mir über meinen Vorschlag zu sprechen. Warum sollte er sich auch ändern. Wir wussten doch, dass Deledda unter seiner Fuchtel steht, dass die Chancen schlecht sind. Aber eines weiß ich ganz sicher: Dass es jetzt etwas Wichtigeres in meinem Leben gibt als Besitztümer oder bucklige Antonio-Bandini-Verwandtschaft.«

Jessy schüttelte verwirrt den Kopf. »Wir müssen mit Deledda reden, das kann er nicht machen. Ich hatte schon gedacht, dass Bandini uns jetzt keine Steine mehr in den Weg legt. Soll etwa all unsere Arbeit hier die letzten zwei Monate umsonst gewesen?«

»Nein. Das war sie nicht. Denn durch dich habe ich das erste Mal das Gefühl bekommen, wirklich zu Hause zu sein. Nämlich immer dort, wo du bist. Ich bin glücklich, niemandem etwas vorspielen zu müssen, was ich nicht bin. Ich kann ich sein. Ich kann sagen, was ich liebe, die Natur, die Pflanzen, einen Garten, auch wenn es verrückt klingt, eine Blume zu lieben.«

»Tut es nicht. Es ist genauso verrückt, mit einer Blume zu sprechen.«

Er schüttelte den Kopf. »Ich liebe dich, genau dafür. Unendlich. Bitte bleib bei mir. Für immer. Wenn sich eine Tür schließt, tut sich eine andere auf, sagt man. Es ist kein Aufgeben, es ist ein Anfang. Wir können nach München gehen, dort aufs Land, egal wohin. Lass uns Gärten retten, es gibt so viele auf der Welt, Hauptsache wir sind zusammen. Manchmal muss man auch einsehen, wenn man einen Kampf verloren hat.«

Jessy starrte ihn an.

* * *

Sie war in die Höhle des Löwen gegangen, um den Löwen zu bändigen. Es würde schwer werden, aber Jessy gab alles. Antonio Bandini hatte sich ihren Vortrag angehört, was Familie bedeutete, was gute Nachbarschaft ausmachte und wieso man sich den Unfrieden nicht selbst in seiner kleinen Welt bereiten sollte, wo es doch um einen herum immer mehr Krieg und Unruhen gab. »An einem so friedlichen Ort wie der Toskana kann man ein Leben voller Missgunst, Neid und Hass leben, aber viel besser wäre doch ein zufriedenes Leben, voller Respekt für seine Mitmenschen. Mehr verlange ich nicht.«

Sein Blick änderte sich. Hatte er sie erst noch abschätzig vom Busen bis nach unten gemustert, so wie bisher immer, so sah er ihr nun verblüfft in die Augen. Er hatte nichts getrunken, zumindest roch sein Atem nicht so, und wie er sagte, wollte er das auch stark reduzieren. »Ab und zu ein Glas Chianti in Ehren, aber ich bin nicht gern abhängig«, hatte er gepoltert.

»Von nichts und niemandem. Weder vom Alkohol noch von den Menschen.«

»Das finde ich großartig«, erwiderte Jessy beeindruckt. »Sie besitzen einen starken Charakter, Sie schaffen das. Ich bin auch nicht gern abhängig von Menschen«, fügte sie hinzu. »Und erst recht nicht von Bankleuten, die darüber entscheiden können, ob sie anderen Menschen Kredite gewähren oder nicht. Denn sehr oft geht es dabei um Existenzen. Und bei den Russos geht es nicht um die Existenz an sich, sondern um viel mehr. Natürlich könnten sie bei einem Verkauf gut von dem Erlös in Rom oder sonstwo leben. Aber es geht darum, diesen Garten, diesen langjährigen Familienbesitz, und ein Stück einzigartige Natur zu schützen.« Jessy redete ohne Unterlass weiter, bis Antonio die Hand hob und sie verstummte.

»Respekt«, sagte er. »Das hätte ich nicht von Ihnen gedacht.«

»Danke. Fakt ist also, Sie können als Gewinner oder Verlierer aus der Sache gehen. Und ich meine das so: Entweder Sie verlieren Ihre neue Familie, oder Sie *gewinnen* Familie hinzu.«

Antonio sah sie kurz irritiert an, schien dann aber zu verstehen. Jessy hoffte, dass sie den Löwen gebändigt hatte, und verabschiedete sich.

Ein paar Tage später erschien Signor Deledda tatsächlich. In seinem schlecht sitzenden Anzug ging er durch den Garten, einen Stift hielt er gezückt, und machte sich immer wieder wichtigtuerisch Notizen. Nicht einmal der Schokoladenkuchen, den ihm Gregorio gleich zur Begrüßung angeboten hatte, schien ihn milde zu stimmen.

Nervös folgten Jessy und Gregorio ihm, wiesen auf die Besonderheiten hin, auf die Achtsamkeitssteine, die Gregorio an besonderen Stellen im Garten ausgelegt hatte.

Nach gefühlten Stunden ging Deledda seine Notizen noch einmal durch, sah Gregorio an und unterbreitete ihm ein klägliches Kreditangebot.

»Mehr nicht?«, entfuhr es dem.

»Sì. Mehr nicht. Aber die Bank wäre erst mal damit zufrieden.« Signor Deledda hob sein Kinn. »Signor Russo, ich meine, *ich* weiß ja nicht, ob diese Idee mit den Gartentouren genug einbringen wird. Wenn nicht, wird es zu einer Versteigerung kommen«, fügte er mit erhobenem Zeigefinger hinzu. »Und Signor Bandini kann viel bieten.«

Jessy und Gregorio sahen sich an. Jessy flüsterte Gregorio zu. »Du musst das Positive sehen. Immerhin ein kleiner Kredit. Wir können es versuchen.«

»Es wird sich einfach nichts ändern.«

»Doch, das hat er schon, er will weniger trinken.«

Gregorio schüttelte den Kopf. »Ihn meine ich gar nicht. Möchtest *du* das? Wenn wir weniger Geld bekommen, müssen wir mehr arbeiten.«

Sie zögerte, ließ ihren Blick über den wunderschönen Garten schweifen. »Ja, ich möchte es. Ich liebe die Arbeit hier. Und was man liebt, geht leicht von der Hand.«

Gregorio nickte, wandte sich Deledda zu, ging zu ihm. Er gab ihm die Hand, um das Geschäft zu besiegeln und ihn zu verabschieden.

Rosella und Inge hatten in den letzten Tagen stundenlange Spaziergänge durch den Garten und die schöne Umgebung unternommen. Jessy merkte, wie gut den beiden Frauen die Gespräche taten, wie gut sie sich mittlerweile verstanden.

»Gregorio, Jessy, wir müssen euch etwas sagen«, begann Rosella, als sie von einem ausgedehnten Spaziergang durch die Weinberge zurückkamen.

Gregorio und Jessy sahen Rosella und dann Inge überrascht an. »Ja?«

»Jetzt, wo wir alles zumindest erst mal behalten können, haben wir beschlossen, hier eine Art Senioren-WG aufzumachen, wenn euch das nicht stört. In der ersten Etage der Villa. Ihr könnt die zweite haben. Also nur wir beide natürlich, Inge bekommt ein Zimmer, kocht dafür immer für mich, denn sie liebt es, und ich liebe es, bekocht zu werden. Und du verrätst ihr deine Rezepte. Was meint ihr?«

Sprachlos sahen Jessy und Gregorio sie an.

»Meine kleine grüne Balkon-Oase ist schön«, sagte Jessys Mutter. »Aber so ein Kräutergarten hinterm Haus hat auch was. Wenn du mir deine toskanischen Gerichte verrätst, Gregorio, würde ich mich freuen. Aber nur, wenn euch das nicht zu eng und lästig ist.«

»Bist du verrückt, das ist genial.« Jessy hatte ihre Sprache wiedergefunden, fiel ihrer Mutter und dann Rosella um den Hals.

»Oma hätte sich hier auch so wohlgefühlt«, flüsterte sie ihrer Mutter noch zu.

»Oh ja, das hätte sie.« Sie lösten sich leicht voneinander, standen Arm in Arm da und sahen in den Himmel. Jessy vermisste ihre Oma in bewegenden Augenblicken wie diesem so sehr, und sie war ihr so dankbar, sie auf den richtigen Weg gebracht zu haben. Den richtigen für sie.

»Du hast diesen einzigartigen Garten erst mal gerettet, das hast du gut gemacht, Kleines. Ob ihr es wirklich schafft, werden wir die nächsten Monate sehen. Aber Veränderungen gehören zum Leben. Das hat mich die Trennung von deinem Vater gelehrt. Auch dass es nach dem ersten Schock und einer Zeit der Trauer wieder aufwärtsgehen wird. Egal wie. Wenn man am Boden ist, kann es nur aufwärtsgehen. Etwas Neues tut der Seele immer gut. Solange man gesund genug ist, das Leben in vollen Zügen genießt und solange man sich die positiven Dinge herausfischt.«

»Oh, Mam, du hast ja so recht.«

»Und trotzdem vermisse ich Vati. Nur seine ständige Unzufriedenheit nicht.« Sie lächelte. »Weißt du was, eins ist mir durch dich auch wieder bewusst geworden. Es lohnt sich, wie eine Löwin zu kämpfen. Und man muss im Kleinen, vor der eigenen Tür, anfangen, nicht immer nur reden und nichts tun.«

EPILOG

Jessy hatte mithilfe von Paula mehrere Abende lang eine Homepage für die Gartentouren angelegt. Diese sah professionell und ansprechend aus und hatte auch schon die ersten Feriengäste buchen lassen.

Die Gartentouren liefen schleppend an. Oft buchten nur zwei, drei Leute, aber sie alle waren begeistert von der Schönheit der Toskana, den toskanischen Gerichten und den Gärten, die noch keiner von ihnen gekannt hatte.

Jessy saß mit ihrer Freundin Paula und einem Cappuccino auf deren Terrasse. Drinnen hämmerte jemand.

»Das Regal ist einfach so zusammengekracht.« Paula lächelte. »Der Schreiner sieht gut aus, findest du nicht?« Paula grinste. »Und er ist nicht liiert oder verheiratet, hab ich unauffällig gecheckt.«

Die beiden Freundinnen lächelten sich an. Jessy wünschte es sich so sehr für Paula, dass auch sie ihr Glück finden würde. Der Schreiner erschien mit einem Hammer in der Hand in der Terrassentür, oben ohne. Ein Bild von einem Italiener. Paula strahlte ihn an und er schien genauso fasziniert von ihr.

Er erklärte: »Ich bin bald fertig. Brauchen Sie vielleicht noch etwas?«

Paula überlegte. Dann nickte sie. »Ein neues Bett. Es wird höchste Zeit für ein neues Bett.«

Da klingelte Jessys Handy. Sie sah auf das Display. »Mein Vater!«, rief sie erschrocken in Paulas Richtung.

»Na, dann nimm doch ab.«

Sie zögerte kurz, tat es dann aber. »Papa?«

»Wie geht es dir?«

»Gut. Warte einen Moment, ich bin bei einer Freundin, gehe aber gerade ...«

Jessy verabschiedete sich mimisch von Paula, verließ deren Wohnung und trat hinaus auf die Straße des kleinen Ortes. Der Duft von Rosmarin schlug ihr entgegen.

»Jetzt kann ich reden. Was gibt es?«

»Wie geht es Mama?« Seine Stimme klang angespannt.

»Ihr geht es zum Glück viel besser inzwischen. Und wie geht es dir?«

»Na ja, also ... es geht so.«

»Aha, wieso?«

»Es war alles ein Fehler. Ein riesengroßer Fehler. Ich war ein Idiot. Ein alter Idiot, der dachte, noch mal ein neues Leben anfangen zu müssen. Dabei hatte ich mit Mama das beste Leben, das ich mir vorstellen kann.«

Jessy sagte nichts. Diese Einsichten aus dem Mund ihres Vaters überrumpelten sie. »Hat sich deine Freundin von dir getrennt?«, platzte sie heraus.

»Was? Nein. Nein, wirklich nicht. Wir sehen das beide so, dass wir in unseren alten Leben zufriedener waren. Weißt du ... Sie redet so viel. Den ganzen Tag. Nein, ich wollte nur noch meine Ruhe. Wirklich. Ach, und Jessy ...«

»Was?«

»Dass ich mich so wenig bei dir gemeldet habe ...«

»Ja?«

»Ich hab mich vor dir geschämt.«

»Geschämt?«

»Weil ich die Familie kaputtgemacht hab. Ich war wirklich ein alter Hornochse. Ein Hornochse in der Midlifekrise. Oder Endlifekrise, oder wie du es auch immer nennen willst.«

»Midlife.«

»Stimmt, ein paar Jährchen hab ich ja hoffentlich noch. Man weiß ja nie.«

»Das ist wahr, auch nicht in meinem Alter.«

»Und ich weiß jetzt auch wieder, mit wem ich die übrige Zeit am liebsten verbringen würde.«

»Ja?«

»Ich würde gern mit Mama reden.«

»Dann mach das doch.«

»Sie geht nicht an ihr Telefon.«

»Bestimmt, weil sie so viel anderes zu tun hat.«

»Weißt du, wo sie ist? Ich steh grad vor ihrer Wohnung und hab schon gestern hier geklingelt.«

»Ja, sie ist bei mir, in der Toskana.«

»Was? In Italien?«

»Sie hat ein neues Leben angefangen, will erst mal hierbleiben, wie ich.«

»Oh.«

Sie hörte ihn atmen.

»Du auch?«

»Ja, es ist viel passiert.«

»Das musst du mir mal in Ruhe erzählen. Eins noch, ist sie glücklich?«

»Ja.«

Einen Moment sagte er nichts. »Mit einem neuen Mann.«

»Nein. Das geht auch ohne Mann.«

Sie hörte seiner Stimme an, wie er Hoffnung schöpfte. »Dann hab ich vielleicht noch eine Chance bei ihr?«

»Das kann ich dir nicht sagen. Vielleicht.«

»Bestimmt braucht sie jetzt erst mal Zeit. Und ich ja auch. Ich muss mich erst mal wieder sortieren.«

»Ja, das kann ich mir vorstellen.«

»Kommt Zeit, kommt Rat.«

Das hatte er auch schon immer gesagt, wenn er nicht weiterwusste. Jessy musste lächeln. Das Leben bestand aus Veränderungen und wer wusste es schon, vielleicht würden ihre Eltern ja irgendwann wieder zueinanderfinden.

»Und wie ist es mit dir?« Er flüsterte jetzt fast. »Hab ich bei dir noch eine Chance?«

Jessy horchte einen Moment in sich hinein. »Natürlich.« Sie meinte es ehrlich. »Also wenn du uns irgendwann mal besuchen magst, ich freu mich auf dich.«

»Danke. Und ich freu mich, wenn es euch gut geht.«

»Das tut es, sehr sogar. Endlich wieder.«

Am Abend kroch Jessy wie immer nackt zu Gregorio ins Bett. Sie schmiegte sich an ihn, erzählte ihm von ihrem Vater.

»Und, was glaubst du? Wird ihm deine Mutter irgendwann verzeihen?«

»Sie vermisst ihn auch sehr. Und hat ihren Konrad nur mit ihm verglichen. Mal sehen.«

»Sie hat ein großes Herz, so wie du.« Er lächelte sie an, zog sie zu sich, küsste sie sanft auf den Mund. Sie spürte seine vollen Lippen, seinen Atem, sein aufkeimendes Begehren. Seine Hände streichelten ihr sanft über den Po, wanderten ihre Hüften hinauf über ihren Rücken und Jessy fühlte die Liebe, die Leidenschaft, die so besonders war. Sie gab sich dem Moment hin, spürte jede Berührung dieses Mannes, der sie so liebte, wie sie war. Ihre Haut prickelte, ihre Hände berührten seinen Körper an den empfindlichsten Stellen, ließen ihn aufstöhnen, genießen, atemlos werden. »Solange wir uns haben, bin ich der glücklichste Mensch auf der Welt«, flüsterte er ihr ins Ohr. Sie liebten sich. Erst sanft und zärtlich, dann immer leidenschaftlicher, versanken in ihrer eigenen Welt. Voller Liebe, Lust und sinnlicher Ekstase. Er erfüllte sie, streichelte sie am ganzen Körper, gab ihr das Gefühl, etwas ganz Besonderes zu sein. Danach zog er sie sanft zu sich, atmete sie ein und hielt sie ganz fest umschlungen.

Köstliche toskanische Rezepte

Mamma Rosellas toskanischer Schokoladenkuchen / toskanisches Schokoladenbrot

6 Eier
300 g Zucker
100 g Mehl
200 g dunkle Schokolade
200 g Butter

Die Butter mit der Schokolade in einem Topf im Wasserbad schmelzen. Dann Eier, Mehl und Zucker vermengen und die geschmolzene Butter-Schokolade unterrühren (ggf. mit dem Mixer).

Eine Quiche- oder Kuchenform mit Butter bestreichen oder mit Backpapier auslegen. Ofen auf 180 Grad vorheizen.

Backzeit: ca. 40 Minuten

Italienische Zitronentarte – Crostata al limone

Zubereitungszeit: ca. 20 Min. plus Ruhezeit ca. 2 Std.

<u>Für den Boden:</u>
125 g kalte Butter
250 g Mehl
75 g Zucker
1 Pck. Vanillezucker
1 Prise Salz
1 Eigelb
1 EL Wasser

<u>Für die Füllung:</u>
2 Eier
1 unbehandelte Zitrone
150 g Zucker
500 g Ricotta

<u>Für den Guss</u>
50 ml Likör, Limoncello (ital. Zitronenlikör)
1 unbehandelte Zitrone
50 g Zucker
3 EL Wasser

<u>Puderzucker zum Bestäuben</u>

Eine Tarteform einfetten. Dann 250 g Mehl mit 75 g Zucker, Vanillezucker, Salz, Butter in Stückchen, 1 Eigelb und 1–2 EL kaltem Wasser mit dem Mixer und danach mit den Händen zu einem Teig verkneten. Diesen auf etwas Mehl ausrollen. Die Tarteform damit auslegen, einen Rand hochziehen. Den

Teigboden mehrmals mit einer Gabel einstechen und ca. 30 Minuten kalt stellen.

Die Zitronen waschen und mit einem Handtuch trocken reiben. Von einer Zitrone die Schale fein abreiben, dann die Zitrone auspressen. Die Eier mit 150 g Zucker schaumig schlagen. Den Ricotta portionsweise darunterrühren. Zum Schluss die Zitronenschale und den Zitronensaft unterrühren. Masse auf den Teig streichen.

Im vorgeheizten Backofen (E-Herd 175 Grad/Umluft 150 Grad) auf der untersten Schiene ca. 40 Min. backen. Ofen etwas hochschalten (E-Herd 200 Grad/Umluft 175 Grad) und 15–25 Minuten weiterbacken. In der Form auskühlen lassen.

Die zweite Zitrone in sehr dünne Scheiben schneiden. Likör, 3 EL Wasser und 50 g Zucker in einen Topf geben und bei starker Hitze ca. 2 Minuten kochen. Die Zitronenscheiben zufügen und im Sirup bei mittlerer Hitze ca. 8 Minuten köcheln. Anschließend abkühlen lassen. Zitronenscheiben auf der Tarte verteilen. Nach Geschmack kann man noch etwas vom Sirup darüberträufeln. Auskühlen lassen.

Tarte mit Puderzucker bestreuen und genießen! Buon appetito!

Gregorios toskanische Pasta-Soße – Tagliatelle mit Zucchini-Ricotta-Soße

Man nehme für ca. 4 Portionen:
500 g Tagliatelle oder Penne (gern selbst gemacht, aber kein Muss)
400 g Zucchini
100 g Ricotta

50 g Parmesan, gerieben
½ TL Muskat, gemahlen
4 EL Olivenöl
2 Knoblauchzehen
Basilikum
Salz

Zunächst den Knoblauch schälen, pressen und mit Olivenöl in einer Pfanne erhitzen. Zucchini waschen, in kleine Stücke schneiden, Basilikumblätter zupfen und beides dazugeben. Salzen und ca. 20 Minuten dünsten lassen. Die Pfanne beiseitestellen und etwas abkühlen lassen. Dann den Ricotta verrühren (damit er cremiger wird) und mit dem Parmesan und etwas Muskatnuss vermischen. Ein paar Zucchinistücke leicht mit einer Gabel zerdrücken, alles vermischen und mit Salz abschmecken. Die Nudeln al dente kochen und die Zucchini-Ricotta-Creme dazugeben.

Buon appetito!

ANMERKUNG

Die Handlung und einige Orte dieses Romans sind frei erfunden, ebenso die darin vorkommenden Personen. Eventuelle Ähnlichkeiten oder Namensgleichheiten mit lebenden oder verstorbenen Personen wären rein zufällig. Was aber nicht erfunden ist, sind die wunderschönen Gärten der Toskana, die ich vor Ort besucht habe. Den Garten Bosco della Ragnaia, das Castello di Celsa, den Parco Sculture Del Chianti und einige mehr.

Die Villa di Geggiano, ein wunderschöner Familienbesitz, diente mir beim Schreiben als Vorlage für die Villa der Russos. Dank einer Führung durch deren Garten und die Villa aus dem 14. Jahrhundert, bekam ich Einblicke in eine längst vergangene Zeit, die mich sehr inspiriert hat. Danke an Gregorio Boscu Bianchi Bandinelli, der meinem Gregorio seinen Vornamen geliehen, aber mit der Geschichte des Romans nichts gemein hat. All diese Gärten können besucht werden, zum Teil kann man dort heiraten, Wein verkosten oder einem Konzert in einer schönen Sommernacht lauschen.

Zeitfracht Medien GmbH
Ferdinand-Jühlke-Straße 7
99095 Erfurt, Deutschland
produktsicherheit@kolibri360.de

Druck:
CPI Druckdienstleistungen GmbH
im Auftrag der
Zeitfracht Medien GmbH
Ein Unternehmen der Zeitfracht - Gruppe
Ferdinand-Jühlke-Str. 7
99095 Erfurt